LE RAPPORT CHINOIS

Un ouvrage publié sous la direction de
Élisabeth Samama

Pierre Darkanian

LE RAPPORT CHINOIS

roman

Éditions Anne Carrière

ISBN : 978-2-3808-2154-3

© S. N. Éditions Anne Carrière, Paris, 2021

www.anne-carriere.fr

*À Kat et aux tout-petits évidemment,
et à la mémoire du paternel.*

1

Pour intégrer le cabinet Michard & Associés, Tugdual Laugier avait dû passer deux tests de recrutement que le chasseur de têtes avait respectivement intitulés « test productif » et « test d'aptitudes ». Le premier consistait à rédiger en une semaine un mémoire d'une trentaine de pages, sur le thème du « rouleau ». Il s'agissait d'un exercice classique conçu par les recruteurs afin de jauger le comportement du candidat dans une situation de stress. Sans aucune information complémentaire, mais sans se laisser déconcerter, Tugdual avait planché sur le rouleau à pâtisserie, le rouleau de scotch, le rouleau compresseur, les rouleaux du Pacifique, les rouleaux de printemps, le rouleau de peinture, le rouleau à gazon, et il parvint même à trouver une problématique commune à tous ces rouleaux, à savoir la question du déroulé, et surtout à se passionner pour son travail. Fier de son ouvrage, Tugdual remit, dans les délais impartis, un mémoire de cent cinquante feuillets entre les mains du chasseur de têtes qui l'adressa à son tour aux recruteurs de Michard & Associés, non sans avoir pris soin de le féliciter pour son « très beau boulot » bien qu'il ne l'eût pas lu. Tugdual n'en entendit plus jamais parler.

Pour le test d'aptitudes, Tugdual fut convoqué dans un centre d'affaires du 16ᵉ arrondissement de Paris où, lui avait dit le chasseur de têtes, son futur employeur avait réservé une salle afin de lui « faire passer toute une batterie de tests ». À 8 heures, Tugdual fut installé par une hôtesse d'accueil dans une pièce qui ne disposait que d'une chaise et d'un bureau sur lequel l'attendaient une machine à café, un plateau-repas, un crayon et une liste de huit questions auxquelles il convenait de répondre par oui ou par non :

1. Êtes-vous mauvais perdant aux jeux de société ?
2. La vie est-elle pour vous une balade en barque ?
3. Êtes-vous prêt à tout pour arriver à vos fins ?
4. Êtes-vous perfectionniste ?
5. Souhaitez-vous toujours être premier dans tout ce que vous faites ?
6. La vie appartient-elle à ceux qui se lèvent tôt ?
7. L'argent contribue-t-il au bonheur ?
8. Pouvez-vous vous contenter du correct ?

Tugdual avait répondu oui-non-oui-oui-oui-oui-oui-non. À 8 h 15, il avait posé son stylo, craignant d'être espionné et mésestimé s'il y accordait davantage de temps, et il patienta jusqu'à ce qu'on voulût bien lui apporter d'autres formulaires. On ne lui apporta rien. Seul dans la petite pièce qu'il ne quitta que pour se soulager, il resta toute la journée à se demander ce que l'on attendait de lui. À 12 h 15, il attaqua le plateau-repas préparé à son intention et jugea la nourriture délicieuse. Il lui sembla d'abord préférable de ne pas ouvrir la petite bouteille de vin avant de supposer que, puisqu'elle lui était offerte, il était sans doute plus convenable de la boire, d'autant que la tranche de camembert et la mini-baguette étaient si tendres qu'il eût été dommage de se priver de vin. Assis au bureau, et faute d'alternative, Tugdual consacra l'après-midi à la digestion de son plateau-repas – auquel il repensa plusieurs fois par la suite dans un sourire radieux – et agrémenta son oisiveté de quelques tasses de café. À 20 heures, l'hôtesse ouvrit la porte pour lui indiquer qu'il pouvait y aller, sans que Tugdual sût si sa sortie correspondait à la fin du test ou à la fermeture du centre d'affaires.

Trois jours plus tard, le chasseur de têtes le rappela, et bien que Tugdual eût juré qu'il ne mettrait jamais les pieds dans un cabinet géré par de pareils illuminés, le bilan des tests et les conditions de recrutement lui firent reconsidérer la chose : ses résultats avaient suscité l'admiration des associés du cabinet Michard, qui offraient de le recruter à un salaire mensuel de sept mille euros. Les illuminés se révélaient être de sacrées pointures.

Tugdual Laugier commença sa carrière chez Michard & Associés par un séminaire dans un centre d'affaires des Champs-Élysées, cette fois, où il fut reçu par un homme et une femme d'une trentaine d'années. Il était encore si peu habitué à leur jargon professionnel qu'il ne comprit pas si ses interlocuteurs faisaient ou non partie du cabinet et il n'osa pas leur poser la question. Le duo se relaya pendant deux jours pour expliquer au seul Tugdual Laugier que le cabinet Michard & Associés était le plus prestigieux au monde. Tugdual n'avait pas été recruté par hasard, et s'il avait été choisi parmi des centaines d'autres candidats, c'est que le cabinet Michard avait vu en lui un talent en puissance, un peu comme un diamant brut qui ne demandait qu'à être poli. Tugdual se félicita d'être un diamant brut qui ne demandait qu'à être poli et il songea qu'il avait beaucoup de mérite d'avoir été choisi parmi des centaines d'autres candidats. Les intervenants présentèrent succinctement le cabinet Michard, une belle boutique, reconnue dans le milieu des affaires, notamment auprès d'une clientèle d'investisseurs asiatiques qui appréciaient son modèle de conseil fondé sur le *design thinking* et l'*impertinence constructive* – en totale rupture avec les stratégies de conseil classiques –, ainsi que sa capacité à apporter des réponses innovantes aux problématiques rencontrées par ses clients dans un contexte économique en perpétuelle mutation. Tugdual nota sur son bloc *design thinking* et *impertinence constructive*. Les trois valeurs phares du cabinet Michard étaient *excellence, implication* et *confidentialité*, et Tugdual nota sur son bloc *excellence, implication* et *confidentialité*, et les souligna. Les intervenants insistèrent surtout sur la confidentialité, que Tugdual souligna d'un trait supplémentaire, parce que le prestige du cabinet tenait en premier lieu à sa politique d'absolue confidentialité qui, parmi les trois valeurs phares du cabinet, était celle qu'il fallait placer au sommet de la hiérarchie car la moindre entorse à celle-ci eût privé le cabinet de toute crédibilité aux yeux de ses clients et du milieu des affaires. Et Tugdual finit par encadrer le mot *confidentialité* tout en fronçant les sourcils et en hochant la tête en direction de ses interlocuteurs pour leur signifier que le message était bien passé.

« Personne ne doit savoir pour qui travaille le cabinet, disait la jeune femme.

— Personne », répétait systématiquement l'homme à sa suite.

En pratique, la politique de confidentialité du cabinet contraignait les consultants à respecter le protocole : n'ayant pas accès au réseau informatique du cabinet, ils devaient demander à l'associé en charge du dossier l'autorisation d'accéder à la partie du réseau susceptible de les intéresser et ne devaient jamais mentionner le nom de leurs clients ni à l'extérieur du cabinet, ni dans leurs rapports, ni même devant leurs collègues. Ce point étonna particulièrement Tugdual : il était formellement interdit aux consultants, sous peine de licenciement immédiat et de poursuites disciplinaires, de parler entre eux de leurs rapports, et on les dissuadait même, pour ne pas tenter le diable, de nouer entre eux des contacts autres que professionnels. S'il voulait se faire des amis, il n'avait qu'à s'inscrire au club de rugby de son quartier, et tout le monde rit d'un air entendu – huhuhu – comme on le faisait au boulot quand un supérieur ou un ancien lançait une boutade. La femme ne rit pas mais arbora un sourire très professionnel et Tugdual se fit la remarque qu'elle était drôlement jolie et se demanda si elle était en couple avec l'intervenant parce que, si tel était le cas, il avait bien de la chance de se payer un *morceau* pareil. Lui, à la maison, même si Mathilde était jolie aussi dans son genre – visage d'enfant sage, discrète fossette, charmantes pommettes –, ce n'était pas un *morceau* à proprement parler et il fallait bien reconnaître qu'il aurait été fier de se promener au bras d'un *morceau* comme celui-là, avec sa taille de guêpe, son regard d'acier et sa chevelure soyeuse, et il aurait pris un immense plaisir à voir les jaloux baver d'envie sur son passage. L'homme poursuivit avec une anecdote à propos des dîners en ville au cours desquels il restait toujours vague sur ses activités professionnelles malgré les questions appuyées de ses amis. Et la femme ajouta que c'était tant mieux parce que les conversations professionnelles n'intéressaient personne. Et de nouveau, tout le monde rit – huhuhu –, sauf la femme qui se contenta de sourire, et Tugdual regretta d'avoir fait huhuhu plutôt que de s'être contenté de sourire lui aussi. C'était la raison pour laquelle chacun des consultants nouvellement recrutés suivait seul le programme d'intégration.

« Les amis sont des amis et les collègues sont des collègues, dit la femme.

— Si vous êtes aussi grassement rémunéré, c'est parce que vous avez des contraintes », précisa utilement l'homme.

Et il était indéniable que Tugdual Laugier était particulièrement bien payé, largement mieux que chez la concurrence. Sept mille euros par mois pour un premier job, c'était inespéré.

L'élaboration des rapports devait, elle aussi, respecter des règles de confidentialité très strictes. Les deux intervenants firent défiler de nombreuses *slides* sur un grand écran blanc où il était question de noms de code, de références cryptées, d'excellence et de formatage interne. Puis on aborda la facturation : il s'agissait là du nerf de la guerre puisque c'était le moyen pour le cabinet de gagner de l'argent – l'intervenant disait « gagner sa croûte » – et de s'assurer que tous les consultants fussent occupés équitablement, ni trop ni trop peu. À la fin de la semaine, les consultants accédaient au logiciel de facturation et indiquaient sur quels dossiers ils avaient planché afin que le cabinet pût émettre les factures à l'adresse des clients. Les consultants devaient préciser les références du dossier ainsi que le nom de l'associé en charge, chaque dossier étant rattaché à un associé particulier. Si, comme ça pouvait arriver au début, ils n'avaient rien eu à faire de la semaine, les consultants remplissaient la mention *travail personnel*, permettant ainsi aux associés d'identifier les consultants disponibles et de leur affecter de nouveaux dossiers.

« Mais, rassurez-vous, ajouta l'homme, vous ne resterez pas longtemps les bras croisés », et tout le monde rit

– huhuhu – même si Tugdual se contenta d'abord de sourire avant de s'apercevoir que, cette fois, la femme riait aussi.

L'attention de Tugdual Laugier avait rapidement été mise à mal par la complexité des informations à retenir, si bien qu'elle s'était progressivement recentrée sur la corbeille et le choix de la mini-viennoiserie qui accompagnerait sa tasse de café. Les yeux fixés sur les *slides* et le cœur submergé d'une délicieuse ivresse, il s'interrogeait sur le modèle réduit de chausson aux pommes, bien meilleur que son homologue de taille adulte. En tout cas, si le prestige d'un cabinet de conseil se mesurait à la qualité des petits déjeuners qu'il offrait à ses nouvelles recrues, Michard & Associés était un sacré cabinet ! Une grande tasse de café, un verre de jus d'orange et des tout petits croissants et pains au chocolat. Quelle chance d'avoir été recruté ici ! Avec le salaire qu'il percevrait, il devrait travailler dur, mais on travaillait mieux avec beaucoup d'argent sur son compte en banque et des croissants dans l'estomac. Et quel ne fut pas son émerveillement lorsqu'il découvrit, à son retour de déjeuner, que la corbeille en osier avait été réapprovisionnée ! Et en chouquettes s'il vous plaît ! Derechef, et bien qu'il eût déjà fait bonne chère à la Maison de l'Alsace des Champs-Élysées, il tendit la main vers la corbeille, et réitéra le mouvement toute l'après-midi durant. Au loin, et derrière le voile invisible qui avait recouvert ses pupilles inertes, Tugdual entendait la voix monocorde de l'intervenante, fort jolie décidément, qui disait que le cabinet Michard & Associés était salué par ses clients pour son aptitude unique à dénouer des problématiques complexes, grâce à son savoir-faire, à l'expérience du terrain, à la rigueur de ses équipes et à l'inspiration créative de ses associés, capables d'opérer à la frontière d'espaces critiques, et exigeant néanmoins des réponses simples, qui ne pouvaient se résoudre qu'à la lumière d'une analyse exhaustive et sans cesse renouvelée par des professionnels dont les recommandations, toujours soumises à une validation empirique, découlaient d'un raisonnement logique et d'un fort ancrage dans la réalité des faits, et aboutissaient à des solutions aux antipodes du panel des alternatives habituellement proposées aux clients, dont la diversité (fonds d'investissement, institutionnels, organisations privées, publiques, parapubliques, fondations ou structures associatives) requérait un talent d'adaptation et de perpétuelle remise en cause, propre aux équipes du cabinet dont le cœur de métier consistait à répondre aux besoins des clients et à améliorer leurs performances selon leurs aspirations et les défis stratégiques imposés par leur environnement contextuel, que seule une vision protéiforme et adaptative permettait de relever (innovation organisationnelle ou technologique, démarche *précursive* dans l'implémentation des ERP, *structuring* performatif des ratios de gestion, optimisation des *process* internes, re-*thinking* des outils CRM, accompagnement en phase critique), le tout sans faire courir aux clients le moindre risque opérationnel et en respectant leur identité sociétale, et Tugdual se demandait s'il aurait droit à des mini-croissants et des chouquettes tous les jours de la semaine ou s'il s'agissait d'un privilège réservé aux consultants en formation, ce qui eût été bien dommage parce qu'ils étaient bons. Drôlement bons, même.

À l'issue de la formation, au cours de laquelle l'homme répéta parfois certains mots prononcés par sa collègue, que Tugdual se sentit obligé de prendre en note (*confidentialité... collègues = collègues... facturation = gagner croûte... ERP??? CRM????*), l'intervenante se tut. Avec son sourire très professionnel, elle attendit que Tugdual terminât d'avaler sa chouquette pour lui demander s'il avait des questions. Tugdual en avait bien quelques-unes mais elles concernaient principalement les mini-viennoiseries (y en aurait-il tous les matins à son bureau ?), les tickets-restaurant (seraient-ils à huit euros ou neuf soixante ?), le bloc-notes et le crayon à papier estampillés au nom du cabinet qu'il avait trouvés sur la table (pouvait-il les garder à l'issue du séminaire de formation ?), les vacances (pourrait-il poser trois semaines en août ?) et l'intervenante elle-même (était-elle célibataire ?). Dans les limites auto-perçues de son intelligence, deux signaux coutumiers se déclenchèrent en même temps qu'une légère angoisse : le premier lui confirmait qu'il n'avait rien compris, le second lui enjoignait de ne surtout pas poser de question.

« Tout est limpide, répondit Tugdual, qui aurait donné la même réponse à l'issue d'une conférence sur la combustion des alcanes.

— Alors dans ce cas..., enchaîna l'intervenant en ouvrant les bras comme pour lui donner l'accolade mais sans en concrétiser l'esquisse.

— ... bienvenue chez Michard & Associés ! compléta la femme dans un nouveau sourire qui fit songer à Tugdual qu'il aurait payé cher pour la voir toute nue.

— Bienvenue dans notre grande famille », ajouta enfin l'homme en lui tendant une poignée de main ferme, et tout le monde rit – huhuhu – sauf la femme.

Tugdual les remercia et leur proposa d'échanger leurs numéros, ce qui était la façon la plus discrète d'obtenir celui de la jeune femme. Après tout, ils venaient de passer deux jours ensemble, ce qui créait des liens.

« Pourquoi pas ? » répondit la femme, que l'imagination de Tugdual n'arrivait plus à rhabiller.

Mais personne ne prit le numéro de qui que ce fût. Et Tugdual pensa que c'était tout de même une drôle de grande famille qu'il rejoignait s'il ne devait parler à personne. En tout cas, il les avait trouvés épatants. Vraiment très professionnels. Un peu gauchement, il les salua de nouveau avant de prendre congé.

Il ne les avait jamais revus.

Le lendemain, Tugdual Laugier franchit enfin les portes du cabinet Michard & Associés, qui occupait deux niveaux d'un immeuble du 8ᵉ arrondissement, dont la façade principale faisait face à la Seine. L'agent d'accueil lui remit un badge magnétique permettant d'accéder en ascenseur au septième étage et à son bureau, le numéro 703. Le dernier étage, où étaient regroupés l'ensemble des associés du bureau de Paris, était strictement interdit aux simples consultants, sauf autorisation exceptionnelle. Les deux intervenants avaient longuement insisté sur ce point lors du séminaire.

Muni de son badge, Tugdual se rendit seul au septième et regretta qu'une secrétaire ne lui fît pas au moins faire la visite des lieux. Certes, il ne devait nouer de relations extraprofessionnelles avec personne, mais la plus élémentaire politesse ne commandait-elle pas de le présenter à ses collègues ? N'allaient-ils pas au moins se saluer le matin dans les couloirs, et échanger quelques mots de temps à autre à la machine à café ? Il se fit alors la réflexion qu'en dehors des deux intervenants en charge du séminaire de formation, et dont il n'était d'ailleurs pas certain qu'ils en fissent partie, Tugdual n'avait encore croisé aucun représentant du cabinet. Michard en faisait tout de même un peu trop sur le chapitre de la confidentialité. En dehors du logo qui s'affichait ici et là, le couloir était sombre et desservait huit bureaux d'une quinzaine de mètres carrés que des cloisons en PVC opaques séparaient les uns des autres dans une atmosphère infiniment déprimante. Pour l'instant, il ne dirait rien, mais il fallait compter sur lui pour faire remonter le cahier des doléances dès qu'il aurait trouvé ses marques au sein du cabinet.

Tugdual prit place au sein du bureau 703 où une table, un ordinateur, trois crayons à l'effigie du cabinet, un bloc, une corbeille, une horloge et une vue sur la cour tenaient lieu d'accessoires et de décor. Toute la journée, il resta à sa table, sans trop oser s'aventurer dans le couloir, l'esprit papillonnant de la cour à la page d'accueil de son écran d'ordinateur et les globes oculaires tournant bientôt au rythme des aiguilles qui lui faisaient face. Dans le couloir, le silence était religieux et, de ses quelques allers-retours à la machine à café, il conclut que la plupart des bureaux voisins étaient inoccupés, et que les rares consultants qu'il croisait étaient de fieffés malotrus, à répondre inlassablement à ses salutations chaleureuses par un drôle de rictus. Comme lors de son test d'aptitudes, Tugdual attendit sagement qu'on voulût bien lui donner du travail.

Il attendit trois ans.

L'état d'esprit de Tugdual Laugier avait beaucoup évolué au cours de ces trois années. D'abord inquiet de ne pas être à la hauteur des missions qui lui seraient confiées, il avait cherché à se renseigner sur la nature de celles-ci tout en redoutant qu'on lui en confiât. S'il obtenait de ses collègues quelques secondes d'attention, ils lui répondaient en termes vagues et sibyllins, évoquant du bout des lèvres des dossiers dont le niveau de confidentialité était tel qu'ils ne pouvaient lui en révéler davantage, avant de délaisser Tugdual à l'orée d'une conversation dont on lui refusait le plaisir. D'ailleurs, hormis un drôle d'échalas à lunettes qu'il croisait au fond du couloir depuis son arrivée, la plupart des collègues entrevus durant ces trois années étaient restés quelques mois et avaient tous disparu un beau matin sans crier gare. Il n'y avait ni pot d'accueil ni pot de départ, et Tugdual éprouvait un inavouable sentiment d'envie lorsqu'il voyait sa fiancée préparer une galette pour tirer les rois avec ses propres collègues.

Il avait pensé se former tout seul en étudiant les rapports qu'il glanerait dans les tiroirs de son bureau, oubliés par ses prédécesseurs, ou dans ceux de ses voisins. Les tiroirs de son bureau, cependant, étaient vides et la pièce ne comportait pas d'autre ornement que l'horloge, ni armoire ni étagère d'aucune sorte, et les bureaux de ses collègues ne comportaient pas plus de rangements que le sien, ce qui n'avait rien d'illogique puisqu'il n'y avait rien à classer.

« Rien ne traîne dans les bureaux, lui avait dit son collègue du fond du couloir. Les projets de rapports ne sortent pas du réseau interne ultraconfidentiel, et les rapports définitifs sont conservés aux Archives. »

À la machine à café, les collègues paraissaient toujours pressés, méfiants, et se contentaient la plupart du temps de le saluer de leur rictus revêche. Parfois, sans pour autant se risquer à une conversation, l'échalas à visage émacié et aux yeux de taupe brisait la torpeur par un « Ça bosse, aujourd'hui ! ». Apparemment, ça bossait. Tugdual observait alors son collègue sans oser crier lui aussi que ça bossait alors que ça ne bossait pas mais espérant, par son sourire entendu, que son collègue comprît que ça bossait aussi chez Laugier. Et puis, à force d'entendre son collègue s'écrier « Ça bosse ! », Tugdual avait craint que sa réserve fût interprétée pour ce qu'elle signifiait (qu'il ne bossait pas) et que les bruits de couloir colportassent bientôt la vérité. À son tour, il s'était donc mis à lancer des «Ça bosse!» à tout bout de champ, dès le matin dans le couloir qui menait à la machine à café, en attendant son café, en retournant à son bureau, en refermant la porte, en allant aux toilettes, en quittant son bureau... «Ça bosse chez Laugier!»

De temps en temps, un associé du cabinet débarquait dans le couloir en sifflotant («dididi-dadadada») et chantonnant à propos d'un certain «Relot» qui avait bien mérité son café («C'est pour qui le bon café? C'est pour ce bon vieux Relot, toujours premier au boulot!»). Tugdual ne l'avait encore jamais croisé, mais il reconnaissait la voix. «Voilà le drôle d'oiseau», se disait-il dès que le sifflement retentissait dans le couloir. Tugdual l'entendait s'étonner que les bureaux fussent vides, alors qu'il ne passait jamais la tête dans le sien, puis sermonner les collègues qu'il trouvait à la machine à café, leur reprochant d'être toujours en pause, à papoter, alors que ce bon vieux Relot turbinait jour et nuit à s'en esquinter la santé. Il citait Jean Jaurès et Jules Ferry, vantait les vertus de l'école républicaine, qui lui avait permis de gravir les échelons, leur parlait de la Chine où il faisait très froid l'hiver, très chaud l'été, où il avait habité quatre ans à bouffer du clébard avec des baguettes, avertissait que les Chinois étaient partout, sa femme, sa secrétaire, ses clients – tout le monde était chinois! Avant de remonter au huitième étage, il les pressait de retourner bosser s'ils voulaient un jour devenir associé comme lui, et ne manquait jamais de leur rappeler que le secret de la réussite tenait en trois mots: boulot, boulot, boulot. Puis il repartait comme il était venu, en sifflotant («dididi-dadadada»), et chaque fois Tugdual refrénait l'ardent désir de le croiser de peur de se voir reprocher, comme ses collègues, de traîner dans le couloir plutôt que d'être à son bureau. La voix pouvait retentir trois fois dans la matinée puis elle se taisait pendant des mois. Vraiment, quel drôle d'oiseau!

Puisqu'il fallait bien s'occuper, Tugdual avait dû trouver des activités qu'il pût exercer dans le huis clos de son bureau feutré, et avait développé pour l'ordre une approche obsessionnelle qui le conduisait plusieurs fois par jour à « ranger tout ce fatras », là où tout autre que lui aurait vu une pièce inoccupée. Dès que l'un des trois crayons à papier venait à manquer dans son pot, il prenait l'air renfrogné, repérait le fuyard de son œil de faucon, s'en saisissait d'un mouvement sec et lui adressait solennellement les avertissements d'usage : « Si je te reprends encore une fois à faire l'école buissonnière, je te brise les os, vilain garnement! » Et lorsque le crayon – pourtant averti! – tentait une nouvelle fois de se faire la belle, Tugdual Laugier, dans un cérémonial parfaitement établi, interpellait le récidiviste au milieu de sa cavale, s'emparait de l'une de ses extrémités, le levait au ciel pour l'exposer à la foule, en saisissait l'autre extrémité et brisait le mutin en deux, avant d'en présenter les morceaux démembrés aux crayons survivants pour leur faire passer l'envie d'imiter leur petit camarade. S'étant rapidement retrouvé avec des dizaines de morceaux de crayon sans mine, dépourvu de taille-crayon et ne sachant comment réclamer de nouvelles fournitures aux services généraux, Tugdual avait dû se résoudre à acheter lui-même de nouveaux crayons, de peur de se voir privé de l'un de ses principaux passe-temps. Il avait ainsi fait l'acquisition – sur ses deniers personnels – d'un sachet de cent crayons à papier sur lesquels il avait régné en despote une année durant avant de se résoudre à l'acquisition de cent nouveaux petits opprimés que, dans un souci de justice, il avait cette fois numérotés afin de ne pas faire subir aux primodélinquants le même sort qu'aux récidivistes. L'institution judiciaire était bientôt devenue une mécanique implacable où les crayons fidèles étaient récompensés par un usage quotidien et des entortillements capillaires, les récalcitrants placés en quarantaine, tandis que les délinquants notoires étaient mis hors d'état de nuire. « L'État français ferait bien de s'en inspirer! songeait-il. Ça nous éviterait la chienlit! »

Le déjeuner était devenu l'épicentre de sa journée de travail. À 11 heures, la grande agitation débutait. Il appelait les brasseries des alentours pour s'enquérir du menu du jour, questionnait les serveurs sur les accompagnements proposés, se renseignait sur les tables disponibles, jouait aux indécis, raccrochait, contrarié, rappelait aussitôt ayant changé d'avis, réservait pour 11 h 45, prétextait une urgence pour annuler, et réservait de nouveau pour midi. Il se mettait l'eau à la bouche en visionnant des émissions de cuisine dont raffole Internet, s'imaginait les plats, se réjouissait à l'idée de l'avocat-crevettes, espérait se laisser suffisamment de place pour les profiteroles au chocolat, et à 11 h 30, n'y tenant plus, il enfilait son imperméable – jamais sa veste, qu'il laissait consciencieusement sur le dossier de son fauteuil pour faire croire qu'il était encore là – et s'évadait au grand jour. Dans l'ascenseur, il considérait son reflet dans le miroir, rentrait le ventre, creusait les joues et se désolait de constater que sa silhouette replète, son visage poupin et ses cheveux courts et drus ne correspondaient pas du tout à l'image qu'il se faisait de lui-même, beaucoup plus proche de celle des acteurs américains, regard profond, mèches rebelles et voix rauque. Dès qu'il posait le pied dans le hall, l'image fantasmée reprenait ses droits sur celle du miroir et, d'un pas assuré, débordant d'importance, il saluait les agents d'accueil avant de rejoindre la rue dans un trottinement folâtre qui trahissait la béatitude de l'âme. Il passait au kiosque à journaux, échangeait sur la politique avec le marchand – qui n'y comprenait rien, le bougre! – et, gai comme un pinson, poussait très en avance les portes de la brasserie sur laquelle il avait jeté son dévolu. Enfin attablé, unique client d'une salle encore vide, immensément satisfait de se voir le seul oisif au milieu du ballet des serveurs dressant les tables autour de la sienne, Tugdual examinait le menu qu'il connaissait par cœur, hésitait, opinait du chef, et finissait par choisir le plat du jour. Commençait alors le suprême plaisir de l'attente, réconfortante de certitudes. Là-bas, dans la cuisine, un chef et deux commis œuvraient, dans un commun effort, à la confection de son entrée. Quand elle arrivait, le guilleret Tugdual se nouait une serviette épaisse à carreaux rouge et blanc autour du cou, se frottait le ventre, remerciait la vie de l'avoir doté d'un si joyeux appétit et, en trois généreuses bouchées, engloutissait son mets dans un absolu contentement. Il marquait une pause entre le hors d'œuvre et le plat pour laisser la clientèle d'affaires s'installer aux tables environnantes et saluer ses voisins d'un hochement de tête qu'on ne lui rendait pas. D'un claquement de doigts d'habitué, le pionnier Tugdual poursuivait son aventure en solitaire, s'évitant les désagréments d'une cuisine bondée, d'un chef débordé ou d'une carte incomplète, dégustant ses rognons pendant que ses commensaux espéraient encore leur salade. Il se faisait ensuite volontairement rattraper pour mieux profiter du dessert. Comblé, il laissait traîner l'oreille là où la conversation lui seyait, lançant des commentaires comme on lance des hameçons. «Bonne chance pour sortir de l'euro!» glissait-il, tout en connivence, à deux voisins en pleine querelle économique ; «Vivement la retraite !», hilare, à trois jeunes hommes de son âge dénigrant leur travail ; «Ce que femme veut...», complice, à un mari malmené par son épouse... Parfois, l'interlocuteur acquiesçait, saluait le trait d'esprit d'un haussement de sourcils bienveillant qu'il regrettait aussitôt, Tugdual l'ayant interprété comme une invitation à participer à la discussion. Le trublion Laugier multipliait alors les boutades, approuvait les opinions des uns, nuançait celles des autres, recadrait le débat, se désintéressait totalement de son assiette, retournait même sa chaise pour se rapprocher de la table voisine, s'y installait parfois, et monopolisait bientôt la parole au grand dam des clients trop polis pour faire taire l'importun. Mais le plus souvent, son bon mot, son invective, sa fulgurance mourait dans une indifférence gênée ou dans l'hypocrisie d'un plissement de lèvres bien élevé. Peu lui importait, il avait le ventre plein. Ô qu'il était bon le temps du déjeuner. Qu'elles étaient revigorantes et saines ces heures pleines durant lesquelles Tugdual Laugier ne s'en voulait pas de n'avoir rien à faire.

À son retour, il profitait de la solitude de son bureau pour digérer dans un calme méphitique le menu trop copieux, comblant la vacuité de ses après-midi par de distrayantes flatulences. Avachi dans son fauteuil, le fumet des rognons encore en bouche, baigné dans la familière puanteur de ses entrailles, il s'étonnait qu'une telle odeur pût paraître si agréable à ses narines alors qu'elle eût été insoutenable à celles de tout autre. Dieu qu'il s'en donnait à cœur joie ! Quel curieux plaisir, vraiment, que la pétarade !

Cette singulière activité en annonçait inévitablement une autre, tout aussi réjouissante. Largement mis à contribution, son intestin sonnait l'alerte d'un délestage imminent, pareil au sémaphore signalant un récif. Tugdual se précipitait dans le couloir et rejoignait en courant les toilettes, muni d'un peu de lecture. La peau du derrière rafraîchie par le thermoplastique de l'abattant, il savourait cette parenthèse enchantée où l'être humain en revient à sa condition de tuyau de chair, muni du *Monde*, du *Figaro* ou de tout autre journal qu'il avait pu récupérer sur la table basse du hall de l'immeuble. Longtemps après les dernières éclaboussures, il refermait son journal, se relevait avec la mine fataliste qu'il affichait au réveil et, avant de s'essuyer le derrière, jetait un œil attentif à sa production du jour. Était-elle ferme comme l'entrecôte qu'il avait dévorée au déjeuner ou mollassonne comme son tiramisu ? Était-ce une pièce unique et massive ou un chapelet de petites crottes ? Son œuvre, qu'elle fût imposante ou figurative, le rendait si fier qu'il rechignait à tirer la chasse. N'était-ce pas une part de lui-même, après tout, qui flottait là, au pied du trône ? N'était-ce pas la seule matière qu'un homme pût véritablement engendrer ? Quel dommage en tout cas qu'il fût l'unique expert à profiter de la vue d'un si bel étron ! Enfin, dans un bruit de cataracte, survenait l'anéantissement de sa production ultime que Tugdual veillait à faire disparaître dans la tuyauterie de l'immeuble, usant du balai s'il en était besoin, afin qu'il n'en demeurât aucune trace pour la postérité.

Parfois, sa défécation paisible était perturbée par une cacophonie de talons venant du plafond, comme si, à l'étage supérieur, un hurluberlu s'essayait aux claquettes – clap, clap, clap ! Puis le tintamarre s'interrompait brusquement, et ne lui parvenait plus alors qu'un chuintement étouffé qui lui rappelait quelque chose mais qui mourait avant de lui révéler ses mystères – « dididididi-dadadada »...

Lorsque le silence de son bureau devenait pesant et que son intestin ne lui permettait plus de le rompre à sa guise, Tugdual s'assurait discrètement que les alentours fussent vides pour se lancer dans un concerto. Après des exercices de vocalises (« A-E-I-O-U »), il annonçait avec le ton compassé des animateurs de France Musique l'intermède qui suivrait.

« Concerto en *la* mineur de Vivaldi, par l'orchestre philharmonique de Vienne, dans une interprétation toute personnelle du maestro Tugdual Laugier... »

De cette performance musicale, seul Tugdual percevait l'absolue majesté : trompette gutturale, cymbale sur joues, flûte à pincement de nez, guitare sur dents, percussion sur côtes, tambour de fesses ! Le petit concert achevé, ému aux larmes, il adressait à une foule imaginaire une gracieuse révérence. Si un collègue s'était trompé de porte à ce moment précis, il serait tombé nez à nez avec ce grand dadais de Tugdual, un mètre quatre-vingt-huit, pas encore gros mais en passe de le devenir, envoyant des baisers, la main sur le cœur, à son public de crayons à papier, chef d'orchestre sans orchestre, violoncelliste sans archet, génie sans idée.

Il avait également trouvé en sa cravate un fidèle compagnon de jeu, la roulant, la déroulant autant qu'il le pouvait, la dénouant parfois pour en faire un garrot, pour en faire un lasso, qui Rambo, qui Zorro. Il se l'enfonçait aussi dans la bouche, comme un rouleau de printemps qu'il gobait en ouvrant grand la mâchoire (« Rô-rô-rô ! »), et la retirait en toute hâte pour s'éviter la douloureuse épitaphe *« Ci-gît Tugdual Laugier, mort à 25 ans, étouffé par sa cravate »*. Le jeu de la cravate lui inspira d'autres défis comme celui de se fourrer dans la bouche le plus grand nombre de bûchettes de sucre, défi auquel il se prépara toute une semaine, chapardant consciencieusement chaque matin cinq ou six sachets à la machine à café, redoutant de se faire pincer s'il en subtilisait davantage. En fin de semaine, il établit un record que l'on ne battrait pas de sitôt: trente-cinq bûchettes dans la bouche, oui monsieur!

Au dîner, Mathilde lui demandait comment s'était passée sa journée. Tugdual prenait l'air affecté de ceux qui taisent courageusement des secrets trop lourds à porter pour le commun des mortels. Il eût été soulagé de pouvoir partager avec elle ses inquiétudes et son spleen, mais il craignait que l'adoration de Mathilde, qu'il s'imaginait briller d'un éclat pur et limpide, ne se teintât d'opaline. Alors, Tugdual s'emportait à décrire un labeur interminable, jonglant entre les appels téléphoniques et les sollicitations internes, donnant les impulsions décisives, rayant à grands traits les notes des subalternes, corrigeant avec tact celles des supérieurs, se nourrissant à peine d'un sandwich en triangle au milieu du raffut! Compte tenu de son salaire, naturellement, il n'avait pas à se plaindre, mais le diktat de la rentabilité allait finir par lui esquinter la santé.
« Et je gagnerais plus chez Rothschild, crois-moi! »
Et Mathilde le croyait.
« Chéri, tu gagnerais plus chez Rochild », acquiesçait-elle d'ailleurs lorsque les responsabilités de son fiancé lui paraissaient trop lourdes.

Et Dieu qu'elles étaient lourdes! Pestant, maugréant, tapant du poing sur la table, Tugdual fustigeait les travers du capitalisme aveugle et dissipait dans un redoublement d'indignations les réminiscences honteuses de ses après-midi: bûchettes de sucre, avalements de cravate, concerts gutturaux – pouet, pouet, pouet, la trompette... Impensable d'avouer à Mathilde qu'il n'avait encore vu ni rapport ni associé et que ses seuls subalternes étaient une centaine de crayons à papier ! Mathilde devait continuer de croire qu'il bossait comme un cheval, ce dont Tugdual n'était pas loin d'être lui-même convaincu. Il est en effet une vérité éternelle que l'être humain, naturellement réfractaire à l'effort, le devient d'autant plus qu'il n'y est plus confronté. Ainsi, dès que Tugdual se voyait contraint de rédiger un courrier au syndic, l'affaire prenait désormais des proportions internationales. Mathilde devait se montrer aux petits soins, le soulager entièrement des tâches ménagères – Tugdual ne pouvant être partout à la fois – et écouter attentivement les projets de courrier dont il lui faisait lecture. Il n'était plus question de parler d'autre chose aux dîners que de la désignation de son interlocuteur (« *Chère Madame, Cher Monsieur... Madame, Monsieur... Madame ou Monsieur le Président... Madame la Présidente, Monsieur le Président...* »), de la phrase d'accroche (« *En ma qualité de propriétaire, je me permets de vous contacter... Je me permets de vous contacter en ma qualité de propriétaire... C'est en ma qualité de propriétaire que je me permets de vous contacter...* »), du ton du courrier (respectueux ? directif ? poli ? insolent ? résolu ?) et, plus fondamental encore, de la formule de politesse qui classait les rédacteurs en castes : les gens du monde (« *Je vous prie de croire en l'assurance de toute ma considération respectueuse* »), les intellectuels (« *Je vous prie de croire en l'absolue sincérité de mes hommages spirituels* »), les obséquieux (« *Je vous prie d'agréer l'hommage de mon indicible et respectueux dévouement* »), les hypocrites (« *Je vous prie de croire, Monsieur le Président du syndic, que je vous compte parmi mes amis les plus fidèles* »), les sans-manières (« *Bien cordialement* »)... Chez Michard, Tugdual arpentait le couloir en soufflant, plein de componction, d'un pas pressé et lourd, de son bureau à l'imprimante, de l'imprimante à son bureau.

« Ça bosse, chez Laugier ! »

Ah oui, ça bossait ! Le courrier au syndic comptait bientôt dix pages où Tugdual multipliait les réclamations, dénonçait des exactions intolérables, critiquait la mairie d'arrondissement, accusait la Ville de Paris, en appelait à l'État, à la CEDH ! Ce n'était plus un courrier, c'était un mémoire, un opuscule, un brûlot !

« Ça bosse, chez Laugier ! »

Lorsque le courrier – qu'il avait intitulé *mémoire ampliatif* – était enfin achevé, chaque mot était si bien pesé qu'on n'y comprenait plus rien. Mathilde était chargée d'aller le porter en toute hâte au bureau de poste afin qu'il fût relevé dès le samedi matin, son fiancé n'ayant pas eu une minute pour le faire poster par une assistante. Et si Mathilde s'étonnait d'avoir à se précipiter pour un courrier qui n'avait rien d'urgent, Tugdual lui rappelait que sa mission n'était rien comparée à la sienne, qui l'avait retardé dangereusement dans son travail.

Il avait rencontré Mathilde lors d'une soirée étudiante. Bien que n'ayant jamais connu un grand succès dans ce type d'événements, ni n'importe où ailleurs, Tugdual ne doutait pas de son charme et avait, ce soir-là, opté pour une nouvelle stratégie de séduction, les précédentes n'ayant pas toujours porté leurs fruits. Plutôt qu'essayer d'attirer la danseuse la plus convoitée de la piste par des mouvements de bassin et d'irrésistibles œillades, Tugdual s'était dirigé vers Mathilde qui se tenait dans un coin, à l'écart d'un groupe de jeunes filles dont le cercle de discussion s'était refermé devant elle comme les portes d'une forteresse. Tugdual, lion superbe et généreux, l'avait abordée avec des mots qu'il ne cesserait de lui rappeler les années suivantes :

« Comment se fait-il que la plus jolie fille de la soirée n'ait pas de cavalier ? »

Bien qu'un peu inquiète à l'idée que ce grand dadais pût se moquer d'elle, Mathilde avait levé vers lui ses pommettes roses et un sourire d'encouragement. Il l'avait rassurée, l'avait fait danser, elle qu'on invitait si peu, lui avait raconté sa vie – travail acharné et aventures d'un soir –, dépeint ses ambitieux projets et s'était même laissé aller à lui confesser qu'il aspirait désormais à vivre une belle histoire plutôt qu'à collectionner les conquêtes. Mathilde l'avait laissé la raccompagner jusqu'à la porte de sa chambre et avait apprécié qu'il n'insistât pas pour passer la nuit avec elle. « Tu es différente de toutes celles que j'ai eues », lui avait-il chuchoté avec ce même regard de don Juan touché au cœur. Le lendemain, il lui avait envoyé un SMS. « La belle Mathilde m'accorderait-elle une heure de son temps ? » Elle la lui avait accordée. Rapidement, Tugdual avait élaboré pour eux une *feuille de route* avec des projets à réaliser, des étapes à franchir, des objectifs à atteindre. Dans sa chambre d'étudiant, il avait relié entre elles trois pages blanches avec du scotch. Il avait tiré un trait sur toute la largeur, entrecoupé de petites barres verticales. Le grand trait horizontal représentait le reste de leur vie et les barres verticales chacune des cinquante prochaines années. C'est ainsi que Mathilde, les yeux ronds d'étonnement au-dessus de ses pommettes roses, avait découvert que Tugdual gagnerait deux mille euros net dans deux ans, qu'ils achèteraient un appartement dans trois, que Tugdual gagnerait quatre mille euros dans quatre, qu'ils se marieraient cette même année, qu'elle aurait son premier enfant dans cinq, son second dans sept – mais qu'une marge de sécurité lui laissait encore le loisir de le reporter l'année suivante. Venaient ensuite l'acquisition du second appartement, définitif celui-ci, l'inscription des enfants à Henri-IV, l'investissement locatif dans un petit studio qui leur servirait de pied-à-terre pour leurs vieux jours, la résidence secondaire...

« Dans la vie, disait-il, il faut une feuille de route, sinon on ne sait pas où l'on va. Je suis le capitaine, qui donne le cap, et tu es mon fidèle matelot. »

Et si Mathilde ne répondait pas, Tugdual insistait :
« Pas vrai, chérie ?
— Vrai. »

D'ailleurs, il ne prenait jamais une décision sans consulter Mathilde, qui l'approuvait toujours : « J'ai bien fait d'acheter du pain ce matin. Pas vrai, chérie ? – Vrai, chéri » ; « C'est une sacrée affaire que j'ai faite là, vrai ou faux ? – Vrai, chéri » ; « Ce n'est pas avec des empotés pareils qu'on va redresser la France ! J'ai tort ou j'ai raison ? – Tu as raison, chéri. » Bien que se sentant parfois trimballée comme une valise, Mathilde éprouvait un amour reconnaissant envers Tugdual : pour la première fois quelqu'un l'incluait dans ses plans. De son côté, l'amour de Tugdual pour Mathilde était sincère mais maladroit. Il n'osait lui avouer que les petits plaisirs de la vie n'étaient pour lui des plaisirs qu'en ce qu'il avait hâte de les raconter le soir même à Mathilde (il ferait beau ce week-end, il avait une faim de loup, il avait acheté vingt-quatre rouleaux de papier-toilette au prix de douze) et se persuadait que celle-ci ne se contenterait pas de si peu. Non, Mathilde attendait de lui ce que toutes les femmes devaient attendre d'un mari : protection, assurance et prestance. Sans quoi, à la moindre déconvenue, les bonnes femmes filaient à l'anglaise pour trouver mieux ailleurs sans qu'il y eût rien d'inconvenant à ça : n'importe qui changerait d'employeur contre un meilleur salaire. Tugdual vivait ainsi chez lui dans une quête d'admiration qui se déclinait sous toutes les formes du quotidien, de sa façon de boire le café le matin (à gorgées franches et bruyantes) jusqu'à sa manière de pousser le caddie au supermarché (sifflotant, bras écartés, sans embardée). Il devait se surpasser en tout pour éblouir Mathilde.

Tugdual avait décrété qu'ils iraient déjeuner tous les dimanches chez la mère de Mathilde et avait fait passer son diktat pour une exigence de sa fiancée, qui n'y tenait pourtant pas.

« N'insiste pas, Mathilde, je la connais, ta mère ! Les habitudes sont les habitudes ! »

Et si Mathilde contestait, Tugdual couvrait sa voix jusqu'à ce qu'elle l'approuvât.

« Vrai, chéri.

— À la bonne heure. Alors, allons-y, sinon ma belle-doche va encore nous faire une crise. Et pareil pour mon beauf. J'ai tort ou j'ai raison ?

— Tu as raison, chéri. »

En l'absence du père, décédé lorsque Mathilde était enfant, Tugdual s'était érigé en chef de famille, dont les membres avaient vu l'arrivée comme une bénédiction pour Mathilde qui manquait terriblement de confiance en elle, mais ils commençaient à se lasser de le voir régenter leur propre vie. Il avait fait du bout de table, autrefois assigné au père, sa place habituelle, sa fiancée se tenant à sa droite, sa mère et son beau-frère à sa gauche. Gaspard, de deux ans le cadet de Mathilde, plutôt introverti et fervent catholique, se faisait accueillir à son retour de la messe par quelque boutade que Tugdual se gardait de renouveler : « Allons donc, voilà la grenouille de bénitier ! Dis donc, j'espère que tu ne pries pas pour les chômeurs parce que là-haut, Il n'a pas l'air de t'écouter » ; « Alors, saint Gaspard, je sais que les voies du Seigneur sont impénétrables mais Il ne se fait pas beaucoup entendre du côté de la Terre promise où on se bat en Son nom depuis deux mille ans ! » Sur ce, Tugdual tournait sa bouille satisfaite et goguenarde vers Mathilde ou vers sa belle-mère : on ne faisait pas gober à Tugdual Laugier ces sornettes de cureton ! Parfois, Mathilde lui chuchotait de ne pas vexer son frère et Tugdual répondait tout haut pour que son « beauf » l'entendît :

« Il ne va pas se vexer, l'enfant de chœur : Dieu est plein de miséricorde. Pas vrai ? »

Et comme Gaspard ne répondait toujours pas, Tugdual, en *pater familias* bienveillant, venait lui adresser une accolade virile.

Gaspard s'irritait de la fulgurante familiarité avec laquelle le traitait le nouveau venu. Si Mathilde était heureuse avec cet individu plutôt qu'un autre, il en était ravi pour elle, mais pourquoi diable ce Tugdual Laugier s'évertuait-il à multiplier les marques d'intimité à son égard ? Chiquenaudes, boutades et conseils... Au déjeuner, Tugdual avait décrété qu'il convenait de parler affaires – autrement dit, des siennes – et puisque les femmes n'y connaissaient rien, il ne s'adressait qu'à Gaspard, qui s'y intéressait encore moins.

« Tu verras, le monde des affaires est un monde de requins », l'avait prévenu Tugdual après trois mois chez Michard qu'il avait occupés à s'enfoncer des bûchettes dans la bouche et à péter comme un goret ulcéreux.

La famille de Mathilde, bien élevée et trop peu habituée aux rapports sociaux pour s'en priver totalement, l'écoutait religieusement évoquer ses lourdes responsabilités, ainsi que son salaire qui dépassait – et de loin ! – ses ambitions les plus folles. D'ailleurs, il avait apporté pour l'occasion la *feuille de route* qui trônait habituellement dans l'entrée. C'était inscrit là, noir sur blanc, au-dessus du trait représentant son vingt-sixième anniversaire : « *2 000 € net/ mois* ». Gaspard n'avait qu'à vérifier par lui-même s'il ne le croyait pas. Il n'était pas question de fanfaronner en révélant combien il gagnait aujourd'hui – ça n'était pas son genre – mais il n'avait pas à se plaindre. Il gagnait plus du triple de ce qu'il avait espéré, et encore il n'en était qu'à ses débuts chez Michard. Voilà, il n'en dirait pas plus, même sous la torture !

« Et en voilà une qui s'en accommode fort bien. Pas vrai, chérie ? »

Et lorsque Mathilde, qui avait perdu le fil, tardait à l'approuver, il dirigeait vers elle une mine d'instituteur à blouse.

« Mathilde, allô la Lune, ici la Terre !

— Vrai, chéri. »

Après le déjeuner, Tugdual tenait à prendre le café dans un coin du salon avec Gaspard, qu'il conseillait sur son avenir, tandis que ces dames n'avaient qu'à évoquer entre elles leurs « petits tracas », disait-il dans un clin d'œil à son beau-frère qui priait désormais pour que l'office du dimanche débordât sur l'heure du déjeuner.

Au bureau, la situation ne s'arrangeait pas. Dans une première phase de découragement, Tugdual Laugier avait progressivement repoussé son arrivée de 9 à 10 heures sans que personne le remarquât. À la fin de la semaine, il remplissait consciencieusement son logiciel de facturation avec la sempiternelle mention « travail personnel » qui signifiait qu'il n'avait personnellement pas travaillé. Le plus surprenant était que Tugdual continuait à être grassement rémunéré. Plusieurs fois par jour, il consultait son compte bancaire en ligne, s'égayant de tous ces chiffres qui faisaient sa fortune. Chaque mois, de nouveaux chiffres venaient s'accumuler aux précédents, comme par magie, et même si son enrichissement se révélait être le fruit d'un bug informatique ou d'une erreur logistique, personne ne lui reprendrait ces sommes, d'autant qu'il payait des impôts dessus et pas qu'un peu!

Puisque l'argent abondait et que son activité professionnelle le laissait libre d'occuper son temps comme il le souhaitait, il s'était décidé à franchir une nouvelle étape de sa feuille de route avec – tenez-vous bien – près de deux ans d'avance. Le sujet avait phagocyté le quotidien du couple : dès le petit déjeuner, Mathilde devait éplucher les annonces immobilières ; à longueur de journée, Tugdual l'appelait sur son lieu de travail pour lui faire part de ses dernières trouvailles ; au dîner, il exposait les rudiments de la culbute immobilière : capital de départ, capacité d'emprunt, taux d'intérêt, échéancier, prêt-relais, défiscalisation.

« Un bon placement n'est pas forcément ce qu'on croit, ma chère Mathilde. Rien ne sert d'acquérir un grand loft en sous-sol que personne ne voudra racheter. Pour bien acheter, il faut d'abord penser à bien revendre. Vrai ou faux?

— Vrai, chéri.

— Bien. Donc, pour bien revendre, il faut savoir ce que veulent les gens. Il faut être à l'écoute du marché. Or, qu'est-ce que les gens aiment? Les sous-sols, les appartements atypiques, les taudis bas de plafond?

— Ah non alors!

— Négatif, en effet. Ce que les gens veulent, c'est du parquet, des moulures et des cheminées.

— Tu as raison, chéri. Mais la cheminée, est-ce si important?

— Primordial.

— Mais peut-on faire un feu de cheminée à Paris ?

— Peu importe ! Les gens n'achètent pas des cheminées pour faire du feu. Les gens veulent des cheminées pour remplir tous les critères. Immeuble haussmannien, parquet en chêne, moulures au plafond, cheminée dans le salon. C'est bête et méchant, mais c'est comme ça.

— Ah oui, c'est pour remplir les critères.

— Affirmatif. »

L'immobilier avait énormément augmenté à Paris ces dernières années et il n'était pas question qu'il fût le dindon de la farce en achetant un bien alors que le marché se trouvait au plus haut. Il ne fallait pas le prendre pour un jambon et celui qui arnaquerait Tugdual Laugier n'était pas encore né. Il s'était alors décidé à lire la presse financière qui, jusque-là, ne l'avait guère intéressé. En rentrant de déjeuner, il sélectionnerait dorénavant sur la table basse du hall de l'immeuble les exemplaires de *The Economist*, qui était tout de même une référence en la matière. Confortablement installé sur la cuvette des toilettes, Tugdual était lancé dans l'analyse des grandes tendances du marché quand il avait réalisé avec consternation que le rouleau de papier hygiénique était épuisé.

« Mince alors ! Et ça se prétend un cabinet international ! »

Il n'avait eu d'autre choix que de se reporter sur son exemplaire de *The Economist* daté du 16 juin 2005. Il s'était rassis sur la cuvette, avait hésité quant aux pages à sacrifier et choisi un article beaucoup trop long pour qu'il pût sérieusement prétendre le lire un jour. « *In come the waves*, déchiffra-t-il. *The worldwide rise in house prices is the biggest bubble in history. Prepare for the economic pain when it pops.* »

« "Bubble" ? Comment ça, "bubble" ? Encore un oiseau de malheur qui n'y connaît rien ! »

Tugdual n'était sans doute pas le plus doué en langue mais enfin tout de même il savait vivre avec son siècle. Une *bubble*, ça signifiait une « bulle » en français, et il ne voyait pas comment on pouvait parler de « bulle » alors que le marché immobilier constituait quelque chose de palpable, de solide, pas comme les actions qui, elles, risquaient de s'effondrer à tout moment.

« On ne m'ôtera pas de l'idée qu'en investissant dans la pierre, il me restera toujours quelque chose. Un appartement ne s'envole pas comme ça, d'un claquement de doigts. Une action je veux bien. Mais une pierre de taille, sûrement pas. Et encore moins de l'haussmannien. »

Et Tugdual Laugier, le futal sur les chevilles, avait arraché gaiement les pages de l'article qui confondait prudence et défaitisme et en avait fait une épaisse boule de papier dont il s'était astiqué le derrière, faisant au sens propre ce que beaucoup avaient fait au figuré.

Plus d'un an avant les prévisions de sa propre feuille de route, Tugdual Laugier était devenu propriétaire d'un appartement de 76 mètres carrés dans le 15e arrondissement de Paris, près du métro Convention, et Mathilde n'avait même pas eu à s'endetter personnellement.

Les réjouissances ne s'étaient pas arrêtées là : en plus d'un bonus de dix mille euros, Tugdual avait reçu sa première évaluation annuelle sous forme de pli sur sa table de bureau. Celle-ci, qui mesurait son *input* au sein du cabinet, était dithyrambique. Face aux diverses situations proposées, telles que « autonomie dans son rapport avec le client », les cases correspondant à « très satisfaisant » et « satisfaisant » étaient systématiquement cochées, sans que Tugdual comprît d'une part qui avait pu l'évaluer dans une situation de travail, et d'autre part quelle pouvait être son autonomie vis-à-vis d'un quelconque client. Mais la nature humaine est ainsi faite que bien souvent l'on finit par se ranger à l'avis d'autrui pourvu qu'il soit positif et qu'il porte sur soi-même. Ainsi, à bien y réfléchir, Tugdual n'avait pas à rougir de son parcours qui, jusque-là, avait été effectué sans faute. S'il n'avait pas encore été mis à l'épreuve, au moins n'avait-il pas commis de bourde qui aurait pu s'avérer préjudiciable pour sa carrière, et n'était-ce pas ce que l'on attendait des jeunes recrues ? L'évaluation annuelle était finalement assez juste en ce qu'elle l'identifiait comme un élément à fort potentiel dont l'avenir s'inscrivait de concert avec celui du cabinet. Il était un diamant brut qui ne demandait qu'à être poli. L'évaluation annuelle l'avait tellement flatté qu'il finit par prêter à ceux qui l'avaient réalisée d'indéniables qualités de visionnaires.

Débordant de gratitude pour son employeur qui l'avait ainsi distingué, Tugdual Laugier avait entamé sa deuxième année avec un allant retrouvé, persuadé qu'il ne tarderait pas à être missionné. Aussi avait-il tâché d'obtenir des informations plus précises sur le fonctionnement du cabinet. Son collègue du fond du couloir lui avait expliqué que les *process* internes devaient être respectés à la lettre pour garantir aux clients la totale confidentialité des informations les concernant. Dans ce souci, seul le service des Archives était habilité à imprimer les pré-rapports, ce qui s'expliquait aussi par l'épaisseur desdits rapports qui, annexes comprises, atteignaient souvent plusieurs milliers de pages. Les rapports étaient ensuite communiqués aux associés qui y apportaient les modifications nécessaires avant de faire imprimer deux exemplaires de la version définitive : l'original revenait au client, tandis que sa copie était conservée au service des Archives, dont on ne prononçait pas le nom sans une pointe de déférence. Les Archives, avait-il entendu, se situaient au sous-sol du cabinet, dans un endroit ultrasécurisé accessible aux seuls associés les plus éminents. « La confidentialité, répétait inlassablement son grand collègue à lunettes et au visage émacié, est le trésor de guerre du cabinet. »

« Il y a là-dedans de quoi faire sauter la République et peut-être même de quoi bousculer l'ordre du monde, s'était-il risqué à avancer un matin à la machine à café. Avec les infos que le cabinet détient sur toutes les boîtes qui comptent et les gouvernements d'un paquet de pays, je peux te dire que ça vaut de l'or... »

L'ordre du monde. Ces mots avaient eu un effet considérable sur Tugdual, qui en était venu à se demander si l'étonnante inactivité dans laquelle on le maintenait ne correspondait pas à une mise à l'épreuve destinée à éprouver sa fiabilité psychologique et jauger sa résistance à la pression. N'avait-il pas été recruté sur la base d'un test d'aptitudes qui avait consisté à patienter douze heures dans une pièce vide ? La sensation qu'il était peut-être un élément surveillé d'une matrice à la dimension planétaire l'avait contraint à se tenir toujours prêt. Tugdual s'était dès lors démené à rendre son cadre professionnel le plus rigoureux possible : réveil à 7 h 30, chaussures cirées, costume sur mesure, lecture des *Échos*, arrivée à 8 h 30, tour de couloir, air affairé.

« Ça bosse, chez Laugier ! »

Les menus travaux et l'aménagement de leur appartement l'occupaient suffisamment pour ne pas s'ennuyer entre deux sessions d'avalement de cravate ou de concert sur ventre. De toute façon, cette situation n'était que temporaire : il n'allait pas tarder à être missionné, il le sentait. Il attendait que le téléphone sonnât ou que l'on frappât à la porte. Rien n'était venu.

Ce qui avait mis sa belle motivation en miettes avait été la deuxième évaluation annuelle, qui s'était avérée *exactement* identique à la précédente. Mêmes cases cochées, mêmes appréciations. Cette fois, Tugdual Laugier avait su résister aux sirènes de l'autosatisfaction. Il ne fallait pas non plus le prendre pour un jambon ! Cette évaluation standard lui avait semblé être un ironique affront au sérieux dont il avait fait preuve au quotidien. Il aurait tout aussi bien pu rester chez lui, avachi devant la télévision. Touché dans son orgueil, il avait consacré sa troisième année au cabinet Michard à rechercher un emploi ailleurs et avait juré de briser l'omerta dès qu'il en aurait trouvé un. Les entretiens qu'il avait passés auprès de cabinets concurrents lui avaient rappelé la dure réalité du marché : aucun ne lui offrait la moitié de ce qu'il gagnait chez Michard & Associés, et Tugdual s'était endetté sur vingt ans pour l'achat de leur appartement qu'il n'était pas question de revendre sans opérer une belle plus-value. Compte tenu de sa rémunération et des responsabilités censées être les siennes chez Michard, il redoutait également de faire naître chez ses futurs employeurs de légitimes attentes auxquelles il savait ne pouvoir répondre. Il avait néanmoins concédé qu'à trop rester oisif, à surfer sur Internet ou à lancer des boulettes en papier dans la corbeille, il finirait par devenir fou. En septembre, et quoi qu'il advînt, Tugdual Laugier claquerait sa démission !

Et puis, la crise était arrivée.

2

À son retour de vacances estivales – il avait offert les châteaux de la Loire à Mathilde, qui avait décidément tiré le gros lot! –, il ne fut plus question que des *subprimes*. Comme tout le monde, Tugdual Laugier avait compris que le problème trouvait sa source aux États-Unis où certains financiers peu scrupuleux n'avaient pas hésité à accorder des crédits immobiliers au premier venu sans trop se soucier de savoir s'il pourrait les rembourser. Comme tout le monde, il avait aussi compris que, le remboursement étant garanti sur la valeur du bien immobilier lui-même, les prêts étaient censés ne présenter aucun risque. Comme tout le monde, il avait surtout compris qu'en réalité rien n'avait été remboursé, que les prêts avaient été accordés à des montants supérieurs à la valeur des biens hypothéqués, que de toute façon la valeur des biens avait sombré, et qu'avec la titrisation, qui avait consisté pour le prêteur à refourguer les crédits foireux au voisin et pour le voisin à s'en débarrasser à l'étranger, l'économie mondiale vacillait à cause d'une absurdité que personne n'avait décelée.

«Non mais quelle bande d'abrutis! Et ils n'ont rien vu venir», commentait-il en parcourant la presse.

Bref, comme tout le monde, Tugdual Laugier n'avait rien vu venir mais discourait sur la crise des *subprimes* avec une telle clairvoyance que l'on se demandait comment personne n'avait pu l'enrayer, à commencer par lui-même, oubliant que l'unique avertissement contre la bulle immobilière dont il avait eu connaissance deux ans plus tôt avait fini planté dans son rectum. Et si dans son esprit ABS, CMBS et CDO entremêlaient leurs lettres pour former de nouveaux sigles qui ne voulaient rien dire, ses propos coulaient avec un tel aplomb que son interlocuteur se désespérait de n'avoir lui-même rien saisi de ce qu'il avait cru comprendre. D'un ton docte, Tugdual expliquait à sa fiancée comment les ACDC et les CMO étaient en train de ruiner la civilisation moderne. « Négatif », « Faux », « Erreur », assenait-il à Mathilde chaque fois que celle-ci s'autorisait un avis. Les « affaires » étaient affaire d'hommes qui gagnaient au moins sept mille euros par mois, et en aucun cas un sujet pour les doux petits êtres à mille sept cents euros. Alors quand Mathilde, charmante enfant à l'esprit innocent, s'aventurait sur des sentiers qui n'étaient pas les siens, Tugdual l'interrompait d'un rire sonore. « Cette crise va avoir de lourdes répercussions même en France... – Négatif ! » ; « Des gens vont se retrouver au chômage à cause de ces *subprimes*... – Faux ! » ; « Ces banquiers n'ont vraiment aucun scrupule... – Erreur ! » Car s'il y avait bien une chose que Tugdual ne tolérait pas, c'était que sa fiancée pût lui apprendre quoi que ce fût, et encore moins sur le monde des affaires !

Ainsi, lorsqu'en janvier 2008, au moment où venait d'être découverte l'affaire Kerviel, Mathilde compara la crise à celle de 1929, Tugdual se railla d'elle à s'en frapper la poitrine. Décidément, sa chère et tendre n'y entendait rien ! Les joues rouges, celle-ci attendait que Tugdual eût fini son assiette et cessé de répéter, moqueur et les yeux au ciel, « la crise de 29 » à chaque nouvelle bouchée. Il noyait les questions de Mathilde dans ses prophéties dont seules celles allant au-delà du siècle n'avaient pas encore été contredites par la réalité. Ainsi la crise des *subprimes* que Tugdual avait d'abord jugée purement *étasunienne* était devenue mondiale, comme il l'avait toujours dit ; le prix de l'immobilier, qui ne devait jamais vaciller, s'effondra conformément à ses vieilles intuitions ; et la Société Générale, qui ne devait jamais réaliser de pertes comparables à celles de la Barings, perdit bien plus malgré les innombrables alertes que lui, Tugdual Laugier, avait lancées en vain. Et comme tout le monde enfin, Tugdual oscillait entre l'indignation face à cette horde de voleurs sans scrupule qu'il fallait envoyer pourrir au cachot et la fascination à l'égard de ces petits rusés qui s'en étaient mis plein les poches sans craindre de plonger la planète dans le grand bain de l'apocalypse.

Dans ce contexte de crise mondiale, il se dit qu'il n'était finalement pas si mal loti chez Michard & Associés, avec son salaire de patron du CAC, ses évaluations annuelles positives, ses six semaines de congés payés et son absence totale de stress. Non, définitivement, tant qu'on voudrait bien lui verser son dû à la fin du mois, il n'avait aucune raison d'aller tenter le diable ailleurs. Tugdual ne chercha plus à savoir si ses collègues avaient ou non du travail ni à quoi pouvaient bien ressembler les fameux rapports pour la rédaction desquels il avait été embauché mais dont on ne l'avait encore jamais chargé. Après tout, avait-il le droit de se plaindre d'être payé à ne rien faire ? Il y avait plutôt tout lieu de se réjouir. Il lui suffisait de venir au bureau vers 10 heures, de rouler et dérouler sa cravate jusqu'à 11 h 30, puis de faire traîner en longueur l'allongé du déjeuner. Finalement, ô miracle d'Internet, ô charme des concertos sur ventre, 18 heures ne tardaient jamais à sonner et Tugdual Laugier jamais à partir. En cette période de crise, la précarité guettait, et chaque nouveau virement sur son compte en banque ajoutait une brique au rempart qu'il édifiait contre elle.

3

Un jour, on lui donna du travail.

Après trois ans d'inviolabilité, son bureau accueillit enfin quelqu'un. C'était après que le monde eut découvert que la Société Générale avait laissé l'un de ses traders jouer avec des milliards qu'elle n'avait pas.

« Catastrophe, avait-il entendu ce matin-là. Non mais quelle maison de fous! Une maison de fous, je vous le dis! Relot qui n'est jamais prévenu de rien. Rien de rien. Disparu Grandibert. Et Relot qui est mis devant le fait accompli. »

« Qui êtes-vous? lui demanda l'individu en entrant dans son bureau. Au rapport! Nom, prénom, matricule, profession des parents, signe astrologique, slip ou caleçon, je veux tout savoir! »

Alors, Tugdual reconnut « la voix ». Celle qui sifflotait inlassablement (« dididi-dadadada »), chantonnait, sermonnait ses collègues, et qui s'évanouissait ensuite pendant des mois, avant de résonner à nouveau un beau matin dans le couloir de son étage. « Voilà le drôle d'oiseau, pensa Tugdual en découvrant un Zébulon couperosé à la tignasse blanche. Enfin, un associé du cabinet Michard en chair et en os! »

« Tugdual Laugier, répondit-il.

— Tugdual Laugier ? s'étonna l'homme. Quelle histoire! Les parents ne savent plus quoi inventer. On déborde d'imagination de nos jours. Je plaisante, je plaisante. Tugdual, ça vient d'où ?

— Tugdual, c'est breton...

— La Bretagne! Magnifique région. Et les Bretons, ça picole! Ah ça oui. Les Polacks de l'Hexagone. Allons, allons, assez rêvassé. Parlons boulot, parlons business, parlons gros sous. Grandibert est parti. Disparu sans laisser de trace. Pschitt! Envolé dans la nature. Et Relot, informé de rien, comme d'habitude. Qu'il ramène les sous, le Relot, c'est tout ce qu'on lui demande. Mais comment il fait sans petites mains, Relot ? Maison de fous, je vous le dis. Et vous, pourquoi je ne vous connais pas? Vous venez de débarquer?

— Non, je suis là depuis trois ans...

— Trois ans ? C'est pas vrai! Non, mais qu'est-ce que c'est que cette histoire ? Et vous faites quoi depuis trois ans, planqué dans votre bureau ?

— Bah, c'est-à-dire que...

— Bah, bah, bah, bah! C'est ça qu'ils vous apprennent à l'école? Bah, bah, bah! C'est là où partent mes impôts? Je vais vous faire bosser, moi, je peux vous le dire. Grandibert disparu. Tombé au champ d'honneur, Grandibert. Clairon. Tutu-tutu! Ci-gît Grandibert, expert en rapports, mort pour Michard. Lauger, vous dites?

— Laugier.

— Mon p'tit Laugier. Ne vous vexez pas pour le "petit", je ne me permettrais pas de vous appeler comme ça si vous l'étiez. Pas aussi grand que Grandibert, mais quand même. Alors que Relot, lui, tout petit. Mon p'tit Laugier, l'heure est grave. Fini de se tourner les pouces. Il me faut un rapport.

Illico presto. Un rapport pour les Chinetoques. Trois ans de maison ? J'espère que vous savez bosser ! Parce que les Bridés ne sont pas faciles en affaires. Ah ça non. Y a que Relot qui sait y faire avec l'empire du Milieu. Ils veulent que Relot, les Noichs. Peuvent plus pisser sans son aval. Parce que Relot, c'est quatre ans de Chine. Quatre ans à bouffer du clébard avec des baguettes. Très froid l'hiver, très chaud l'été. Et même aujourd'hui, encore Chine. Épouse chinoise, secrétaire chinoise, clients chinois. Au boulot, Chine. À la maison, Chine. Chine, Chine, Chine. Partout la Chine. Monsieur Chine qu'on l'appelle, Relot, vous devez le savoir ?

— Euh, Relot, non, je ne l'ai jamais vu...

— Il n'a jamais vu Relot ? Il est en face de vous ! lui annonça-t-il dans un éclat de rire.

— Ah pardon, je...

— Elle est bonne, celle-là ! Une heure que je lui parle de Relot, et lui il est encore aux fraises ! Alors, mon p'tit Laugier, comment se fait-il qu'on vous ait gardé et qu'on ait viré Grandibert ? Si on avait demandé son avis à Relot, je peux vous dire que vous auriez été le premier sur la liste. Grandibert, c'était un bon. Un très bon, même. Ses rapports, de vrais bijoux. Du travail d'orfèvre. Des pages et des pages. Des tableaux remplis de chiffres. Des synthèses, des perspectives. Il savait y faire avec les rapports, Grandibert. Du lourd. Maintenant, c'est à vous, mon p'tit Laugier. C'est le moment de faire ses preuves, parce que vous êtes sur le bord de la falaise, c'est moi qui vous le dis. Des questions ? C'est le moment, après ce sera trop tard.

— Euh, un rapport pour les Chinois, vous dites... Mais un rapport sur quoi ?

— Non mais dites donc, mon p'tit Laugier ! Trois ans que vous bossez ici, et vous ne savez pas à quoi ressemble un rapport? Ah, la jeunesse, faut tout leur mâcher. Nom d'une pipe en bois, vous savez ce que c'est qu'un rapport ou bien je parle chinois? Ah, ah! Enfin, mon petit Laugier, ce qu'ils veulent, les Chinois, c'est prendre le pouls du marché français. Faut-il investir dans le textile, dans l'Internet, dans la restauration? De la créativité, de l'imagination, du culot! De l'audace, encore de l'audace, toujours de l'audace et la France sera sauvée! Fiez-vous aux grands hommes, mon garçon! De l'audace. Voilà ce qu'ils veulent mes Chinois. Décarcassez-vous un peu si vous ne voulez pas végéter toute votre vie à votre petit niveau! Sinon, vous finirez comme mon Renard. Envieux et jaloux. On ne devient pas associé par hasard. Le secret : boulot, boulot, boulot. Alors, on se retrousse les manches, et en avant, marche. Au rapport! Je veux les grandes lignes en fin de semaine pour validation et ensuite vous rédigerez tout ça. Exécution, mon petit Laugier!»

Et Bertrand Relot repartit en chantonnant.

«Qui c'est qui a travaillé? toute la sainte journée? C'est ce bon vieux Relot... Didididi-dadadada...»

Trois ans s'étaient écoulés sans que personne fût jamais entré dans son bureau, et voilà qu'un associé venait de lui confier l'élaboration d'un rapport! Et dans quel délai! Vendredi. Moins de quarante-huit heures pour expliciter les grandes lignes d'un rapport dont il n'avait compris ni le thème, ni le but, ni le sens. Rien.

Tugdual tâcha de rester concentré et d'élaborer un plan d'action. Du vide à combler. C'était ce qu'il faisait depuis trois ans, alors pourquoi ne pas le convertir en rapport? N'était-ce pas ce qu'on lui avait demandé dans le cadre de son premier test de recrutement? Il avait bien rédigé cent cinquante pages sur le thème du «rouleau»? Alors, la Chine, à côté, ça ne devait pas être bien compliqué. La Chine. En pensant à la Chine, aux Chinois, à ce que l'on en disait, à ce qu'il pensait en avoir lu, à ce qu'il se souvenait d'en avoir vu à la télévision, il y avait tout de même de la matière. La Chine, à n'en pas douter, changeait : l'essor, le communisme à l'heure du capitalisme, le petit vent de liberté... La Chine. Acteur majeur de l'économie mondiale du XXIe siècle, toute-puissance de l'État et pauvreté du peuple, les traditions ancestrales au service de la modernité... La Chine. La croissance à deux chiffres, la marche en avant. La Chine mondialisée, les infrastructures en Afrique, les bars-tabacs parisiens. La Chine...

Tugdual dut se rendre à l'évidence : la Chine, il n'en connaissait rien. En tout cas pas suffisamment pour établir un rapport de plus d'une page. Il réalisa surtout à quel point il était difficile de remettre en marche un cerveau demeuré si longtemps en jachère. La Chine... Il survola l'interminable article de Wikipédia sur le sujet sans en retenir grand-chose d'autre que ce qu'il savait déjà, c'est-à-dire à peu près rien. Non, ce n'était pas la bonne méthode. Il y avait à la fois plus urgent, et plus efficace. Il fallait réfléchir. De nouveau sollicitée, son intelligence entama opportunément son grand voyage de retour vers ses remparts historiques. Et aussitôt qu'elle parvint à quitter sa position fœtale, elle lui permit d'identifier clairement le problème. Le problème, ce n'était pas la Chine. Le problème, c'était le rapport. Il y avait urgence à savoir comment faire un rapport. Il devait absolument retrouver Grandibert.

Il demanda à des collègues sollicités au hasard des rares bureaux occupés si l'un d'entre eux connaissait un certain Grandibert. Les premiers qu'il interrogea, arrivés au cabinet encore plus récemment que lui et sans doute déjà sur le départ, n'avaient jamais entendu ce nom-là.

« Grandibert, Grandibert... », s'interrogea toutefois celui du fond du couloir.

Le nom lui disait quelque chose mais le turnover était si rapide et les règles de confidentialité si strictes qu'il était difficile de savoir qui était qui. Grandibert... Sur Google, Tugdual n'avait rien découvert qui pût s'apparenter à son homme et le réseau interne était inaccessible aux consultants. Son dernier espoir reposait sur la mémoire défaillante de son collègue, qui continuait de s'interroger à haute voix :

« Grandibert, Grandibert, répétait-il. Sûr que je sais qui c'est, sûr et certain... Mais de qui s'agit-il précisément... ? Grandibert, tu dis ? Grandibert, Grandibert... »

Tugdual Laugier passa une partie de la soirée au cabinet, lui qui n'avait jamais quitté son bureau après 18 heures, se faisant progressivement à l'idée qu'il n'avait plus d'autre choix que d'établir lui-même les grandes lignes du rapport. L'idée le fit tressaillir. La Chine ? Était-ce l'histoire de la Chine, la politique de la Chine, l'économie de la Chine ? Avant tout, il lui fallait définir le thème de son rapport. « Il faut tout vous mâcher », lui avait reproché Relot. Elle était là, la difficulté.

Tugdual remit la main sur ses notes prises lors du séminaire d'accueil chez Michard & Associés. Sur l'unique page, une trace de gras lui rappela les merveilleuses mini-viennoiseries du premier jour, et son absence totale d'attention aux propos des deux intervenants. « Bon rapport = rapport qui innove, put-il au moins déchiffrer. Bon rapport = rapport qui se contente de répondre à question – bon rapport = poser bonnes questions »...

« Soyons innovant », songea-t-il.

Le nerf de la guerre, c'était la problématique. D'abord, un constat : la Chine, une puissance planétaire. Une *puissance économique planétaire*, l'expression lui plaisait. Il y avait *puissance* qui démontrait qu'il avait compris le phénomène chinois. Près de deux milliards d'habitants, c'était une puissance. Il y avait *économique*, adjectif incontournable pour évoquer la puissance chinoise. Et puis il y avait *planétaire*, adjectif également incontournable pour qui voulait disserter du phénomène chinois en connaisseur. Voilà pour le constat. Ensuite, la problématique. Une bonne problématique permettrait d'identifier le besoin pour y répondre. La problématique avait nécessairement trait à la croissance. Il s'agissait d'établir un rapport *économique*, pas de faire un exposé scolaire sur la Chine. Donc, la question était la suivante : *comment accélérer la croissance de la Chine ?* Voilà. Il avait mis le doigt sur quelque chose d'important. Comment accélérer la croissance de la Chine ? Ça c'était une bonne question, car il avait choisi le verbe *accélérer* tandis qu'un mauvais consultant aurait opté pour *lancer*, ou *relancer*, ce qui eût été une mauvaise problématique car la croissance de la Chine était *lancée* depuis belle lurette et, n'étant pas à l'arrêt, elle n'avait pas non plus à être *relancée*. Non, ce qu'il fallait, c'était une accélération. Finalement, il n'avait peut-être pas été recruté par hasard chez Michard & Associés. Restait à trouver la solution, voire les solutions. D'ailleurs, Tugdual anticipa que la solution au problème serait *multiple*. Il l'écrivit sur un Post-it : « une problématique épineuse pour une réponse multiple ». Ou l'inverse, c'était encore mieux : « une réponse multiple à une problématique complexe ». *Complexe* faisait plus sérieux qu'*épineux*. Il avait désormais suffisamment de matière pour coucher ses idées sur une feuille de papier. Grand «I», le constat... Non, d'abord, «introduction», ou plutôt «avant-propos» qui faisait moins scolaire. *Avant-propos*, donc. *La Chine, une puissance économique planétaire.* Il ajouta les idées qu'il conviendrait de développer dans cet avant-propos. «Puissance incontestée, mais nécessité de consolider sa position, voire de grandir encore». Intéressant. Ensuite, problématique: «Comment accélérer la croissance chinoise?» Et là, on arrivait au grand «I», suivi du grand «II». Il était encore trop tôt pour déterminer les titres définitifs, mais il savait que le grand «I» comporterait l'expression *défis à relever*, et le grand «II» *solution multiple*. Maintenant, il convenait de se creuser la tête pour trouver une réponse innovante au problème identifié. Mais Tugdual eut faim. «Estomac creux, tête creuse.» Afin d'allier besoin vital et exigence professionnelle, il décida d'aller dîner dans un restaurant chinois du 13e arrondissement. L'inspiration lui viendrait forcément.

Tugdual commanda un taxi. Commander un taxi depuis son bureau lui plut. Commander un taxi qu'il ne manquerait pas de refacturer au cabinet lui plut encore davantage. Il travaillait, sortait tard, allait dîner au restaurant chinois tant par nécessité que par obligation. Il fourra son bloc et sa feuille de brouillon dans sa pochette de cuir et se dirigea vers l'ascenseur lorsqu'il entendit héler son nom.

«C'est bien Grandibert que tu me demandais tout à l'heure?» l'interrogea le collègue du fond du couloir d'un air soucieux.

Tugdual confirma.

«Grandibert, Grandibert... Sûr que ce nom me dit quelque chose. Sûr et certain. J'en mettrais ma main à couper. Grandibert, Grandibert...»

Sur la vitre de son bureau, derrière laquelle était tombée la nuit, se reflétait l'écran de son ordinateur. Il était en veille.
« Grandibert, Grandibert... »

Du taxi, Tugdual Laugier téléphona à sa fiancée.
« Chérie, je passe te prendre au bas de la maison, nous allons dîner chinois. Je ne t'en dis pas plus, surtout pas par téléphone... »
La dernière phrase le ravit. Depuis trois ans que ses journées étaient vides, il n'avait jamais osé se confier à Mathilde. Lorsqu'elle lui posait des questions sur le cabinet Michard, il se contentait de répondre qu'il *grattait des rapports* mais que son obligation de confidentialité lui interdisait d'en révéler davantage. Cette fois-ci, il avait un rapport à gratter ! Un vrai de vrai. Et pas n'importe lequel ! La Chine. Il allait en parler à Mathilde, mais en des termes abscons, afin qu'elle comprît bien qu'une mission d'importance venait de lui être confiée mais que son statut de sachant l'exposait à certains risques et à une pression certaine.
Mathilde l'attendait, ponctuelle, en bas de chez eux.
« Bonsoir, ma chérie, lui dit-il d'un ton assuré lorsqu'elle s'installa sur la banquette. Et maintenant, nous allons du côté de la place d'Italie, au restaurant chinois, s'il vous plaît. »
Et lorsque le chauffeur de taxi lui demanda quel restaurant précisément, Tugdual Laugier s'entendit répondre « Celui que vous voudrez » d'une voix hautaine. À son côté, Mathilde le dévisageait, incrédule et pleine d'admiration.

Au restaurant, Tugdual prit l'initiative de commander pour Mathilde et lui-même.
« Avec les Chinois, faut se méfier... »

La commande passée, il consentit à lui en dire un peu plus. Mais il attendit qu'on leur servît des serviettes en coton trempées dans de l'eau chaude, ainsi qu'un petit bol de graines vertes. Il s'essuya longuement les mains avec la serviette chaude en expirant d'un air de componction.

« Écoute, Mathilde. »

Mathilde était tout ouïe. Tugdual fit durer encore un peu le suspense en croquant quelques-unes de ces drôles de graines vertes, agrémentant sa découverte gustative de commentaires tels que « Fameux » et « Vraiment pas mal ». Enfin, il expliqua à Mathilde qu'un des associés les plus respectés du cabinet, surnommé « Monsieur Chine », l'avait chargé cette après-midi même de la rédaction d'un très gros rapport pour un tout aussi gros client chinois. Il s'agissait d'un travail colossal. Le thème même du rapport n'était pas défini, c'était dire la marge de manœuvre qui lui était laissée et la confiance qu'on lui témoignait, confiance qu'il convenait de ne pas décevoir. Évidemment, le *rapport chinois* n'allait pas manquer de modifier leur quotidien. Il devrait turbiner sans relâche dans les semaines à venir, peut-être même le week-end. Les Chinois étaient des clients difficiles à contenter, exigeants, et qui attendaient beaucoup de ce rapport. Hélas, il ne pouvait lui en dire davantage. D'ailleurs, il en avait déjà trop dit. Mais, parce que celle-ci avait toute sa confiance, il s'était permis une légère entorse à la déontologie. Naturellement, elle ne devait en parler à personne.

« À personne, se plut-il à répéter. Pas même à ta mère », ajouta-t-il tout en se rendant compte qu'il en faisait un peu trop.

Mathilde ne put refréner un petit rire aigu. Son fiancé ne la quitta pas des yeux jusqu'à ce qu'elle recouvrât son sérieux et qu'elle lui jurât de ne pas trahir sa confiance.

Tugdual passa le reste du dîner à disséquer son rapport, dont il venait d'avertir Mathilde qu'il n'en révélerait rien, tandis que cette dernière s'interrogeait intérieurement sur ce qu'elle aurait de toute façon bien pu en dire à sa mère, qui ne s'intéressait ni aux rapports ni aux Chinois.

À peine le fameux Monsieur Chine avait-il quitté son bureau que Tugdual avait saisi une feuille de brouillon et couché sur le papier ses premières réflexions, notamment à propos du statut de *puissance économique planétaire* acquis par la Chine depuis plusieurs décennies. Il insista sur les termes *puissance*, *économique* et *planétaire*, qu'il n'avait pas choisis sans en peser le poids. Craignant que Mathilde ne décrochât, il l'autorisa à faire part de ses réflexions sur le sujet, pour peu qu'elle en ait eu. La Chine, il fallait s'y connaître un peu, quand même. Ce n'était pas le type de rapport que l'on donnait au premier consultant venu. La preuve en était qu'auparavant, les rapports chinois étaient élaborés par une pointure du cabinet, un certain Grandibert dont la réputation n'était plus à faire mais qui, pourtant, avait été viré comme un malpropre !

« À cause de ces Chinetoques, me voilà sur un siège éjectable », conclut-il dans un soupir mi-fier, mi-contrarié.

Au moment de commander le dessert, Mathilde découvrit sur le menu que le restaurant se nommait Le Soleil de Kobe. Et lorsque, dans un grand éclat de rire, elle fit remarquer à son fiancé qu'il y avait toutes les chances qu'ils dînassent dans un restaurant japonais, et non chinois, Tugdual fut désarçonné. Mathilde riait follement, et espérait qu'il rirait avec elle du ridicule de la situation. Mais Tugdual n'était pas d'humeur à rire : il s'agissait de son rapport, nom de nom !

« Ma pauvre Mathilde. »

Il savait parfaitement où se situait Kobe, dont il connaissait également la spécialité culinaire (le bœuf de Kobe) et l'activité sismique (qui pouvait s'avérer meurtrière). Surtout, il se fichait pas mal que ce restaurant fît de la cuisine chinoise, japonaise, française ou scandinave. Ce qui l'intéressait dans la perspective de son rapport, ce n'était pas la cuisine mais le personnel, et le personnel, lui, était chinois. C'était précisément pour cette raison qu'il avait opté pour ce restaurant-là, et pas un autre, se justifia-t-il, oubliant que le choix avait été arrêté par le chauffeur de taxi. Ce restaurant était un exemple typique de la façon dont la Chine s'était hissée au rang de *puissance économique planétaire*. Les Chinois copiaient tout, même la cuisine. Il n'y avait que le bon peuple, dont Mathilde, pour croire que les restaurants japonais étaient tenus par des Japonais. Ils étaient tenus par des Chinois. Et c'était ce phénomène qui l'intéressait. Son rapport n'était pas un livre de recettes mais une projection dans le futur, et il regrettait de s'en être ouvert à Mathilde, dont il aurait dû se douter qu'elle n'y comprendrait rien.

Mathilde s'en voulut de l'avoir vexé. Pour se rattraper et lui prouver qu'elle s'intéressait à son rapport, elle lui suggéra l'idée que, peut-être, les Chinois devraient reprendre les commerces traditionnels français, comme les boulangeries, de même qu'ils avaient repris les restaurants japonais. Des produits français, avec des méthodes chinoises. Cette fois, ce fut Tugdual qui éclata de rire. Décidément, les bonnes femmes n'entendaient rien aux affaires. La cuisine traditionnelle était un secteur à part, hors de portée de la concurrence étrangère, et surtout pas chinoise. Les Français n'accepteraient jamais qu'une boulangerie fût exploitée par des Chinois. S'il y avait bien trois choses que les Français ne céderaient jamais, c'était leur baguette, leur pinard et leur camembert. Il rit de plus belle, très fier de sa formule.

Le lendemain matin, Tugdual réfléchit sérieusement à l'idée de Mathilde. Des commerces français traditionnels repris par des Chinois. Les profanes avaient parfois des éclairs de lucidité! Mathilde avait pu porter un regard neuf sur le sujet, un peu à la manière d'un enfant qui donnerait en toute innocence une solution simple à un problème que des adultes chercheraient à résoudre avec des méthodes ingénieuses. Il eut une tendre pensée pour sa fiancée. « Remplacer des boulangers français par des boulangers chinois, non mais quelle incongruité! » En revanche, repenser les commerces traditionnels français à la sauce chinoise, là il y avait une piste à explorer. « Et si nous repensions le commerce traditionnel français depuis un cerveau chinois? », voilà qui pourrait faire une belle accroche lorsque Tugdual entrerait dans le bureau de Relot pour lui exposer les grandes lignes de son rapport. « Prenons l'exemple de la boulangerie, qui serait repensée avec des méthodes chinoises : des horaires infinis, pas de droit du travail, de la copie servile, de la rentabilité maximale. »

Il tenait quelque chose. Sans le savoir, Mathilde l'avait mis sur la piste d'une grande idée qui allait peut-être constituer la contribution majeure de son rapport et – pourquoi pas? – lui assurer la reconnaissance des associés du cabinet. « De l'audace, encore de l'audace, toujours de l'audace », lui avait dit Relot. Et ça, c'était audacieux. On parlait quand même de la baguette, ce qui risquait de chambouler les habitudes de ses compatriotes, et Dieu sait que les Français n'aimaient pas changer leurs habitudes. « La chance sourit aux audacieux! » C'était décidé, il soutiendrait cette idée novatrice dans son rapport. En même temps, ne fallait-il pas prendre des risques pour réussir dans la vie ? Relot, le Monsieur Chine du cabinet, ne se contenterait pas d'un rapport banal sur la place de la Chine en France. Les idées bateau sur les Chinois travaillant dans le textile ou les nouvelles technologies, ça n'était pas pour lui. Avec son premier rapport, il espérait frapper un grand coup afin que l'on sût dans les hautes sphères du cabinet que Tugdual Laugier n'était pas un simple exécutant mais un visionnaire qui n'hésitait pas à briser les codes. Les rapports de Michard & Associés étaient très formatés, mais libre à lui d'y apporter sa touche de folie.

Tugdual faisait les cent pas dans son bureau en réfléchissant tout haut lorsque son collègue apparut, la bouille resplendissante.

« Vise un peu, lui dit-il en posant sur sa table une pochette bleue qui contenait quelques feuilles. L'enquête avance bien. D'ici peu, j'aurai retrouvé sa trace, à ton Grandibert. Attention, il y en a plusieurs. La tâche est ardue. Mais j'ai fait mes recherches et je commence à cerner le sujet. Déjà, on peut éliminer les femmes, parce que ton Grandibert, tu m'as dit que c'était un homme... »

Il n'existait pas tellement de personnes dont le patronyme était Grandibert. Du moins, selon ce qu'il avait pu découvrir sur Google, car malheureusement il n'avait pas eu accès aux registres d'état civil, ce qui lui eût facilité la tâche. Tugdual l'écoutait attentivement, bien que ne sachant pas véritablement pourquoi celui-ci continuait à rechercher avec tant d'ardeur ce Grandibert dont il avait simplement évoqué le nom la veille. Mais Tugdual prenait un plaisir immense à savoir que son collègue effectuait des recherches pour lui, dans la perspective de l'élaboration de *son* rapport.

Il appartenait désormais à la catégorie des consultants qui déléguaient à d'autres certaines tâches subalternes. Son collègue avait classé le fruit de son travail dans différents sous-dossiers, intitulés « Pistes sérieuses », « Pistes à vérifier » ou « Fausses pistes », et rédigé un mémorandum dont le titre était « Recherches sur l'individu Grandibert dans le cadre du Rapport chinois », et le sous-titre « Rapport d'étape », insinuant que ses investigations allaient se poursuivre.

Tugdual le félicita vivement pour la rapidité de son travail et la qualité de son mémorandum, dont il envia férocement le formatage et la rigueur : rappel des faits, présentation de la recherche requise, description du processus de recherche, et surtout rédaction à la manière des procès-verbaux de constats d'huissier (« Attendu que... Attendu que... Attendu que... »). Et l'expression « l'individu Grandibert » donnait à Tugdual l'impression que son collègue et lui-même participaient à une traque policière. Ce grand escogriffe à lunettes était un bon, il n'y avait aucun doute là-dessus.

Tugdual fut si enthousiasmé par la belle tournure que prenait l'élaboration de son rapport qu'il ne put résister à l'envie d'appeler Mathilde. Au téléphone, il lui avoua même que c'était son idée à elle qui l'avait mis sur la voie. Bien sûr, il ne s'agissait pas, comme elle le lui avait suggéré naïvement, de faire reprendre des boulangeries françaises par des Chinois. Les Français n'étaient pas prêts à cela, et Tugdual s'auto-cita une nouvelle fois :

« S'il y a bien trois choses que les Français ne céderont jamais, c'est leur baguette, leur pinard et leur camembert. »

Et il rit de nouveau à pleins poumons.

Selon lui, il s'agissait de revisiter le commerce traditionnel français avec un esprit chinois.

«Observer la France avec des yeux bridés, en somme!»

Tugdual éclata de rire et nota la boutade sur une feuille de brouillon en y ajoutant la mention «à ressortir à Relot».

Après avoir raccroché, Tugdual se retroussa les manches, s'installa à son bureau et ouvrit une page Word.

«Au boulot, mon p'tit Laugier!» dit-il en imitant Relot.

La première phrase était toujours la plus difficile. Une fois trouvée l'entame, la suite coulerait de source. Mais l'entame ne vint pas. Il manquait quelque chose, quelque chose de l'ordre de l'inspiration.

Tugdual eut faim. «Estomac creux, tête creuse.»

Il quitta son bureau, entra dans une boulangerie où quelques tables et chaises offraient la possibilité de déjeuner sur place et s'installa au fond de la salle, muni d'un journal pour espionner en toute discrétion. «*Business is business.*»

Il releva discrètement les prix de certains articles, comme la baguette de pain, les viennoiseries, les sandwichs ou les formules déjeuner. Il compta le nombre de vendeuses, mesura au doigt mouillé la taille de la boutique tout en ingurgitant son sandwich tradition. Son rapport chinois ne lui laissait décidément pas une seconde de répit: il y pensait même en mangeant. Comment améliorer les choses? Il lui fallait un éclair de génie. Il vint: les Chinois n'avaient qu'à vendre des produits de même qualité un tout petit peu moins cher mais en beaucoup plus grande quantité. Les solutions les plus simples étaient souvent les plus efficaces. «Vendre aussi bon, moins cher mais beaucoup plus: voilà le secret», nota-t-il sur le journal. Son rapport avançait.

L'après-midi, l'inspiration se fit encore attendre. Tugdual repensa au mémorandum remis par son collègue. Il était vraiment très professionnel: le titre bien encadré, l'objet souligné et en italique, des notes de bas de page à foison... Tugdual écrivit «Mémorandum» sur sa page blanche, essaya son titre avec toutes les polices, le souligna, l'encadra, le surligna, le mit en gras, en relief... Il ajouta en objet «Avant-projet de pré-rapport chinois», pensa à un sous-titre mais n'en trouva aucun, et eut alors l'idée de dresser un tableau des données statistiques recueillies lors de son déjeuner, avec des colonnes, des lignes, des catégories et des thèmes, et l'intitula «Données statistiques sur le commerce traditionnel français de la boulangerie», tableau qu'il finit par effacer, faute d'échantillon représentatif. Il n'en garda que le titre et, en annexe, il copia-colla la recette des croissants, des pains au chocolat, des chaussons aux pommes et des pains aux raisins. Si la Chine devait se mettre à la boulangerie, elle devait au moins en maîtriser les rudiments! De toute façon, qui lisait encore les notes et les annexes? Surtout, il vanta la supériorité des mini-viennoiseries sur celles de taille classique, et prit pour exemple concret d'application sa propre expérience en la matière, ce qui plairait forcément aux associés du cabinet puisqu'elle était issue de ses deux jours de formation dans le centre d'affaires des Champs-Élysées.

«Ça m'aura au moins servi à quelque chose, cette formation», se réjouit-il alors que lui revenait en tête le corps fantasmé de l'intervenante – «un sacré morceau, vraiment!»

Les mini-viennoiseries cumulaient toutes les qualités: elles étaient meilleures que les grandes, revenaient moins cher à produire et se vendaient quasiment au même prix. Deux mini-viennoiseries coûtaient plus cher qu'une seule grande. L'idée était excellente. Les mini-viennoiseries étaient à la fois meilleures et moins chères, et s'écouleraient en grande quantité. Tugdual conclut son avant-projet de pré-rapport par des termes qui allaient peut-être faire date dans l'histoire des relations franco-chinoises : « L'avenir de la Chine passe par la mini-viennoiserie. » Relot n'allait pas en revenir.

Le lendemain, jour de la remise officielle des grandes lignes du pré-rapport, Tugdual Laugier se tenait assis à son bureau, prêt à décrocher son téléphone. Le pré-rapport ne demandait qu'à être lu mais le téléphone ne sonnait pas. Tugdual quitta son fauteuil et fit les cent pas. Il avait besoin d'un café, mais n'osait s'absenter de son bureau de peur de manquer l'appel de Relot. Que faire ? Peut-être pouvait-il en charger son collègue ? Comment s'appelait-il, d'ailleurs, celui qu'il avait chargé d'effectuer des recherches sur l'individu Grandibert ? Aucune idée, et il était désormais un peu tard pour lui demander son nom. Et puis, il ne fallait pas oublier les règles de confidentialité du cabinet. « Les amis sont des amis. Les collègues sont des collègues. » Il avait vraiment besoin d'un café. Le grand dadais à visage émacié n'était pas son subalterne, certes, mais ne travaillait-il pas pour lui en ce moment ? Tugdual rejoignit le fond du couloir à toute berzingue et y trouva son collègue en pleine concentration.

« Grandibert, ça avance... », commença celui-ci, rayonnant d'espoir.

Tugdual n'avait pas une seconde à perdre : il lui demanda aussitôt d'aller lui chercher un café à la machine. Lui devait être appelé de manière imminente par Relot et ne pouvait se permettre de quitter son bureau. Sans attendre la réponse, il repartit en courant, et se fit d'ailleurs la réflexion qu'il n'avait pas couru depuis longtemps.

Tugdual se rassit. Il réfléchit. Relut son mémorandum. Trois pages et demie. Ce n'était pas beaucoup, mais la qualité ne se mesurait pas à la quantité. Le grand binoclard entra dans son bureau, un café à la main. En pleine méditation, le visage enfoui dans ses doigts, Tugdual n'y prêta aucune attention. L'autre déposa le café sur le bord de la table et s'enquit du rapport. D'un index impérieux, Tugdual lui fit signe de se taire, avala quelques gorgées, reposa son gobelet et retourna à sa réflexion sans jamais regarder le consultant, qui finit par retourner au fond du couloir. Tugdual n'avait pas pris la peine de le remercier, ni son collègue de s'en plaindre. Un grade hiérarchique les séparait désormais.

Vers midi, le téléphone sonna. Tugdual se redressa, droit comme un I, toussa plusieurs fois pour s'éclaircir la voix, s'essaya à quelques rapides vocalises («A-E-I-O-U») et décrocha.

« Tugdual Laugier à l'appareil... »

C'était Mathilde. Il fut déçu et surtout paniqué à l'idée que la ligne fût occupée à des broutilles alors que Relot devait l'appeler de manière imminente.

« Ne refais jamais ça, Mathilde, jamais ! Je raccroche, j'attends un coup de fil de la plus haute importance ! »

Il envoya aussitôt un SMS à sa fiancée, lui enjoignant de ne plus jamais l'appeler sur son téléphone professionnel. Elle promit.

Un moment, Tugdual fut saisi d'effroi. N'était-ce pas à lui de prendre les devants plutôt que d'attendre le coup de téléphone de Relot ? Avec toutes ses responsabilités, Relot n'avait sans doute pas le temps... Mais Tugdual n'avait pas d'annuaire interne. Peut-être pouvait-il monter au huitième, l'étage des associés, interdit aux simples consultants ?

À 13 heures, Tugdual mourait de faim mais n'osait toujours pas quitter son bureau. Il inspira un grand coup et s'élança de nouveau vers celui de son collègue dans un vacarme épouvantable. Cette fois, il le somma de lui rapporter un sandwich, et revint aussitôt sur ses pas. Le téléphone n'avait pas pu sonner. Il retomba sur son séant. Quelques minutes plus tard, le grand cierge à lunettes déposa un sandwich sur sa table.

Tugdual relut une fois de plus son projet de pré-rapport chinois. Il y trouva le prix des croissants de la boulangerie d'en face, le nombre de vendeuses à l'heure du déjeuner, la superficie au doigt mouillé de la surface de vente et les recettes du pain au chocolat et du croissant qu'il avait copiées-collées depuis Internet, ainsi que plusieurs paragraphes de son inspiration sur l'eldorado des mini-viennoiseries. Un doute dévastateur s'empara progressivement de lui. Ne parlait-il pas un peu trop de boulangerie ? L'idée était novatrice, certes, mais son thème initial n'était-il pas la Chine ? Vers 20 heures, il craignit que ce mémorandum le menât tout droit à sa perte.

À 21 h 30, le téléphone n'avait toujours pas sonné et, dans un grand soulagement, l'idée s'esquissa en Tugdual que Relot pût ne pas l'appeler. À 22 h 30, il rentra chez lui et expliqua à Mathilde que le Monsieur Chine du cabinet avait malheureusement été retenu en réunion. Une réunion de la plus haute importance.

Dès le lendemain, samedi, Tugdual Laugier revint à son bureau, chose qui ne lui était jamais arrivée, et il consacra son week-end entier à corriger son projet de pré-rapport.

Le week-end passa, puis le lundi, puis la semaine, puis la suivante, puis les suivantes et, puisque personne ne l'appelait, il prit la liberté de commencer à rédiger son rapport définitif. Certes, il y était beaucoup question de boulangerie, mais comme l'idée était novatrice et audacieuse, il fallait la conserver. Il convenait simplement de rééquilibrer les choses avec des considérations proprement chinoises. Tugdual se mit en tête de copier depuis Internet l'histoire de la Chine et de son folklore, qu'il incorpora à des développements sur l'essor économique du pays ou qu'il inséra en bas de page, si bien que son rapport ne présentait pratiquement plus que des notes. Au début, il eut quelques scrupules à recopier ainsi des passages entiers provenant d'Internet, mais il se rassura à l'idée que ce n'était pas l'information en tant que telle qui importait, mais son analyse. Il n'était pas là pour faire un sondage sur l'histoire chinoise ou la boulangerie française mais pour les entremêler et prendre de la hauteur afin de produire une thèse révolutionnaire. Et si un spécialiste avait communiqué l'information de cette manière, pourquoi devrait-il, lui qui n'était spécialiste ni de la Chine ni de la boulangerie, la répercuter différemment ?

« Au boulot, le Laugier ! » s'exclamait-il en arrivant au cabinet. « Ça bosse chez Laugier ! » répétait-il, laissant sa porte ouverte pour qu'on le vît à l'œuvre, se précipitant dans le couloir dès qu'un collègue en foulait le sol, l'exhortant à faire moins de bruit « par respect pour ceux qui bossent ». « Ça bosse chez Laugier ! » clamait-il encore lorsqu'il partait acheter un sandwich. « Déjà de retour ! » fanfaronnait-il, son sandwich à la main, quelques minutes plus tard, s'apprêtant à déjeuner face à son écran d'ordinateur. « Le boulot n'attend pas ! » hurlait-il en courant de son pas de phacochère à la poursuite d'un collègue qui se dirigeait vers la machine à café. «Priorité aux travailleurs!» prétextait-il pour lui passer devant, les sourcils froncés par la réflexion. «Comment vais-je m'en sortir?» s'interrogeait-il tout haut tandis que son café coulait. «Un très gros rapport m'est tombé dessus. Je ne peux rien en dire, on connaît tous les règles du cabinet. Mais c'est un sacré rapport.» Et si on ne le relançait pas, il faisait en sorte qu'on lui posât des questions, les posait lui-même si son collègue y rechignait, et prenait soin d'y répondre de manière énigmatique. «Tu dois te demander ce que c'est que ce rapport sur lequel je bosse jour et nuit, n'est-ce pas? Crois-moi, je t'en parlerais avec plaisir si je le pouvais.»

Et à la fin de la semaine, d'une humeur enjouée, il ouvrait grand la porte de son bureau et lisait à tue-tête les caractères qu'il remplissait sur son logiciel de facturation:

«Alors! Lundi: é-la-bo-ra-tion du ra-pport chi-nois Point Re-cherche sur la croi-ssance chi-noise Point A-na-lyse des ha-bi-tudes de con-so-mma-tion fran-çais-E Point Do-ssier ra-pport chi-nois Point Asso-cié en cha-rg-E Ber-trand Re-lot Point Temps pas-sé dou-Ze heu-rEs Mar-di dou-Ze heu-rEs... Douze heures de facturation quotidienne? Mais dis donc, ça bosse chez Laugier!»

Le soir, le cirque se poursuivait auprès de Mathilde, oreille aimante et attentive, tout acquise à la progression du rapport chinois.

«Comment prendre le pouls d'un malade sans pouvoir le toucher du doigt?» demandait-il à sa fiancée, qui approuvait religieusement la justesse de la formule.

À sa connaissance, et à son grand dam, le cabinet n'avait pas prévu de l'envoyer *sur site*. Le cabinet Michard l'avait un peu déçu sur ce coup. Il s'attendait à davantage de moyens logistiques mis à sa disposition.

« On ne traverse pas l'Atlantique en barque, bon sang de bois ! » pestait-il.

Et Mathilde l'approuvait encore :

« C'est vrai qu'en barque, c'est beaucoup plus long et périlleux qu'en avion ou même en paquebot. »

Comme elle avait raison !

« Surtout que l'Atlantique ne mène pas en Chine, ajoutait-elle, pleine d'à-propos.

— Affirmatif », acquiesçait Tugdual, qui avait trouvé dans l'approbation de son rapport la source d'une parfaite harmonie conjugale.

Il n'allait tout de même pas piocher sur ses deniers personnels pour se rendre en Chine ! Il était bien payé, certes, mais était-ce tant que ça en comparaison des efforts fournis ? Depuis qu'il avait du boulot, son salaire lui paraissait bien maigre. Pendant trois ans, il avait été rémunéré à ne rien faire, alors il ne voyait pas pourquoi, maintenant qu'il travaillait, il n'était pas payé davantage. Mieux valait ne rien faire dans ce cas, si c'était pour toucher la même chose. Tugdual, heureusement, était un employé consciencieux qui avait l'ambition de monter très vite, et très haut. Aussi s'était-il donné tous les moyens pour produire un rapport de grande qualité, malgré la faible reconnaissance financière du cabinet.

« Je pourrais gagner deux fois plus ailleurs, crois-moi, confiait-il à Mathilde, qui le croyait volontiers.

— Chéri, tu gagnerais plus chez Rochild !

— Affirmatif, ma chérie. Chez Rothschild, ce serait bien plus.

— Oh oui, bien plus chez Rochild ! »

Rothschild faisait la danse du ventre pour le recruter, alors qu'il n'était même pas banquier !

Quasiment chaque soir, Tugdual emmenait Mathilde dans le 13e arrondissement afin d'essayer un nouveau restaurant chinois – et parfois japonais pour montrer à Mathilde qu'il avait sciemment choisi Le Soleil de Kobe lors de leur première *sortie chinoise*. Le week-end, il retournait avec Mathilde dans le 13e, parfois aussi rue de Belleville, pour y nouer des contacts avec les commerçants, faire mine de flâner dans les parcs où il filait des familles asiatiques des heures entières. Bref, Tugdual se mêlait au peuple que son rapport allait mener très haut.

« Crois-moi, Mathilde, ils me devront une fière chandelle, ces Chinois, quand ils mettront en place mes préconisations ! »

Mathilde le croyait et louait son abnégation et son sérieux. Elle suivait son fiancé fidèlement, sans trop oser lui confesser que la cuisine chinoise commençait à lui peser. Et, au temps que son fiancé passait aux toilettes à chaque retour du 13e arrondissement, elle avait cru remarquer que son estomac supportait la nourriture chinoise encore moins bien que le sien. Et pourtant, tous les soirs il s'astreignait à y dîner, et tous les week-ends à y faire ses courses.

Et c'est ainsi qu'au bout de trois mois d'intense travail consacré à copier-coller des millénaires d'histoire chinoise, entrecoupés de recettes de baguettes traditionnelles et de commentaires personnels sur le folklore pékinois, à s'empiffrer de vingt-cinq nems par semaine, le rapport chinois compta plus de mille pages et Tugdual douze kilos de trop. N'ayant jamais découvert où se situait le service des Archives, et ne pouvant patienter davantage avant de tenir en main son rapport, Tugdual décida de prendre quelques libertés avec le protocole interne. Il transféra le fichier sur une clé USB et s'en alla l'imprimer lui-même. Il n'allait pas attendre le déluge qu'on voulût bien lui expliquer où se trouvaient les Archives, bon sang de bois! L'imprimeur lui proposa de revenir une heure plus tard, lorsqu'il en aurait terminé, et suggéra de diviser le rapport en trois tomes pour qu'il fût plus maniable. Tugdual Laugier soutint son regard et refusa fermement : il resterait à ses côtés tout le temps de l'impression et veillerait à ce que l'imprimeur effaçât le fichier de son ordinateur. Et pour ce qui était de la reliure, il n'était pas question de diviser son rapport en trois tomes. Le rapport chinois ne serait qu'un seul et unique matériau de travail dont la puissance novatrice se dégagerait dès sa prise en main. Tugdual revint au bureau avec un rapport de mille quatre-vingt-quatre pages auquel il fit faire des dizaines d'allers-retours entre son bureau et la machine à café, à l'affût d'un collègue qui pût le questionner sur le pavé qu'il arborait sous le bras.

4

Et puis un matin, alors que Tugdual était à la machine à café, son rapport à la main, en compagnie de deux jeunes recrues – du moins le pensait-il puisqu'il ne les avait jamais vues auparavant –, il entendit fredonner dans le couloir un air oublié depuis des semaines mais qui lui parut aussitôt familier. «C'est pour qui le bon café? Le troisième de la journée! C'est pour ce bon vieux Relot! Toujours premier au boulot! Didididi-dadadada!» Tugdual fut saisi d'effroi.

«Alors, alors, ça glande, les jeunes? entendit-il dans son dos. On se raconte son week-end? On traîne à la machine à café? Ah, la jeunesse, tous les prétextes sont bons pour retarder l'échéance. Venez plus tôt, conseil de vieux con. Mais c'est encore dans les vieux cons qu'on fait la meilleure confiture!»

Tugdual et les deux recrues improvisèrent un rire gêné.

«Allons, je passe devant, honneur aux anciens!»

Et Tugdual Laugier, désarçonné, vit repartir Relot comme il était venu, en chantonnant, sans qu'il eût donné l'impression de l'avoir reconnu. «C'est pour qui le bon café? Le troisième de la journée! Didididi-dadadada...»

Relot s'était-il simplement rendu compte de la présence de Tugdual à la machine à café et du millier de pages qu'il tenait en main ? Après tout, ils ne s'étaient rencontrés qu'une seule fois, le jour où Relot l'avait officiellement chargé d'établir le rapport chinois. Peut-être ne se souvenait-il pas de lui ? Le rapport, il ne pouvait pas l'avoir oublié puisqu'il était de la plus haute importance, mais il pouvait en revanche avoir oublié qu'il en avait chargé Tugdual. Il devait bien savoir qui il était, pourtant. Avec d'aussi bonnes évaluations que les siennes, on devait parler de lui à l'étage des associés. On n'accordait pas des bonus de dix mille euros au premier venu, tout de même ! Et il ne l'avait pas volé son argent, d'ailleurs, puisqu'il avait travaillé d'arrache-pied sur ce foutu rapport. Il l'aurait bien fait lire à son collègue du fond du couloir, juste pour avoir un retour. Mais la confidentialité était la valeur fondamentale du cabinet Michard. Et de toute façon l'autre grande perche était trop occupée par ses recherches sur Grandibert, dont l'avancée prouvait son professionnalisme. Toutes les semaines donnaient lieu à un rapport d'étape, avec les éléments d'investigation classés dans des pochettes de couleurs différentes selon leur degré d'importance, et les branches de la famille Grandibert avaient été remontées jusqu'aux balbutiements de la généalogie. Vraiment, il n'y avait rien à redire. Mais Tugdual ne voyait pas comment incorporer les recherches sur Grandibert dans ses développements sur la Chine, ce qui risquait de rendre inutiles tous les efforts de son collègue et ce d'autant plus que le rapport était déjà imprimé. À maintes reprises, Tugdual lui avait laissé entendre que, cette fois, il avait fait le tour de la question et qu'il pouvait arrêter là ses recherches. « On aura fait le tour quand on aura mis la main dessus, répondait ce dernier. Je l'aurai, ton Grandibert. C'est un petit malin, mais je l'aurai ! »

L'après-midi, Tugdual Laugier entendit de nouveau Bertrand Relot se manifester par bribes lointaines, sifflotant dans le couloir, persiflant les consultants surpris à la machine à café, leur rappelant les vertus du travail, dissertant sur la Chine et les Chinois qui étaient décidément partout – clients, secrétaire, même sa femme était chinoise! Tugdual n'y comprenait plus rien, et avait encore le regard perdu entre les milliers de pages de son rapport lorsque Relot franchit enfin la porte de son bureau.

«Alors, mon p'tit Laugier, ça travaille enfin? Je m'inquiétais de ne pas vous voir à la machine à café. Je me demandais s'il ne vous était pas arrivé quelque chose. Ah, ah, ah! Vous êtes sur quoi en ce moment? Rien du tout, je suppose? Eh bien, faites-moi donc une synthèse sur les rapports de l'année. Et fissa, s'il vous plaît. J'en ai besoin pour demain, 8 heures sur mon bureau. Vous arriverez à vous réveiller ou faut que je passe chez vous avec un seau d'eau? Je plaisante, mon p'tit Laugier, je plaisante. Vendredi, je déjeune avec Dong. Ding, ding, dong! Comme une sonnette. Alors s'agit pas de le décevoir, parce que ce sont les Chinetoques qui rapportent les soussous au cabinet. Et les Bridés veulent bosser qu'avec Relot. Personne d'autre. Parce que Relot, il a passé quatre ans en Chine à bouffer du clébard avec des baguettes. Très froid l'hiver, très chaud l'été. L'empire du Milieu peut plus pisser sans demander la permission à Relot.

— Vous voulez quoi exactement, pour la synthèse? demanda Tugdual, gauchement.

— Une synthèse sur les rapports en cours. Ce n'est pas compliqué, non? Je parle chinois ou quoi? Ah, ah, ah! Je pourrais, remarquez, avec tous les Chinois que je côtoie. Zouin-zouin-zouin! En français, on parle normalement. NOR-MA-LE-MENT. Mais les Bridés, c'est autre chose.

Bonjour : zouin ! Au revoir : zouin ! Merci : zouin-zouin ! Qu'est-ce que vous voulez comprendre à ça ? Allez, au travail, mon p'tit Laugier. Ne tardez pas, il fait déjà nuit. Ô vives clartés de nos étés trop courts, suspendez votre cours ! »

Une synthèse sur les rapports en cours. Comment établir une telle synthèse alors qu'il n'avait rédigé jusque-là qu'un seul et unique rapport ? Décidément, le fonctionnement du cabinet dépassait l'entendement, mais ce n'était pas le moment de se poser des questions existentielles. Il fallait agir, et vite.

5

Quand Tugdual Laugier arriva au bureau, un calme plus profond qu'à l'ordinaire régnait dans le couloir. Il avait tellement pensé à son rapport chinois qu'il n'avait pu dormir et avait tenu Mathilde éveillée toute la nuit pour qu'elle compatît à ses tourments. Quand elle avait tourné de l'œil, Tugdual lui avait enjoint de ne pas l'abandonner en cet instant fatidique, et lui avait opportunément rappelé que c'était tout de même grâce aux fruits de son travail *à lui* qu'ils avaient pu contracter un emprunt digne de ce nom et acheter le grand appartement dans lequel ils vivaient. Aussi était-ce la moindre des choses que Mathilde témoignât d'un minimum d'intérêt pour sa carrière, surtout lorsque celle-ci allait se jouer au petit matin.

« Dois-je te rappeler que sans mon salaire, nous n'aurions même pas pu acheter un cagibi ? »

On employait trop peu la forme interrogative, mais elle s'était pour l'occasion comme imposée à lui. *Dois-je te rappeler ?* La pique avait fait mouche. Mathilde avait aussitôt rouvert grand les mirettes, les tempes empourprées de honte à l'écoute d'une vérité qu'elle aurait espéré ne jamais entendre. Elle avait même pleuré à l'idée de se tenir dans un appartement qui n'était plus complètement le sien, et Tugdual dut concéder que sa question avait été maladroite, bien qu'il la trouvât fort à propos. Il attendait simplement de sa future épouse qu'elle traversât avec lui des moments comme celui-ci. Dans la tempête, le capitaine avait besoin de son plus fidèle matelot, et Tugdual fut si satisfait de sa métaphore marine qu'il la fila jusqu'à s'y noyer, puis chercha rapidement à recadrer le débat sur l'essentiel : le rapport chinois. Mathilde fut également rassurée par la métaphore, bien que sa position d'éternel matelot la chagrinât un peu. Mais il était indéniable que Tugdual jouait gros. Dans une logique proprement contradictoire, Mathilde s'efforça tout à la fois de l'écouter attentivement et de lutter contre le sommeil. Alors que Tugdual discourait sur les imperfections de son cabinet et leurs répercussions sur l'élaboration de son rapport, Mathilde espérait que dès le lendemain son fiancé fût missionné sur autre chose que la Chine.

À l'aube, Tugdual décida qu'il était temps de changer de stratégie. Il n'était pas question de prolonger le supplice de l'attente. Aussi décida-t-il de monter lui-même dans le bureau de Relot. *Alea jacta est*, pensa-t-il en s'élevant vers le huitième étage. Les portes de l'ascenseur s'ouvrirent sur un couloir en tout point semblable au sien. Tugdual tendit l'oreille pour tâcher de discerner un bruit au milieu du silence. Prudemment, il s'aventura dans le couloir, suant à grosses gouttes. S'il était pris en train de fureter au huitième, l'étage interdit, c'en était fini de sa carrière. Seul Relot pouvait le dédouaner d'une telle incartade. Tugdual s'approcha des portes de chacun des bureaux pour y déceler le nom de leur occupant. Son œil fut alors attiré par un calendrier hebdomadaire décomposé en tranches horaires de couleurs différentes, épinglé à une porte. Mardi, 8 heures : « révision des rapports en cours ». Les autres tranches horaires, de couleurs variées, disaient toutes plus ou moins la même chose (« analyse des rapports annuels » ; « point sur les rapports en cours » ; « étude des dossiers chinois »...) et le vendredi à 12 h 30, une mention en gras et capitales annonçait : « DÉJEUNER AVEC M. DONG ». C'était le bureau de Relot. Tugdual frappa à la porte. Rien. Il frappa de nouveau. Rien.

Il fut alors pénétré d'une frayeur légitime : il avait oublié son rapport sur la table de son bureau et s'apprêtait à se présenter à son patron tête basse et bras ballants. Il se précipita vers l'ascenseur mais n'eut pas le temps d'appuyer sur le bouton que les portes s'ouvrirent sur une Asiatique d'une quarantaine d'années perchée sur de hauts talons, vêtue d'un tailleur droit que Tugdual jugea très élégant. Elle parut surprise de le voir, mais se contenta de sourire poliment, sans chaleur, et se dirigea vers ce qui devait être son bureau. Tugdual venait d'être pincé à l'étage des associés, en violation manifeste d'une des règles élémentaires du cabinet. Certes, elle ne lui avait rien dit, mais elle ne manquerait pas d'alerter les personnes compétentes. C'en était fini pour lui. Fini de son travail, de ses sept mille euros mensuels, de ses bonus conséquents, fini de son appartement, fini de son mariage... Voilà à quoi tenait la vie : une porte d'ascenseur qui s'ouvrait trop tôt.

Il regagna son bureau. Son projet de rapport chinois semblait le narguer du haut de son millier de pages. Tout ça pour rien. Il devrait rendre son badge et faire ses cartons. Tugdual avait beau s'essuyer avec du papier hygiénique, la sueur continuait à perler sur son front, à couler sur sa joue, et créait des rigoles le long du col de sa chemise. Trois mois de cuisine chinoise l'avaient mis dans un drôle d'état.

Sa veste le boudinait, et même en rentrant le ventre il ne parvenait pas à la fermer. «Te voilà dans de beaux draps. Gros et chômeur.»

Il desserra sa cravate et épongea sa gorge avec le papier déjà humide qui lui restait. Pouvait-il encore rattraper la situation? Après tout, c'était bien Relot qui lui avait donné rendez-vous. Ce n'était pas comme si lui, de sa propre initiative, s'était aventuré au huitième. Puisqu'il n'avait plus rien à perdre, il fallait jouer son va-tout: il retournerait au huitième étage avec son rapport et expliquerait tout à la femme asiatique qu'il venait de croiser.

Des deux côtés du couloir, les portes étaient closes, à l'exception de l'une d'entre elles. Il toqua à la porte entrouverte en haletant. Rien. Il retourna vers les ascenseurs et aperçut la silhouette de la femme se glissant dans le bureau d'angle, qu'il avait identifié comme étant celui de Relot. Tugdual s'en approcha en s'efforçant tant bien que mal de retenir sa respiration et trouva la femme en train de pianoter sur un clavier d'ordinateur. Il toqua. Elle se retourna et fit contempler son visage lisse à Tugdual qui, bien malgré lui, l'imagina toute nue.

«Voilà, commença-t-il. Je me suis permis de monter à l'étage parce que M. Relot m'a demandé hier de lui présenter mon rapport à 8 heures précises sur son bureau...»

Tugdual attendit que la femme le relançât. En vain.

«Comme je sais qu'il est très occupé...»

À ces mots, elle fit une moue amusée.

«Très occupé, oui.

— Voilà, poursuivit-il vaillamment. Dès que M. Relot sera disponible, je suis prêt à lui présenter les grandes lignes de mon projet de rapport.

— Ah, il vous a chargé d'un rapport ?
— Parfaitement. C'est moi qui suis chargé de l'élaboration du rapport chinois. »

Aussitôt, Tugdual se mordit la lèvre. Il en avait trop dit.

« Très bien. Vous n'avez qu'à le déposer sur son bureau, il vous appellera quand il l'aura lu. »

Tugdual, cette fois, demeura sur ses gardes et sut habilement éviter le piège qu'on lui tendait. Il ne fallait pas non plus le prendre pour un jambon.

« Il s'agit d'un rapport ultraconfidentiel que je ne peux remettre qu'à M. Relot en personne.

— Dans ce cas, attendez son retour, il vous appellera.

— Très bien. Je suis Tugdual Laugier, mon bureau est le numéro 703. Il peut m'appeler à tout moment.

— Je suis son assistante, je lui dirai. »

Et avant que Tugdual prît congé, elle ajouta : « Dès qu'il sera là. » Il ne fut pas certain de comprendre ce qu'elle insinuait, mais déduisit de ce sous-entendu que Relot devait être toujours en vadrouille chez le client.

De retour à son bureau, Tugdual revint à la vie. Il n'allait pas être licencié, il continuerait à percevoir son réconfortant salaire, à habiter son bel appartement, et il épouserait bientôt Mathilde. Il reprit sa place dans son fauteuil, et attendit qu'on l'appelât. Relot devait être un homme drôlement occupé.

6

Le vendredi, son téléphone sonna.

« Bonjour, Tugdual, c'est Chuang-Mu, l'assistante de Bertrand Relot. Bertrand passe vous récupérer au bas du bureau dans cinq minutes pour déjeuner avec M. Dong. Bonne journée.

— Dans cinq minutes ? Avec le rapport ? »

Les événements se précipitaient de manière inattendue. Il allait déjeuner avec Dong. Quelle meilleure marque de confiance Relot pouvait-il lui accorder ? Relot n'ayant pas encore pu lire son rapport, que lui valait cet honneur ? Était-ce le sérieux dont il avait fait preuve dans l'élaboration du rapport chinois ? son esprit d'initiative lorsqu'il avait bravé l'interdiction de se rendre au huitième étage ? la délicieuse Chuang-Mu vantant sa bravoure, s'émerveillant de sa débrouillardise ? Une sacrée tête brûlée, ce Laugier !

« Et moi qui pensais être viré... », songea-t-il avec soulagement.

Tugdual s'empara de son épais rapport qu'il tenta vainement de faire entrer dans sa pochette, hésita à le transporter dans un sac en plastique avant d'y renoncer pour d'évidents critères de standing, et décida finalement de le prendre sous le bras. En passant devant le bureau de son collègue, il n'échappa pas au récit de ses dernières investigations.

« Il ne m'aura pas rendu la tâche facile, ton Grandibert ! »

Tugdual revint sur ses pas, le temps d'apparaître dans l'embrasure de la porte et de répondre à son collègue qu'il avait été convié à un déjeuner d'affaires avec les Chinois qui, manifestement, avaient apprécié son rapport.

« Si les choses se passent bien, je t'entraînerai dans mon sillage, compte sur moi. En attendant, mets-moi la main sur ce Grandibert ! »

Tugdual apprécia tout particulièrement sa dernière phrase. « Mets-moi la main sur ce Grandibert ! » Il avait fini par oublier pourquoi son collègue s'échinait à rechercher un individu dont il se foutait éperdument, mais le fait qu'il travaillât pour lui et la manière qu'il avait eue de s'approprier ses efforts avec son « mets-moi » lui avaient donné l'impression, fugace et grisante, de gérer toute une équipe.

Dans l'ascenseur, Tugdual commença à ressentir un malaise intestinal comme il en subissait souvent ces derniers temps à force de dîner au restaurant chinois. Pourquoi cette fois-ci son estomac venait-il le tourmenter avant le déjeuner ? Il scruta son profil dans le miroir du fond et s'étonna de sa rotondité nouvelle. Il goûtait peu la cuisine à la vapeur et éprouvait toutes les peines du monde à la digérer. Tout semblait s'amasser là, dans sa bedaine dont il n'aurait pu soupçonner trois mois auparavant qu'elle fût capable d'une telle élasticité. Avait-il le temps de passer aux toilettes ? Le timing était serré mais la nécessité impérieuse. Au bas de l'immeuble, une berline sombre compatible avec le train de vie d'un associé du cabinet Michard le contraignit à sortir mais la berline poursuivit sa route.

Il attendit quelques minutes durant lesquelles les spasmes s'intensifièrent. Voilà qu'il avait enfin l'occasion de déjeuner avec Relot et son ventre lui faisait subir les pires supplices ! La vie était injuste. Plus il se disait qu'il aurait eu le temps de remonter, et moins il le pouvait. Vingt minutes plus tard, plusieurs coups de klaxon retentirent derrière lui.

« Ouais, hop ! Allez, allez, les Chinetoques n'attendent pas ! Dépêchons, mon grand, vous allez nous foutre en retard avec vos conneries. Installez-vous là. Il faut être ponctuel avec les Bridés. Sinon, ils tiquent. De l'élégance, mon p'tit Laugier. De l'élégance et de la distinction.

— Bonjour, monsieur Relot. J'ai pris le rapport avec moi...

— Vous avez bien fait. J'espère qu'il est bon. Pas eu le temps de le lire, mais je vous fais confiance. Si vous êtes chez Michard, c'est que vous êtes un cador. Vingt ans de service, le Relot, alors il sait de quoi il parle. Une très belle boutique. Et associé depuis dix ans. Rien que ça. Y a pas de secret, mon p'tit Laugier. Les gens croient que ça tombe du ciel, mais non. Il n'est pas devenu associé chez Michard par l'opération du Saint-Esprit, le Relot. Boulot, boulot, boulot. Mais cette semaine a été difficile. Très difficile, même. Vous connaissez Haïti, vous ?

— Jamais été, non.

— Eh bien n'y allez pas, croyez-moi. Haïti, ce n'est pas Tahiti. Rien à voir. Pas de vahinés, là-bas, que des voleurs et des escrocs. Ce n'est même plus en Afrique, les Africains eux-mêmes n'en ont pas voulu, c'est vous dire. Me suis fait avoir une fois, mais pas deux. Maintenant, Relot les reconnaît, et de loin. Il a deux antennes qui se dressent sur la tête désormais. Suis pas raciste, hein, mais on m'ôtera pas de l'idée que la race blanche n'a rien de bon à apprendre de ces gens-là. Des Chinois, oui. Grand respect pour les Chinois. Quatre ans de Chine, alors je m'y connais. Quatre ans à bouffer du clébard avec des baguettes. Très froid l'hiver, très chaud l'été. Et aujourd'hui encore. Au boulot, Chine. À la maison, Chine aussi. Ma femme est chinoise. La plus belle femme de Pékin. Tombée raide dingue du Relot, juste avant que je reparte pour Paris. À quoi ça tient la vie, parfois ? À quelques jours près, Relot rencontrait pas sa femme. Sa petite Pékinoise. C'est comme ça qu'on dit. Pékinois. Comme les p'tits chiens. Mais ma femme, c'est plutôt un dragon. Un sacré caractère, je peux vous dire. Quand elle s'énerve, houlàlà ! Zouin-zouin-zouin ! Elle ne parle pas français mais pas besoin de parler chinois pour la comprendre dans ces cas-là. Mieux vaut fuir ! C'est grâce à Dong que je l'ai rencontrée, d'ailleurs. C'est avec lui qu'on déjeune. M. Dong. Ding, ding, dong ! Comme une sonnette. Un bon type aussi, vous allez voir. Et la synthèse sur les rapports en cours, vous m'avez préparé quelque chose de bien, j'espère ?

— Oui, enfin, plus exactement, j'ai rédigé le rapport chinois. Mais vu que c'est le seul rapport que j'ai fait, je ne voyais pas comment je pouvais faire une synthèse sur les rapports en cours...

— Comment ça ? Vous n'avez fait qu'un seul rapport ?

— Euh, pour vous, oui...

— Mais il n'y a pas d'autres rapports en cours ?

— Peut-être que si, mais je ne suis pas au courant... Vous les avez peut-être confiés à d'autres consultants ?

— Faut voir ça avec ma secrétaire, Chuang-Mu. Chinoise aussi. Mais très bien. C'est elle qui gère l'intendance. Moi, l'intendance, ce n'est pas mon truc. Vous verrez ça si vous êtes associé. Je vous le souhaite d'ailleurs. Quand on est associé, on n'a plus le temps de gérer la logistique et l'intendance. Une fois associé, on s'occupe des grandes lignes, du pilotage des projets, des perspectives à long terme. De la hauteur de vue. C'est ça qu'ils attendent, les clients. Surtout les Chinois. De quoi parle-t-il, votre rapport?»

Tugdual s'éclaircit la voix, en même temps qu'il refrénait un nouveau spasme. Le temps était enfin venu pour son rapport chinois d'être jugé par le grand expert en sinologie.

«Alors, mon rapport a la prétention d'être novateur, audacieux et de proposer des solutions concrètes...

— Attention, mon p'tit Laugier! Vous me faites peur avec votre audace et vos solutions concrètes. Il ne s'agit pas de leur donner des solutions que les Chinois appliqueraient aveuglément. Parce que si ça foire, c'est Relot qui régale! Me foutez pas dans le pétrin avec vos solutions concrètes. Jamais d'impératif, jamais d'affirmatif. Toujours du conditionnel. "Il se pourrait que... sous réserve de recherches complémentaires... sauf erreur de notre part... il semblerait pouvoir être éventuellement utile... nous ne pourrions que vous conseiller la plus grande prudence dans l'application de nos préconisations, qui ne sauraient avoir valeur impérative..." C'est ça un rapport! Des pistes de réflexion, des impulsions. Sinon, c'est le procès en responsabilité et la réputation qui s'effondre. Alors, on sort le parapluie, on se couvre le cul et tous aux abris! Du conditionnel, Laugier! Conditionnel, ceinture et bretelles! Ils ne vous ont pas appris ça en trois ans de boutique?

— Si, bien sûr, monsieur Relot...

— Appelez-moi Bertrand, mon grand. Il y a quelques grades d'écart, bien sûr, mais c'est quelqu'un de simple le Relot. Fils d'agriculteurs, vous le croyez, ça? Mes parents, c'était réveil à 4 h 30 tous les matins. Père sur le tracteur, mère sous les vaches. Et le petit Relot qui prêtait main-forte un peu partout. Un fils de rien. Et maintenant, la belle auto, la belle épouse, la belle maison. La belle vie ! Mais il n'a pas changé pour un sou, le Relot. Un type simple. Qui continue à déjeuner avec son Renard. Je vous le présenterai, mon Renard. C'est un futé. Rusé comme un renard, on dit. Très jaloux, évidemment. Y a qu'à le voir quand il entre dans mon Audi avec toutes les options et le cuir blanc qui fait frotti-frotta. Ça plaît bien au Renard, tout ça... »

Tugdual écoutait poliment Relot lui parler de son renard qu'il emmenait manifestement partout. Quel drôle d'oiseau ! À force de travailler, il avait dû perdre le sens commun. Tugdual avait du mal à se figurer le quotidien de Relot, avec une femme qui ne jactait pas un mot de français et un vieux renard en laisse comme seul compagnon... Avait-on le droit de promener un renard en laisse, d'ailleurs ? Il voguait de sujet en sujet sans que Tugdual pût discerner un quelconque fil conducteur. Il était question des impôts qu'il payait en quantité astronomique et d'une vache à lait qui avait mal aux pis et la peau sur les os à force de se faire traire. Le problème, c'étaient les jaloux, comme son renard et la clique à Lulu, sans parler des Haïtiennes sans scrupule qui dépeçaient les vieillards et les suçaient jusqu'au sang. Tout en conversant, Relot brûlait tous les feux et s'acharnait sur son klaxon.

« Vous connaissez Chinagora ? lui demanda-t-il sans attendre la réponse. Il descend toujours à l'hôtel là-bas, le père Dong. Ding, ding, dong ! Le resto est infect au possible, mais les Bridés adorent ça ! Menu à douze euros. Dégueulasse. »

Tugdual ne connaissait pas Chinagora mais, à son grand désarroi, le nom du restaurant laissait peu de part au doute : il allait de nouveau déjeuner chinois et cette perspective était insurmontable. Les histoires de Relot lui avaient fait oublier quelque peu ses troubles intestinaux mais l'équilibre de son ventre était encore instable, et l'accalmie sans doute temporaire. Et s'il était bien persuadé d'une chose en ce moment de doute généralisé, c'était que son estomac ne résisterait pas à un nouvel assaut de nems et de sauce piquante.

Bertrand Relot gara son Audi sur le parking désert du complexe Chinagora. Tugdual lui demanda s'il convenait de prendre le rapport avec lui.

« Bien sûr, lui répondit Bertrand Relot avant qu'ils traversent le complexe fantôme. Dis donc, quel boulot ! le félicita-t-il en découvrant l'épaisseur du rapport que Tugdual portait sous le bras.

— Je me suis passionné pour ce rapport, lui répondit ce dernier modestement », en s'efforçant de refluer les soubresauts de ses muscles zygomatiques.

Sur leur droite, une immense pagode où était inscrit « Galerie Chinagora » semblait désaffectée, tout comme le restaurant qui se dressait au bout du quai, au confluent de la Seine et de la Marne.

« De plus en plus sinistre ici, s'étonnait Relot en levant la tête sur ce qui se voulait une imitation de la Cité interdite. »

Il profita de la marche pour donner quelques vagues explications sur le fameux Dong, qui pesait plusieurs centaines de millions, peut-être un milliard, et en euros s'il vous plaît, pas en francs ni en yuans, et était à la tête d'une myriade de sociétés spécialisées dans l'exportation de matériel multimédia. Dong avait besoin d'un spécialiste comme Relot pour faire le lien entre la Chine et la France. À l'époque où il était à Pékin, Relot avait mis en place un consortium d'entreprises chinoises qui avait investi dans la boîte de Dong – ding, ding, dong. Le consortium, c'était son idée à lui, et il pouvait en être fier parce que imposer une telle idée dans un pays comme la Chine n'était pas simple. Quant à Tugdual, il ne devait pas ouvrir le bec et se contenter d'apprendre à gérer le client, parce que le Chinois aimait se faire brosser dans le sens du poil. Dong rapportait des millions au cabinet Michard, alors il ne s'agissait pas de le perdre. Mais il n'y avait pas d'inquiétude à se faire sur ce point car les Chinetoques avaient trop besoin de lui. Et si Tugdual lui passait l'expression, aucun Chinois ne pétait en France sans son aval. Il se pliait en quatre pour le client, mais ça en valait la peine parce que c'était quand même avec les factures des Chinois qu'il menait la belle vie et ce n'était pas son vieux Renard qui aurait pu se payer tout ça vu qu'il gagnait dix fois moins et croupissait dans son cloaque à Daumesnil avec une grosse dondon en guise de bonne femme. Tugdual n'aurait qu'à intervenir si Dong l'interrogeait sur le rapport parce que lui n'avait pas eu le temps de le lire à cause de deux Haïtiennes – pas du tout des vahinés – qui lui avaient chapardé sa canne alors qu'il rentrait gentiment chez lui.

« Si Dong entre dans le détail, je vous fais signe et vous n'aurez qu'à lui exposer les grandes lignes de votre rapport. De toute façon, vous savez comment ça se passe, ce genre de déjeuner. Blablablabla. On parle business, le client pose quelques questions sur les rapports en cours, on se met d'accord pour de nouvelles missions et on boit des verres pour fêter ça. Je vous fais signe s'il pose des questions sur le rapport, parce que ça c'est votre boulot. À vous, le cambouis. À Relot, la hauteur de vue. »

Ils pénétrèrent dans une immense salle dont les baies vitrées donnaient d'un côté sur la Seine, de l'autre sur la Marne, et dont seuls des résidus épars de décoration traditionnelle pendouillant aux murs rappelaient qu'un restaurant chinois était censé se trouver ici.

« Bah ça alors ! s'étonna Relot en parcourant l'immensité de la salle dépourvue de clients et de mobilier. Ça doit bien faire deux ans que je n'y ai pas mis les pieds, se justifia-t-il auprès de son consultant. Bon, il nous attend sans doute à l'hôtel. »

Tugdual suivit Relot au-dehors du restaurant. Ils descendirent les marches du perron, en gravirent d'autres qui menaient au hall de l'hôtel. Le hall était vide lui aussi et derrière le comptoir de la réception, il n'y avait personne pour les renseigner. Relot s'aventura dans un couloir qui menait vers une autre salle, côté Marne.

« Voilà Dong », annonça Bertrand Relot en désignant un Asiatique attablé près de la fenêtre.

Il s'ébroua et se tapota les joues, comme pour se donner du courage.

« À nous de jouer, mon p'tit Laugier. »

Dong était assis, le dos raide, indifférent à la Marne qui, sur sa droite, s'apprêtait à se mêler à la Seine. Quelques Chinois lisaient leur guide aux tables alentour, tandis qu'un couple de touristes occidentaux prenait un café. Dong ne sembla pas remarquer leur présence avant que Relot se positionnât face à lui.

« *Ni hao*, cher monsieur Dong », commença-t-il en se courbant et en joignant les mains.

M. Dong se redressa comme un I, presque surpris par l'arrivée de Relot avec qui il avait pourtant rendez-vous. Il lui adressa quelques mots en chinois. Relot afficha un sourire niais avant de se tourner vers Laugier, comme dans l'espoir que ce dernier les lui traduisît. Décontenancé, Tugdual sourit à son tour, attendant que Relot le présentât à Dong. Relot continua à l'examiner, semblant s'interroger sur la raison de sa présence, au même titre que Dong.

« Un de bos collaborateurs ? » demanda Dong en désignant Laugier.

Relot se tourna de nouveau vers Tugdual, dont le visage rosit tandis que d'odieux spasmes lui déchiraient l'estomac.

« Zozozo..., bafouilla-t-il d'abord. Oui, un de nos tout meilleurs éléments.

— Enchanté, b'aiment, dit Dong en lui tendant la main. Bert'and ne m'abait pas dit qu'il se'ait accompagné.

— Il a absolument tenu à venir. Il va vous exposer les grandes lignes du nouveau rapport.

— Ah, bien.

Dong et Relot se toisèrent, attendant que l'un d'eux prît l'initiative de s'asseoir.

— Je vous en prie, finit par dire Relot.

Dong s'assit, Relot fit de même. Laugier demeura debout, un peu pataud, son gros rapport sous le bras, inspectant si la chaise et les couverts qui devaient lui être destinés ne se promenaient pas dans la salle.

— Le 'estau'ant a fe'mé...

— Ah oui, c'est ça, le restaurant a fermé. On s'est retrouvés dans une salle vide...

— Liquidation judiciaire, oui... Mais l'hôtel est encore oubert.

— On peut peut-être aller déjeuner ailleurs dans ce cas ?

— Non, non, bous inquiétez pas. J'ai demandé qu'on dous appo'te deux 'epas. Quand il y a pou' deux, il y a pou' t'ois. »

Un réceptionniste passa dans la pièce et, voyant Tugdual planté là, lui apporta une chaise et ajouta une assiette en bout de table, face à la Marne. Il s'assit à son tour, et posa le rapport sur le coin de la table. À sa gauche, Relot ne cessait de se frotter les mains, de recoiffer ses cheveux blancs désordonnés, bafouillait de drôles de zozozo, embrassait la pièce du regard, repassait la nappe avec la paume de ses mains, changeait son couteau de place, scrutait la Marne comme s'il espérait y voir au travers. À sa droite, Dong s'agrippait à son assiette, les membres tendus, tout aussi mutique que Relot. De temps à autre, Relot agitait son bras au passage d'un réceptionniste et commentait ses échecs successifs de son air ahuri : « Est-ce qu'il me voit, le monsieur ? », « Ah, il ne m'a pas vu... », « Dis donc, y a pas grand monde... », « Est-ce qu'ils nous ont oubliés... ? » Enfin, le réceptionniste arriva, les mains vides. Relot annonça d'emblée qu'il jouerait le maître de cérémonie, comme s'il réalisait enfin ce qu'on attendait de lui.

« Trois menus, commanda-t-il au serveur avec autorité, avant d'interroger Dong pour s'assurer qu'il ne commettait pas d'impair.

— Euh, Bert'and, il n'y a plus de restaurant...

— Zozozo... Ah oui, c'est vrai ! Quel idiot ! »

Le réceptionniste posa une question en mandarin. Relot arrondit les yeux et afficha la mine d'un touriste découvrant à l'aéroport qu'il s'est trompé de destination. Dong répondit au serveur, qui se tourna vers Relot, qui se tourna lui-même vers Laugier. Tugdual prit alors l'air contrarié de celui qui recherche un mot qui lui a échappé. Dong leur décrivit succinctement chacun des mets qu'il avait lui-même commandés et qu'un groom était parti chercher à scooter.

« Il y a des douilles bapeur, abec une sauce légè'ment piquante, expliqua Dong avec son fort accent chinois.

— Ah, vraiment ? répondit Relot, feignant l'admiration. Eh bien je prends ça. »

Laugier, copiant son supérieur, fit part d'un même enthousiasme. D'après ce que leur avait annoncé Dong, il y avait beaucoup plus de sauce piquante et de crevettes que ne pouvait en supporter son estomac convalescent, mais il tenait à prouver qu'il appréciait la nourriture chinoise.

Se posa la question du vin. Dong n'en avait pas commandé mais Relot tâcha néanmoins de le sonder discrètement sur l'opportunité de le faire. Le réceptionniste indiqua qu'il pouvait encore demander au groom de rapporter quelques bouteilles. Relot répondit «Pourquoi pas?» sans enthousiasme pour montrer qu'il ne faisait que se plier à la volonté de son client. Lorsque le groom revint quelques minutes plus tard, il disparut aussitôt dans un sous-sol des sacs plein les mains, sans doute pour réchauffer les plats, et réapparut avec quatre bouteilles sur un plateau. Tout en passant au crible les trois bouteilles de 75 centilitres et celle de 37,5, Relot chuchotait les grandes étapes de sa réflexion, comme s'il musardait entre les fûts d'un caviste bordelais.

«Alors, qu'est-ce que l'on va prendre... Un vin chinois... Il y en a des bons, bien sûr, mais faut faire attention... Et d'ailleurs, il n'y en a pas... Je sais que M. Dong préfère le bourgogne...

— Bou'gogne, oui, t'ès bien.

— Bourgogne? Pourquoi pas. L'embêtant c'est qu'il n'y a qu'une demi-bouteille alors que l'on est trois...

— Je ne bois pas beaucoup, précisa Laugier à Relot, qui ne l'écoutait pas.

— Une demi-bouteille, c'est bien», trancha Dong en pointant du doigt la bouteille de 37,5 centilitres.

Relot ne put refréner un haussement de sourcils, déférent mais surpris, et Dong sembla confirmer que le bourgogne lui convenait. Pendant que le serveur débouchait la demi-bouteille, Relot rompit le douloureux silence en soufflant d'extase devant les lampions en crépon et l'affreuse fontaine artificielle du hall. Laugier se gardait bien d'intervenir et trompait sa gêne en caressant la page de garde de son rapport. De temps à autre, il épiait Relot du coin de l'œil, se demandant quand celui-ci prendrait enfin l'initiative de la conversation. Durant tout le trajet, l'énergumène ne s'était pas tu une seconde, lui rabâchant à quel point il était l'expert incontesté de l'empire du Milieu et ne lui laissant jamais l'occasion de placer un mot, mais depuis qu'il était attablé face à Dong, il se comportait comme un petit garçon que l'on aurait contraint à déjeuner en compagnie d'un vieil oncle de passage.

Une fois qu'il eut débouché le bourgogne, le groom en servit un fond à Relot.

«Très bien», dit ce dernier sans conviction avant de constater avec quelle rapidité se vidait la silhouette rachitique de la demi-bouteille.

Il tourna ensuite son sourire cornichon en direction de Dong, et Laugier – qui n'était pourtant pas doté d'une intuition phénoménale – lut sur sa mine défaite qu'il implorait Dong d'en déboucher une autre, de taille adulte cette fois.

« C'est bien aussi les demi-bouteilles, dit Dong.
— Zozozo...
— Parce qu'une bouteille, c'est t'op si l'on beut t'abailler l'après-midi.
— Tout à fait d'accord, et on a du boulot nous aussi. Beaucoup de boulot, même.
— Vraiment très bien, ces petites bouteilles», appuya Tugdual, qui n'en pouvait plus de se taire et avait jugé le moment propice pour évoquer enfin le rapport sur lequel il travaillait depuis des mois.

Car si la mini-bouteille plaisait à Dong, il allait adorer son idée de mini-viennoiseries ! Relot porta sur lui ses yeux ronds et ce même air simiesque qu'il affichait depuis qu'il était en présence de Dong.

«Vous verrez dans mon rapport, poursuivit-il, que je parle un peu de ce concept.

— Ah oui ? l'interrogea Relot, qui était censé l'avoir rédigé lui-même, ou au moins l'avoir lu.

— Inté'essant», complimenta Dong.

Laugier, qui n'avait pourtant encore rien dit qui pût être intéressant, se sentit encouragé. Puisque Relot n'assumait pas son rôle d'associé, il allait le faire lui-même. Il allait marquer des points auprès de Dong, et Relot lui devrait une fière chandelle.

«Oui, alors, je vais peut-être vous paraître audacieux», commença-t-il.

Se souvenant toutefois que Relot lui avait justement défendu d'être audacieux, après l'avoir d'abord encouragé à l'être, Laugier craignit d'en avoir trop dit avant d'avoir dit quoi que ce fût.

«Audacieux, mais avec toutes les réserves d'usage, bien sûr, ajouta-t-il à l'adresse de Relot.

— Bien sûr, l'approuva ce dernier. Avec toutes les réserves d'usage. Il ne s'agit pas de vous conseiller des orientations que vous pourriez regretter par la suite.

— Tout à fait, approuva à son tour Laugier pour confirmer l'approbation de Relot à sa propre réflexion.

— Exa'tement, renchérit Dong. Bous le sabez, c'est ce que dous appréncions chez bous, Bert'and. De l'audace, mais pas t'op non plus.

— Parfaitement.»

Le cycle des approbations mutuelles se poursuivit, Dong approuvant Relot d'avoir approuvé Laugier qui avait approuvé Relot d'avoir approuvé Dong. Pris dans ce manège d'auto-approbations et de considérations d'ordre général sur les vertus et les dangers de l'audace, Tugdual hésita à recentrer le débat sur le fond de son rapport. S'agissait-il d'une conversation qui n'en était qu'à ses balbutiements et qui n'attendait que la grande idée de Laugier pour qu'elle prît sa véritable tonalité, ou bien était-ce au contraire une habile mise en garde de la part de Relot pour l'empêcher de trop en dire, sans attirer l'attention de Dong? La suite de la conversation le convainquit que la première hypothèse était la bonne.

« Pas t'op d'audace, mais du conc'et quand même, dit Dong à un moment.

— Exactement, approuva Relot une nouvelle fois. Des solutions concrètes, sinon on parle dans le vide. Alors, demanda-t-il à Laugier, pouvez-vous synthétiser à M. Dong les grandes lignes de nos préconisations? Monsieur Dong, précisa-t-il à Dong, permettez-vous à mon consultant de faire la synthèse à ma place?

— Daturellement », répondit Dong.

Tugdual était à la fois excité à l'idée de confronter enfin les préconisations de son rapport chinois au jugement des deux pointures qu'étaient Dong et Relot et profondément inquiet à l'idée qu'elles ne fussent évaluées à leur juste valeur. Alors qu'il s'apprêtait à parler, il sentit poindre en lui plusieurs signaux familiers qui lui enjoignaient de se taire de toute urgence. Il avait toujours fait confiance à ces signaux qui semblaient s'activer chaque fois que les limites de son intelligence étaient sur le point d'être franchies. Mais l'élaboration du rapport chinois ne lui avait-elle pas démontré qu'il était parvenu à en repousser les limites?

Mille pages, bon sang de bois, c'était tout de même quelque chose ! Et sans tricher sur la taille de la police, ni retourner à la ligne à tout bout de champ pour créer artificiellement une impression de volume. Mille quatre-vingt-quatre pages précisément. C'était tellement colossal qu'il arrondissait lui-même à mille pages, sans attacher d'importance aux quatre-vingt-quatre pages supplémentaires. Il l'avait d'ailleurs dit à Mathilde : « Je dis mille pages, mais en réalité c'est mille quatre-vingt-quatre, on ne va pas chipoter sur quatre-vingt-quatre pages. Alors que pour bien des consultants, un rapport de quatre-vingt-quatre pages, ce serait déjà un beau rapport. Mais pour le mien, c'est tellement marginal que je n'en parle même pas. En fait, je devrais plutôt parler de mon rapport d'un millier de pages, parce que ça veut dire plus ou moins mille. Mais j'ai peur qu'en disant un millier, on pense à huit ou neuf cents. C'est pour ça que je préfère dire mille pages, et puis je ne suis pas le genre à me faire mousser pour quelques pages de plus. »

Mille quatre-vingt-quatre pages. Certes, il y avait beaucoup de copier-coller et des notes à n'en plus finir, mais qu'y avait-il de honteux à citer ses sources ? Peu d'hommes pouvaient, comme lui, se targuer d'avoir achevé, à même pas trente ans, un ouvrage aussi pharaonique que son rapport chinois. Mille quatre-vingt-quatre pages. Il ne pouvait donc se fier à de vieux instincts qui n'avaient pu encore prendre la pleine mesure de sa maturité nouvelle. Au diable les signaux alarmants de sa vie d'avant le rapport chinois ! Tugdual avait travaillé d'arrache-pied et pris de l'épaisseur, de la *hauteur de vue*, comme disait Relot – qui l'avait d'ailleurs présenté à Dong comme l'un des meilleurs éléments du cabinet Michard. Et s'il déjeunait aujourd'hui avec Dong, ce n'était pas pour rien.

« Tout d'abord, commença-t-il, je me suis demandé comment accélérer la croissance de la Chine. Pas la lancer, ni la relancer, mais bien l'accélérer...

— Intéressant, continua de s'émerveiller Relot.

— Dous sommes d'accord, confirma Dong avec son fort accent. Boilà une idée fo'te. Alors comment l'accélé'er, cette c'oissance ?

— Des solutions, que diable ! Des solutions, pesta Relot.

— Eh bien j'y arrive. L'idée va sans doute vous paraître un peu « folle », précisa Laugier en mimant des guillemets avec ses doigts, mais elle pourrait bien révolutionner le marché français et rebattre les cartes de la mondialisation... »

Tugdual Laugier exposa enfin la *grande idée* qui allait sauver la Chine et bouleverser l'ordre du monde. D'abord, il y avait le constat : le commerce du textile, de l'électronique ou de la restauration asiatique n'aurait jamais le même impact dans la société française que les commerces traditionnels purement nationaux. Les Français étaient chauvins, c'était bien connu.

« Cocorico ! » se sentit-il même autorisé à scander avant de recouvrer son sérieux devant l'impassibilité de ses interlocuteurs.

Or, le Français moyen tenait à son camembert, son pinard et sa baguette de pain. C'était une vérité éternelle, et quiconque voulait conquérir la France devait conquérir la baguette. La formule était décidément très bonne. L'avenir de la Chine passait en vérité par la production de mini-croissants et de mini-pains au chocolat, qu'il fallait vendre peu cher mais en grande quantité. La recette pouvait sembler classique mais c'était encore dans les vieux pots qu'on faisait la meilleure confiture. La boulangerie était une spécificité culturelle française, certes, mais rien n'interdisait à un étranger de reprendre la tradition à sa sauce. Il convenait de penser la tradition française avec un cerveau chinois.

Tugdual mêla dans ses déblatérations un rapport de l'ONU, des courbes de croissance démographique et des prévisions économiques à son propre retour d'expérience du 13e arrondissement, faisant de ses balades rue d'Ivry le contrepoids légitime des arguments d'experts tirés d'un demi-siècle de géopolitique mondiale. Lorsqu'il estima que son allocution avait suffisamment époustouflé son auditoire, il chercha à l'achever de la plus belle des manières. Après réflexion, il opta pour l'un des slogans qui ferait date dans l'esprit de Dong et du peuple chinois.

« Mon idée, finalement, est simple et se résume en peu de mots… »

Tugdual Laugier laissa sa phrase en suspens pour mieux recueillir leur attention. Il observa tour à tour Relot puis Dong, espérant puiser dans le visage du premier le courage de s'adresser aussi frontalement au second.

« La Chine conquerra le marché français par la baguette ou ne le conquerra pas. »

Et, voyant que ses interlocuteurs ne réagissaient pas, Tugdual ajouta un ultime trait d'esprit qui sublimerait sa présentation :

« Vous avez inventé les baguettes, réinventez la baguette ! »

Enfin, il s'adossa à sa chaise sans rien trahir de sa satisfaction, attendant patiemment que l'onde de son génie atteignît le cortex de ses interlocuteurs dans une déflagration d'enthousiasme.

L'apathie de Dong et Relot lui parut d'abord un bon présage : à la suite de son allocution, leurs vies empreintes de robustes certitudes et d'antiques paradigmes avaient volé en éclats et, cerise sur le gâteau, l'artisan de ce chaos n'était qu'un petit jeune qui, trois mois plus tôt, ne se prétendait pas sinologue!

Mais la scène se prolongea.

Le demi-sourire effaré de Relot et ses yeux fixés sur les mille quatre-vingt-quatre pages du rapport finirent par alerter Tugdual. En se tournant vers Dong, il croisa le même regard agonisant sur son rapport. Qu'y avait-il? Avaient-ils manqué une étape de son raisonnement? S'était-il lui-même montré trop sûr de son fait? Était-il allé trop vite? trop loin? Et ne faisait-il pas drôlement chaud dans cette pièce?

Le groom apporta une dizaine de plats sur un immense plateau. Raviolis à la vapeur. Haut-le-cœur. Un violent spasme revint lui torturer l'estomac. *Agir*. Relot mit fin au silence en félicitant Dong de leur avoir commandé quelque chose d'aussi exceptionnel que des raviolis à la vapeur. Quinze minutes d'allocution. Mille quatre-vingt-quatre pages de rapport, et ni Relot ni Dong n'en diraient un seul mot! Tugdual les pria en urgence de bien vouloir l'excuser, se leva et, alors qu'il pensait échapper aux crocs de la honte, une nouvelle convulsion, dans une morsure atroce, le paralysa dans sa fuite; face à ce suprême assaut de ses muscles internes, son sphincter épuisé laissa s'échapper la preuve sonore de ses querelles intestines.

À grandes enjambées, il reprit sa fuite à travers le hall sous les yeux subjugués des touristes chinois et du couple d'Occidentaux. Il pria que ses commensaux n'eussent rien entendu du vacarme, comme il eût espéré qu'ils n'eussent pas remarqué un éléphant dans le couloir d'un appartement haussmannien. Deux rires hystériques et simultanés l'assurèrent du contraire. Une fois assis sur la cuvette, dans cette position propice aux élans d'humilité, Tugdual Laugier se prit la tête dans les mains. Il se sentait comme égaré dans une centrale nucléaire un jour de Tchernobyl. Les signaux familiers clignotaient à tout rompre et, dans le tumulte incertain de ses regrets, le concept phare de son rapport chinois lui apparut subitement dans sa honteuse nudité. Comment avait-il pu décemment expliquer à deux experts de l'économie chinoise que la mini-viennoiserie serait l'avenir de la Chine ? Il se souvenait maintenant que cet éclair de lucidité lui avait déjà traversé l'esprit, le jour où il avait attendu en vain que Relot lui téléphonât. Pourquoi n'avait-il pas délaissé aussitôt cette idée absurde ? Il se souvenait surtout que c'était Mathilde qui la lui avait soufflée lors de leur première *sortie chinoise*. Comment avait-il pu lui faire confiance ? Mille quatre-vingt-quatre pages sur une idée de Mathilde qui ne connaissait rien aux affaires ! Il serait licencié, deviendrait la risée du cabinet Michard et du marché français, et Mathilde en porterait la responsabilité.

Tugdual se rhabilla et se lava les mains. Dans la glace, il fut surpris par ce drôle de reflet qui était le sien. Dieu qu'il était gros, et sa chemise trop courte. Il fallait en finir avec tout ça. Michard, Mathilde, Dong, Relot. Tant pis pour les sept mille euros par mois et la belle vie. Il allait tout plaquer, son boulot, son appartement et Mathilde. Il ferait le tour du monde en voilier, monterait un restaurant sur une plage et vivrait de sa pêche. Tugdual Laugier était un homme libre qui n'avait besoin de rien ni de personne. C'était une bonne chose finalement, ce déjeuner. Même le pet, il ne le regrettait pas ! C'était le bras d'honneur qu'il avait envoyé à la face du monde !

Lorsqu'il revint à table, l'ambiance était radicalement différente. Le timide Relot aux yeux ronds et le barbifiant

Chinois au dos raide avaient laissé place à deux trublions s'esclaffant au milieu d'un cimetière de bouteilles.

« Revoilà le péteur fou ! cria Relot à son arrivée. Tous aux abris ! »

Dong s'étrangla littéralement, se tenant le ventre pour ne pas s'effondrer.

« On s'inquiétait de pas vous voir revenir, on a failli appeler les secours ! Allons, allons, mon p'tit Laugier, on rigole ! Ça arrive à tout le monde, ce n'est rien. Faut bien rigoler dans la vie. M. Dong me rappelle nos vieux souvenirs de Pékin. Ça nous rajeunit pas, mais Dieu qu'on rigolait à l'époque. Prenez donc un peu de vin. Votre estomac en a bien besoin ! »

Il n'était plus question de rapport, ni de préconisations ou de marché français, et encore moins de demi-bouteille. Relot, qui avait retrouvé toute sa verve, gloussait à ses propres histoires avant de les avoir terminées, ouvrant grand la bouche, se tapotant les côtes. Et dès qu'un bon mot avait fait mouche, il s'emparait de la première bouteille venue dans un geste de triomphe et servait généreusement le verre de Dong, puis le sien. En face de lui, Dong se gondolait, suffoquait, rebondissait sur lui-même, et par sa gaieté communicative encourageait Relot à raconter de nouvelles anecdotes ou, encore mieux, toujours les mêmes mais en y ajoutant des détails croquignolesques qu'il sortait de son chapeau. Et quand Dong récupérait quelques secondes de souffle, il approuvait Relot d'un index solennel « Je me soubiens, Bert'and, je me soubiens ! » et ses tressaillements repartaient de plus belle, une main sur le ventre, une autre fracassant la table. Au milieu de ce joyeux cénacle alcoolisé, Tugdual se sentait à la fois mal à l'aise d'être à l'origine de cette volte-face et rassuré par la tournure conviviale prise par ce déjeuner où nul ne semblait se souvenir qu'il avait soutenu avec le plus grand sérieux qu'un mini-croissant allait sauver la Chine.

Au bout d'un moment, les esprits s'adoucirent. Pour la première fois, Dong, qui ne s'était manifesté jusque-là que par monosyllabes et hurlements de rire, joua le rôle du client puissant et fortuné qu'il était.

« Che' Bert'and, comme je bous l'ai toujours dit, dous sommes t'ès hodo'és de t'availler avec bous et demeu'ons t'ès satisfaits des se'vices que le cabidet Micha'd dous p'odigue. Et je c'ois pouboir di'e que le cabidet Micha'd peut lui aussi êt'e fier des se'vices que bous lui 'endez. »

Dong assura à Relot qu'il comptait encore lui faire confiance à l'avenir. D'ailleurs, il allait immédiatement régler les factures qu'il lui devait pour son excellent travail ainsi qu'une avance confortable au titre de ses prestations futures. Tugdual comprit que le montant de la facture avait fait l'objet d'un accord pendant qu'il était aux toilettes, tout comme celui de l'avance que Dong allait consentir. Il se tourna vers Relot, espérant que celui-ci lui signifierait que son rapport chinois avait finalement été apprécié par Dong. Mais le vin avait déjà fait son effet sur son supérieur, dont les joues étaient devenues moites et brillantes. Et lorsqu'il le vit plisser les paupières jusqu'à ne laisser qu'un entrebâillement étroit, Tugdual sut que, tout en écoutant Dong d'une oreille endormie, Relot jouait comme un gosse à savoir comment un Chinois perçoit le monde à travers ses yeux bridés.

« Les 'èglements bous a"ibe'ont semaine p'ochaine, Bert'and.

— Je vous remercie, lui répondit aussitôt Relot, que la question des règlements avait sorti de sa rêverie.

— 'ien de plus dormal, Bert'and. Décidément, ce 'estau'ant est propice à dos affaires. L'ai' de la Seine sans doute ? »

À ces mots, Relot s'illumina littéralement.

« La Seine ? répéta-t-il en se tournant vers la Marne. Elle m'a toujours inspiré. Vous connaissez les vers de Mirabeau ? *Sous le pont Mirabeau coule la Seine, et mes amours, faut-il qu'on s'en souvienne, à chaque fois les pleurs succèdent à la peine !*

— Magnifique, Bert'and ! Quelle cultu'e. Je bais les doter. C'est de Mi'abeau, bous dites ?

— Ah non, pardon, ça c'est le pont ! Apollinaire. Guillaume Apollinaire. L'un de nos plus grands poètes, cher monsieur Dong. Moins connu que Baudelaire ou Rimbaud, mais nous sommes quelques-uns à penser qu'il est le plus grand de tous. »

Dong nota quelques mots sur son carnet, avant de serrer la main de Relot, puis de se tourner vers Laugier et de lui adresser les mots qui allaient lui assurer le respect du cabinet Michard.

« Monsieur Laugier, 'avi d'aboir fait bot'e connaissance. Me'ci pou' bot'e 'apport. Il est excellent. »

Tugdual Laugier balbutia quelques mots de remerciements étonnés et suivit des pupilles la silhouette de son bienfaiteur quitter le hall de l'hôtel, la démarche un peu chancelante. Le plus grand client du cabinet venait de qualifier son rapport d'« excellent ».

Aussitôt que ce dernier fut parti, Relot flanqua une grande tape dans le dos de Tugdual et commanda deux *baijiu* au groom, qui les apporta sur un plateau traditionnel.

« Bravo, mon p'tit Laugier, vous avez été bon ! Je vous avoue que j'étais sceptique au début avec votre histoire de mini-croissants, mais Dong a adoré! Ça a facturé sec, je peux vous dire. Interdiction de parler chiffres avec les consultants mais Relot vient de rapporter gros au cabinet! Et en partie grâce à vous. Fêtons ça!»

Sans barguigner, Relot avala son digestif cul sec et enjoignit à Laugier d'en faire autant, ce que ce dernier effectua de mauvaise grâce, n'étant pas habitué à ce mode de digestion et craignant de réveiller ses intestins au repos depuis son retour des toilettes. Relot en commanda aussitôt deux autres, puis deux nouveaux... Bientôt, il ne fut plus en état de vérifier que son consultant les buvait dans les règles de l'art, et Tugdual en profita pour en renverser une bonne partie sous la table. Alors que Relot lui racontait de nouveau comment l'empire du Milieu ne pouvait se passer de ses conseils, Tugdual repensa aux derniers mots de Dong. «Merci pour votre rapport. Il est excellent.» Et dire qu'il s'était juré de faire payer à Mathilde cette idée de boulangerie à la sauce chinoise! Mais non, l'idée était excellente, et c'était bien la sienne, pas celle de Mathilde, la pauvre, qui ne connaissait rien aux affaires! Parfois, le stress lui faisait penser de sacrées âneries! Il lui achèterait des fleurs, tiens, pour se faire pardonner d'avoir pu lui en vouloir. Et Dong qui avait jugé son rapport *excellent*. Pas *bon*, ni *correct*, ni même *intéressant*. Il l'avait jugé *excellent*. C'était le terme qu'il avait employé, et si Dong avait un fort accent chinois, il n'en parlait pas moins un français irréprochable. Aussi était-il parfaitement capable de faire la distinction entre les nombreux adjectifs que comportait la langue française et, parmi ceux-ci, il avait délibérément choisi le plus dithyrambique qui soit. *Excellent*. Et il ne serait pas déçu lorsqu'il l'aurait lu intégralement!

«Le rapport?! s'interrompit-il au milieu de sa réflexion en découvrant les mille quatre-vingt-quatre pages qui gisaient entre les bouteilles vides et les verres de *baijiu*. Dong l'a oublié !

— Pas grave, lui répondit Relot sans s'inquiéter le moins du monde. On le lui fera porter par coursier et on gardera une version aux Archives. Top secret. Vous connaissez les règles du cabinet Michard ? Il ne s'agit pas de hurler sur tous les toits qu'on bosse avec de gros poissons. De la discrétion, de la distinction. Vous avez vu comment on traite les Bridés ? Un peu de business, un peu de déconne, un peu de culture et le tour est joué ! *Sous le pont Mirabeau coule la Seine et mes amours, pour peu que je m'en souvienne, mes pleurs suivent toujours mes peines.* Et le tour est joué ! Pas si facile à retenir, parce que le père Apollinaire parle un drôle de français, avec des phrases qui ne veulent rien dire. *Pour peu que je m'en souvienne.* Non. *Autant qu'on s'en souvienne...* Non. *Pour peu qu'il m'en souvienne.* N'importe quoi. Mais c'est ça la poésie, on croit que ça ne veut rien dire, mais en fait si ! Et vous avez vu comme Relot l'a fait rire, le Dong ? Comme une baleine. »

Il commanda deux derniers *baijiu* que Tugdual ne parvint pas à esquiver, et régla l'addition à la manière rogue et bourrue d'un seigneur dérangé pour des broutilles.

Passablement ivre, Relot se leva avec son sourire satisfait et donna une nouvelle tape dans le dos de Tugdual.

« Excellent, ce rapport ! Vous m'avez sauvé la mise ! »

Ils n'avaient pas volé leur week-end. Il était 15 h 30.

« On a bien bossé aujourd'hui », dit-il à Tugdual, qui songeait justement qu'ils n'avaient rien foutu.

Relot interrompit son monologue sans queue ni tête, et s'arrêta devant un vague kiosque monté dans un coin du hall de l'hôtel et qui proposait toutes sortes de produits typiquement chinois.

« Voyez donc ça ! »

Bertrand Relot s'empara d'un chapeau chinois exposé sur un présentoir, s'en coiffa, avant de se tourner vers Tugdual en se tirant l'extrémité des yeux avec les index.

« Bonzour monsieur Lauzier, ze m'appelle ding, ding, dong et ze suis un petit Sinois ! »

Il éclata de rire et poursuivit son périple, improvisant de nouveaux numéros au gré de ses rencontres dans le hall ou de ses trouvailles sur les étagères. Il se drapa ainsi dans un peignoir rouge orné de deux dragons blancs, empoigna deux baguettes qu'il s'inséra dans les narines. Ainsi affublé de son chapeau pointu, de son peignoir en soie et de ses baguettes dans le nez, les yeux toujours tirés par ses index, il accosta un groupe de touristes. Il mima la cérémonie du thé, s'essaya aux percussions sur un plateau en cuivre, avala un piment jaune qui lui enflamma les joues et la sclérotique, ce qui le fit beaucoup rire. Enfin, il attaqua Tugdual au nunchaku en poussant des petits cris aigus qui se voulaient, semblait-il, une imitation de Bruce Lee.

« Bonzour hodorable Lauzier, boulez-bous du riz cantonais ? ou des rabiolis bapeur à la fleur de zasmin ? »

Tugdual se sentait très mal à l'aise, ne sachant s'il était préférable de rire de la situation ou d'essayer de raisonner son patron qui, bien qu'il répétât à tout bout de champ qu'il était le plus grand sinologue de France, ne manquait jamais une occasion de tourner à la bouffonnerie le folklore et l'accent chinois, à la manière d'un gamin attardé. Finalement, Relot frappa comme un forcené sur le gong en bronze qui ornait l'entrée du hall, et l'écho assourdissant qui s'ensuivit sonna leur départ précipité sous l'œil consterné du réceptionniste.

Une fois dehors, ils passèrent sous les pilotis en béton du restaurant où quelques SDF avaient élu domicile, longèrent la galerie commerciale désaffectée, avant de regagner l'Audi A8, toujours seule sur le parking. Relot proposa à Laugier de le déposer chez lui, et ce dernier fit son possible pour décliner l'offre compte tenu de l'ivresse de son supérieur, avant d'accepter du bout des lèvres, de peur de briser leur soudaine et belle entente.

« Raboulez le blé, les Bridés ! hurlait-il dans sa voiture. Je vous l'avais dit, hein ? J'ai hâte de voir la tronche de Renard quand il va apprendre qu'en un seul déjeuner j'ai ramené plus de fric que lui en dix ans ! Hihihi !

— Mais votre renard, demanda Tugdual que l'alcool avait dépouillé de toute inhibition, c'est un vrai renard ? »

Relot éclata de rire.

« Ah ça oui, c'est un vrai renard ! Attendez, on va l'appeler, le Renardo ! »

Il demanda à Tugdual de lui tenir le volant et composa le numéro de Renard sur son téléphone portable.

« Répondeur... Tant pis, on lui laisse un message. Alors Renardo, rappelle donc, parce qu'y a mon consultant qui demande si tu glapis ? Hihihi ! Ahou ! Ahou ! Il pense que t'es un vrai renard, avec le poil roux et tout et tout ! Alors, ne le déçois pas et rappelle pour glapir ! »

Relot raccrocha et reprit le volant.

« Ahahaha ! On rigole, hein ? Trente ans d'amitié avec le Renardo. Comme cul et chemise. Mais ce n'est pas le petit Renard qui a six chiffres sur son compte en banque. Ah ça non, c'est Relot. Renard, c'est cinq chiffres. Relot, dix fois plus. Renard, dix fois moins. Je crois même que je vais passer à sept chiffres avec les gros chèques de Dong ! Allons fêter ça, mon p'tit Laugier ! Je vous emmène au Lutetia, vous allez voir, c'est autre chose que Chinagora! Là, pas de menu à douze euros, pas de bouses de vache à la vapeur. Avec douze euros, vous n'avez même pas un morceau de sucre.»

Relot donna un gros coup de frein et repiqua sur sa droite pour s'immobiliser en face du Lutetia dans un bruyant dérapage.

«Attendez-moi là, j'en ai pour deux minutes, prévint-il en courant vers la boutique Arnys, dont il ressortit bientôt en sautillant, une canne à la main qu'il maintenait en l'air, d'un geste de triomphe. Nouvelle canne, nouvelles Berluti! Croyaient quoi, les deux négresses? Que Relot allait être sur la paille parce qu'on lui a volé sa canne et ses godasses? En revoilà d'autres, mes négrillonnes!» cria-t-il de nouveau en tenant sa canne bien au-dessus de sa tête à l'adresse des passants qui le zyeutaient bizarrement.

Relot partit alors en direction du Lutetia en sifflotant («didididi-dadadada»), avant de se laisser entraîner par le groom dans le roulis des portes tournantes. Séduit par le bruit de ses talons sur le marbre du hall, Relot se tourna vers Laugier, son sourire lutin aux lèvres, saisit sa canne à deux mains, à l'horizontale, et entama un numéro de claquettes, grotesque et bruyant, qui ne manqua pas d'attirer l'attention du personnel de l'hôtel – clap, clap, clap!

«Veuve Clicquot, mon garçon! commanda-t-il au groom qui s'apprêtait à lui demander de se calmer un peu. Et une bonne table avec ça, ajouta-t-il en lui tendant un billet de vingt euros d'une main infatuée. Dis donc, ça claque encore mieux que dans les sanitaires du huitième!»

Une fois attablés, Relot et Laugier trinquèrent à leur succès commun. Laugier écouta Relot lui parler de nouveau de son ami Renard, qui n'avait donc rien à voir avec le canidé, et avec qui rien n'avait changé depuis trente ans si ce n'était qu'aujourd'hui, c'était toujours Relot qui payait l'addition parce que lui avait très bien réussi (salaire à six chiffres, Audi à moteur d'avion de chasse, rue de la Pompe et Pékinoise de vingt berges dans son paddock), alors que Renard végétait à un petit niveau (cinq chiffres, métro, cloaque à Daumesnil et grosse dondon). Pourtant, c'était Renard le fils de notables alors que Relot, lui, n'était que fils d'agriculteurs. Mais quand on travaillait d'arrache-pied, on était toujours récompensé, un peu comme dans « La cigale et la fourmi ». Lui, c'était la fourmi qui avait travaillé tout l'hiver, ou tout l'été, il ne savait plus, tandis que Renard c'était une cigale, ce qui était quand même le comble pour un renard ! Il fallait dire que Relot aussi avait fait la bringue, surtout dans sa jeunesse, et mené une vie à cent à l'heure.

« Je peux vous dire qu'à mon époque, on se marrait plus que vous. Les années 1980, c'était les années fric, les années Tapie, comme on dit, avant la crise. L'argent coulait à flots. En ce temps-là, vous entriez dans un bar à n'importe quel moment, les gens dansaient sur les tables. Je dormais deux heures par nuit, noirci comme un corbeau, et le lendemain matin j'étais frais comme un gardon. Une force de la nature, vous auriez dû voir ça. Rien à voir avec les jeunes d'aujourd'hui qui veulent plus travailler. Avec les trente-cinq heures et les arrêts maladie, faut pas s'étonner que la France aille si mal. Et le père Relot en a assez de raquer pour tout le monde. La vache à lait a mal aux pis ! »

Relot racontait sans se lasser à quel point jadis était supérieur à naguère. Il n'y avait alors ni chômage, ni crise, ni dette publique, ni impôt, ni réchauffement climatique, ni banlieue difficile, si bien que les gens vivaient l'esprit léger, dépourvus de crainte, travaillant de bon cœur quand il le fallait et s'amusant avec panache à leurs rares moments de loisir. De temps à autre, Tugdual tâchait de recentrer la conversation sur son rapport dont, finalement, il n'avait eu que peu d'écho, si ce n'était qu'il avait été jugé *excellent* par Dong – ce qui était bien le principal, mais qui le laissait sur sa faim. Relot, lui, préférait le reflet de ses grimaces dans le pommeau d'argent de sa canne (dents de lapin, yeux ronds, yeux bridés, joues creuses, joues gonflées, langue pendante, langue tirée) et l'interrompait pour dire à quel point il avait hâte de voir la tronche de Renard quand il débarquerait chez Lulu avec un nouveau bolide, encore plus cher que son Audi-toutes-options.

« Oh, l'idiot ! Excusez-moi. »

Relot sautilla hors du Lutetia et revint affublé d'une paire de gants en nubuck sans aucune utilité en cette saison.

« C'est pour le pommeau en argent, sinon ça fait froid. Elles m'ont aussi volé mes gants, les Haïtiennes, mais pas de problème pour Relot. Des sous, il en a ! Salaire annuel à six chiffres ! Je vous ai dit combien gagnait Renard ? Lui, c'est cinq chiffres. Relot, six... »

Tugdual commençait à planer sérieusement. Depuis qu'il était avec Mathilde, il ne buvait quasiment plus. Un petit verre de temps en temps lorsqu'ils allaient au restaurant, mais ces derniers mois ils n'avaient fréquenté que des enseignes asiatiques et n'avaient pas osé tester le vin local. Au milieu de cette douce ivresse, il se disait que la vie était décidément pleine d'imprévus. Quatre jours auparavant, il était persuadé qu'il allait être licencié, et aujourd'hui il sablait le champagne avec le plus gros associé du cabinet après en avoir épaté le plus gros client !

« Voilà Renard ! éructa Relot en décrochant son téléphone. Mais c'est mon vieux Renard ! Alors, tu glapis, l'ami? Mon consultant est tout ouïe! Hihihi. Il croyait que tu étais un renard de compagnie! On se donne rendez-vous chez Lulu? Allez, Relot a fait de sacrées affaires avec les Chinetoques, alors ce soir c'est moi qui offre.»

Il adressa un clin d'œil à Laugier.

«Allons chez Lulu», lui dit-il après avoir mis fin à sa conversation.

Tugdual se réjouissait de se voir gravir si rapidement les échelons dans l'intimité de Relot mais s'inquiétait sérieusement de son état d'ébriété.

«Allons chez Lulu, Bertrand!» répondit-il en s'étonnant de ne plus s'étonner d'appeler son patron par son prénom, et d'évoquer ce Lulu en intime.

Et puisque Relot venait d'insinuer que sa génération à lui était à la fois plus travailleuse et plus délurée que la sienne, Tugdual Laugier se sentit investi du devoir de la représenter et de prouver le contraire. Ce soir, il boirait jusqu'à plus soif, et il serait le dernier à aller se coucher.

«Vous verrez si ma génération ne sait pas s'amuser! Moi, quand je bosse, ça carbure, mais quand je décompresse, j'aime mieux vous dire que ça décoiffe! En avant, patron!»

Relot, qui n'avait jusque-là quasiment jamais interagi avec son consultant, trop occupé qu'il était à s'écouter raconter ses propres histoires ou à jouer à la longue-vue avec sa canne, accueillit sa remarque dans un râlement de plaisir.

«Rôôôô! À la bonne heure! hurla-t-il. On a encore le droit de faire la fête dans ce pays, nom d'une pipe en bois!»

Maintenant, Relot dansait littéralement sur une table de chez Lulu, pinté comme un archange. Autour de lui, une dizaine de clients riaient grassement de ce petit bonhomme aux cheveux blancs qui frétillait comme un poisson en train de frire, et accompagnaient ses claquettes de « Bébert, millionnaire ! Bébert, millionnaire ! » que Tugdual se surprit à scander avec eux. Il était à peine 19 heures et les clients ne se seraient pas amusés davantage à la libération de Paris. Sans plus réfléchir, il grimpa sur une chaise face à son patron afin de le rejoindre dans la danse. Ses douze kilos de trop et un bond sans délicatesse eurent raison de la table, qui se fendit par le milieu en projetant au sol couverts, assiettes et verres, en même temps que les folles espérances de la génération Laugier.

Les éclats de rire qui suivirent sa dégringolade laissèrent rapidement place aux hurlements de Lulu qui lui reprocha, ainsi qu'aux jeunes de son âge, de ne pouvoir s'amuser sans tout casser. Sûr de son fait, Laugier ne s'en laissa pas conter et n'admit aucun tort de sa part. Il n'y avait ici que des vieux cons qui en appelaient sagement à la mesure et à l'autorité dès qu'ils croisaient plus effronté qu'eux, alors que lui était un type sans aucune limite. C'était ça, les jeunes d'aujourd'hui et si eux, les vieux cons, avaient fait preuve des mêmes qualités en leur temps, la France ne serait pas dans la situation où elle se trouvait aujourd'hui.

Il fut jeté dehors, la chemise à moitié arrachée. Les choses n'en resteraient pas là. Pour l'heure, il allait poursuivre sa tournée des grands-ducs. Qui appeler comme camarade de cuite ? Il dut se rendre à l'évidence qu'il n'avait pas d'amis. Loin de l'attrister, ce constat l'enorgueillit : Tugdual Laugier était un solitaire. Il ne voyait quasiment jamais ses parents, qui résidaient en province, et n'avait ni frère, ni sœur, ni famille. Il n'avait que Mathilde. Sa fiancée et rien d'autre. Et encore ! Il ne fallait pas qu'elle s'attachât trop, celle-là, car il pouvait mettre les voiles à tout moment ! Que faisait-elle d'ailleurs, ce soir ? Dîner chez sa mère ? Lui n'allait pas rentrer tout de suite. Ce soir, il allait picoler, se saouler, se pinter, s'arsouiller, se mettre minable, se remplir le gazomètre ! Et puis, il tromperait Mathilde, tiens ! Il n'était certainement pas l'homme d'une seule femme. Non mais. Pour qui se prenait-elle, celle-là ? Elle qui s'était endormie alors qu'il lui parlait de son rapport. Mauvaise fille ! Pimbêche ! Traînée !

Tugdual entra dans le premier bar venu. C'était un pub irlandais. Les Irlandais savaient faire la fête. Il ne fut pas déçu. Le bar était bondé, et des dizaines de sauvageonnes semblaient enclines à s'amuser.

« *One Guinness, mate!* commanda Tugdual au barman avec l'accent qu'il avait entendu dans *Snatch*. *In Rome, do as Romans do!* » dit-il à l'adresse de ses voisins.

Personne ne l'entendit. Au milieu d'un groupe d'Irlandaises, Tugdual en remarqua une déguisée en mariée.

« *Young lady funeral, I guess?* »

L'une d'entre elles se retourna et lui rendit son sourire sans répondre. Tugdual insista.

« *Young lady funeral, I guess?*
— *Sorry?*
— *Funeral?*
— *No... Wedding.*
— *Hum... I see...* »

Il n'avait pas parlé anglais depuis des lustres et l'alcool l'empêchait d'aligner une phrase cohérente. « Pas grave, pensa-t-il. On ne vient pas ici pour parler. »

Il s'essaya à quelques pas de danse avec le groupe de jeunes femmes, bière à la main, regard au loin, feignant l'indifférence. Estimant que son détachement avait dû faire effet sur cette nébuleuse de rouquines, il se risqua à un collé-serré avec l'une des filles, qui le repoussa vivement. Ses amies vinrent à son secours et demandèrent à Tugdual de les laisser tranquilles, dans un anglais que même un non-anglophone eût compris.

Il insista.

« *Hey! Cool! We are here to dance, so we dance.* »

Un serveur approcha.

« *Cool, man. I love Ireland. Wonderful people. Dublin, Guinness, IRA, Bloody Sunday. Cool. Ok, your girls are all fat and ginger, but they drink a lot, which is great. And I can tell you that the short one with the funny face has a crush on me because she is staring at me all the time...* »

La *short one* lui envoya sa pinte à la figure. Dans un geste qui tenait davantage du réflexe que de l'intention, Tugdual lui assena une taloche qui fit brusquement se soulever toute l'Irlande.

Trop saoul pour ressentir la douleur, Laugier déambulait maintenant dans Paris, avec la sensation de constituer à lui seul un peuple opprimé. Après plusieurs tentatives infructueuses, il héla un taxi qui accepta de le ramener chez lui. Sur le chemin, il pensa à Mathilde et se dit qu'elle valait mieux que toutes les femmes de la terre. Il avait une chance inouïe que celle-ci l'eût choisi. Mathilde, c'était autre chose que les rouquines irlandaises à peau laiteuse. Il plaignait ces pauvres types qui changeaient de partenaire tous les soirs pour combler leur solitude. Bien que les occasions ne manquassent pas, jamais il n'aurait pu tromper Mathilde.

« À quoi bon changer quand on a la bonne ? demanda-t-il au chauffeur mutique. Non, mais c'est vrai ça ? À quoi bon ? Moi, j'ai tout ce qu'il me faut à la maison. Pas besoin d'aller voir ailleurs. Tout ce qu'il faut à la maison... »

À la maison, il n'y avait personne. Après tout, il n'était que 22 heures et il n'y avait rien d'anormal à ce que Mathilde ne fût pas rentrée de chez sa mère. Mais cette débauche d'énergie et cette vitalité qu'on lui avait refusée l'avaient mis dans des dispositions qu'un homme fidèle ne peut satisfaire qu'avec sa légitime.

« Qu'est-ce qu'elle fout, bon Dieu ? Surtout qu'on y déjeune dimanche... »

Il était désormais 22 h 03. À 10, il opterait pour la solution de repli. Si elle rentrait entre-temps, Mathilde n'aurait pas fini de tourner la clé dans la serrure qu'elle se retrouverait nue comme un ver, robe arrachée, soutif et culotte au plafond ! À poil, la Mathilde ! Héhéhé ! En avant les galipettes ! Contente ou pas contente, elle passerait à la casserole, parole de Laugier. Et ce soir, pas de missionnaire ni de baiser sur le front. Douche italienne et baldaquin. Massage thaïlandais et brouette espagnole. Jambes en l'air et coups de boutoir. Ahou ahou ahou !

À 22 h 08, Tugdual alluma l'ordinateur et se mit à la recherche de ce que sa fiancée, par son absence injustifiée, avait refusé de lui offrir et dont elle porterait la faute. Mathilde n'aurait-elle pas été plus inspirée de l'attendre au domicile conjugal après une telle journée ? N'était-ce pas ce qu'un fiancé pouvait modestement attendre de sa future épouse ? Du soutien, du réconfort. Rien qu'un peu d'amour, bon sang de bois ! Au lieu de quoi, Mathilde s'en était allée converser avec sa mère, échanger des futilités, imaginer les prochains aménagements de leur appartement que *lui*, Tugdual Laugier, avait payé grâce à l'emprunt immobilier qu'on avait bien voulu lui accorder sur la foi de son salaire à *lui* – pas à elle ! Mille quatre-vingt-quatre pages de rapport et Mathilde n'était pas là pour l'accueillir ?

Comment pouvait-elle lui faire ça ? Elle ne rechignait pas à dilapider l'argent qu'il percevait des Chinois. En revanche, quand il s'agissait de s'intéresser aux rapports de son fiancé, il n'y avait plus personne.

« Personne ! Plus personne », bégaya-t-il en levant au plafond un doigt de sycophante.

Et quand – par-dessus le marché ! – Tugdual avait la folie d'espérer de sa fiancée qu'elle lui consentît un peu de chaleur en un soir comme celui-ci, il n'avait plus qu'à se la mettre derrière l'oreille ! C'était plus qu'il n'en pouvait supporter. Déjà que Mathilde avait failli le faire passer pour un rigolo auprès de Dong avec son histoire de baguette à la chinoise !

« La Mathilde croit que je vais me mettre à genoux pour quémander un instant de plaisir ? C'est bien mal me connaître, ma chère, bien mal ! » s'excita-t-il tout seul dans son salon.

Les gestes rendus incertains par l'alcool, il peina à dénicher un programme répondant à ses attentes et quand enfin il trouva son bonheur, il eut encore la mauvaise surprise de devoir patienter pendant le chargement de la vidéo. Il en profita pour aller chercher une bière dans le réfrigérateur et maudire Mathilde de ne jamais en acheter. Décidément, elle lui pourrissait sa soirée. Enfin, le programme démarra. Tugdual s'assit confortablement dans le canapé et, avant même que le policier à matraque ne s'introduisît dans le camp naturiste, ses premiers ronflements résonnèrent dans l'appartement.

7

Tugdual fut réveillé par Mathilde qui s'activait bruyamment dans le salon. N'était-il donc pas possible de dormir dans cette maison ? Il réalisa qu'il n'était pas dans son lit, mais allongé sur le canapé au coin duquel avait séché une trace de sang. Étonnamment, il n'avait pas trop mal au crâne, mais ses souvenirs de la veille étaient flous. Il se remémorait clairement le début des événements : le déjeuner à l'hôtel Chinagora, bien sûr, au cours duquel il avait brillamment présenté l'*excellent* rapport chinois, Relot débitant ses saouleries pékinoises, Dong frétillant sur sa chaise, les tournées de *baijiu* qui lui avaient mis le cœur au bord des lèvres... Ensuite, sans certitude, un palace parisien tanguait dans la brume et un bruit de claquettes. Clap, clap, clap. Et puis, plus rien. Comment était-il rentré ? Avait-il poursuivi la soirée avec Relot ? Avait-il dit quelque chose durant cette amnésie nocturne qui eût pu gêner la suite de sa carrière ? Cinq millions ! Voilà quelque chose qui lui revenait. Grâce à lui, Relot avait rapporté cinq millions au cabinet Michard. Les avait-il rêvés ? N'était-ce que cinq cent mille euros ? *Excellent.* C'était le terme exact que Dong avait employé. Pourquoi dormait-il sur le canapé ? Subitement, une onde de frayeur lui parcourut tout le corps, de l'estomac à l'hippocampe, et le plongea dans une horreur sacrée. Colossal, prodigieux, le pet lui explosa à la mémoire, comme un traumatisme enfoui dans l'inconscient de l'enfance. Le pet, et Relot l'appelant le péteur fou...

« Chérie, peux-tu me préparer un café, s'il te plaît ? » demanda Tugdual en se tenant la tête dans les mains.

Mathilde fit son apparition dans le salon, visage fermé, une tasse de café à la main qu'elle déposa sur la table basse, sans un mot pour son fiancé. À ses manières abruptes, Tugdual perçut que celle-ci était contrariée et qu'il en était la cause.

« Mais enfin, qu'y a-t-il ? Cesse de faire l'enfant et dis-moi ce qui ne va pas.

— Et ça, c'est se comporter en adulte ? » l'interrogea-t-elle à son tour en cliquant sur la souris de l'ordinateur.

Bien qu'elle fût arrêtée, l'image ne laissait aucun doute sur la nature de la vidéo qui avait été interrompue en plein visionnage. Plusieurs options se présentaient à Tugdual. Nier en bloc eût sans doute été la solution la plus simple, mais le fait qu'il s'était endormi sur le canapé n'était pas de nature à renforcer sa crédibilité. Il avait dû visionner cette vidéo, c'était certain, mais il n'était pas question de laisser Mathilde le ridiculiser. Le pet de la veille, devant son patron et son plus gros client, lui avait suffi pour la semaine.

« Enfin, Mathilde, crois-tu vraiment que je suis assez bête pour programmer ce genre de cochonneries et m'endormir sur le canapé du salon ?

— C'est pourtant ce qu'il s'est passé !

— Exactement. Mais si cela s'est passé, crois-tu vraiment que c'est le fruit du hasard ? »

Mathilde commençait à douter. Il fallait battre le fer tant qu'il était chaud.

« À ton avis, pourquoi mettrais-je moi-même ce type de vidéo sur l'ordinateur du salon, et m'endormirais-je tranquillement en attendant que tu rentres ?

— Bah... parce que tu t'es endormi devant !

— Endormi devant ? Tu marques un point. C'est la vérité. Parce que je n'avais aucune envie de la regarder. En revanche, pose-toi la question de savoir pourquoi, si je n'avais aucune envie de la regarder, ai-je sciemment tenu à ce que tu me pinces ici, couché sur le canapé, avec le film en pleine action ? »

Mathilde ne répondit pas, attendant la suite.

« Eh bien peut-être parce que je tenais à ce que tu le découvres, ma chère. Et toi, tu tombes dans le panneau en n'allant pas chercher plus loin que le bout de ton nez. Pose-toi les bonnes questions, Mathilde ! Pourquoi ai-je donc tenu à te faire croire ce que tu as cru ? »

Mathilde demeura silencieuse.

« Mais pour t'alerter, pardi !

— Comment ça ? demanda-t-elle, inquiète.

— Écoute, Mathilde, tu sais à quel point je me suis investi dans ce rapport chinois et pourtant, le soir même où j'ai enfin pu obtenir le retour du client, qui ai-je trouvé à la maison pour me confier ? Personne ! Dans ce moment crucial pour nous deux, ma fiancée n'était pas là pour m'accueillir au cas où les choses auraient mal tourné ! Tu n'as même pas feint de t'intéresser à mon travail !

— Mais enfin, hier j'étais chez ma mère, tu le savais très bien. En revanche, j'ignorais que tu voyais ton client chinois... »

Tugdual se souvint qu'en effet il avait été convié le matin même par l'assistante de Relot au déjeuner avec Dong et qu'il n'avait pas pu prévenir Mathilde. Ce détail n'allait pas remettre en cause son axe de défense.

« Je te l'ai dit, et à plusieurs reprises. Mon déjeuner avec les Chinois était prévu de longue date, tu penses bien. Manifestement ma carrière professionnelle t'indiffère. Tu ne rechignes pas à dormir dans un appartement que nous avons pu acheter grâce aux fruits de mon labeur, pourtant ! »

Mathilde fut sidérée et Tugdual considéra qu'il était temps de recourir à la formule interrogative qui avait déjà fait ses preuves.

« Dois-je te rappeler, ma chère Mathilde, que sans mon salaire, le banquier ne t'aurait sans doute même pas autorisée à emprunter de quoi t'acheter un cagibi ? »

La question eut l'effet espéré. Mathilde pleura.

« Bon, Mathilde, le procédé est un peu violent, j'en conviens. Mais cette mise en scène était destinée à te faire comprendre que tu n'as pas toujours été là pour moi ces derniers temps et qu'un soir comme hier, je ne voulais qu'une chose, c'était voir ma fiancée, la prendre dans mes bras et, pourquoi pas, m'épancher auprès d'une âme compréhensive si les choses s'étaient mal passées avec les Chinois... Ce genre de cochonneries, tu te doutes que ce n'est pas mon genre. D'ailleurs, je dormais quand tu es arrivée. C'est bien la preuve que, même pour faire semblant, je n'y arrive pas. C'est au-dessus de mes forces. »

Mathilde sanglotait encore à l'entrée du salon tandis que Tugdual se félicitait intérieurement de cet inespéré retournement de situation.

« Allons, ma chérie, n'en parlons plus. Tu me connais, j'ai préféré mettre les choses sur la table plutôt que de laisser pourrir la situation. Je passe l'éponge, et je suis sûr que je n'aurai pas à réitérer ce type d'expérience qui n'est agréable pour personne, crois-moi. Et puis, n'oublions pas le plus important ! »

Mathilde fronça les sourcils, craintive.

« Mon rapport chinois ! Je ne t'en dirai rien pour l'instant, mais nous allons déjeuner dans un grand restaurant aujourd'hui. Rassure-toi, pas un chinois ! »

À La Tour d'Argent, Tugdual réalisa que déjeuner dans un tel restaurant un lendemain de cuite était une idée saugrenue, mais elle avait eu le mérite de rasséréner Mathilde.

« D'abord, choisissons, ma chérie. Et surtout, ne consulte pas les prix, je m'occupe de tout.

— De toute façon, il n'y a pas de prix sur ma carte, mon chéri !

— Eh bien tant mieux, comme ça, tu prendras ce que tu voudras. »

Sans le savoir, Mathilde opta pour l'entrée et le plat les plus chers. Tugdual fut contrarié, non pas à cause du prix en lui-même mais parce que sa fiancée risquait de n'en rien savoir.

« Eh bien, tu as tapé dans le mille.

— Comment ça ?

— Entrée la plus chère, plat le plus cher. À croire que tu avais révisé avant de venir...

— Ah pardon, je vais changer...

— Mais non, enfin. Je t'ai dit de choisir ce que tu voulais, je ne reviendrai pas là-dessus. Bon, du coup, je vais prendre le moins cher pour compenser.

— Chéri, je suis désolée, on n'a qu'à prendre tous les deux le moins cher, ça sera déjà très bien...

— Mathilde, s'il te plaît, n'en parlons plus. »

Tugdual passa commande au serveur d'un ton embarrassé, le choix dispendieux de Mathilde le contraignant à opter pour un plat plus modeste, et il refusa le vin, ayant assez bu la veille.

« Bien, annonça-t-il à Mathilde lorsque les entrées furent servies. Avant d'aborder le rapport chinois, raconte-moi un peu comment les choses se passent à ton bureau... »

Il venait de lui reprocher de ne pas se soucier de son travail, alors il lui fallait montrer qu'il s'intéressait au sien, même s'il devait bien avouer que le sujet ne le passionnait guère. À sa connaissance, Mathilde n'avait encore jamais rapporté cinq millions d'euros ! Surtout, il voulait garder le rapport chinois pour le plat principal. Celui de Mathilde coûtait cent quatre-vingts euros, alors il n'était pas question de dépenser tant d'argent pour parler des collègues de sa fiancée. Si ces derniers pouvaient les accompagner durant la dégustation de l'entrée, celle du plat principal serait exclusivement consacrée à son rapport chinois – que Dong avait qualifié d'*excellent*. C'était le terme exact qu'il avait employé. Mathilde n'allait pas en revenir.

Pendant qu'elle lui parlait, il réfléchissait à la manière dont il lui annoncerait la nouvelle. Allait-il lui faire croire que cela s'était mal passé pour finalement lui dire la vérité ? Le serveur apporta enfin les plats principaux.

« Bien, l'interrompit-il alors qu'elle lui racontait un différend qui l'opposait à l'une de ses collègues plus expérimentée. Il est temps que je te fasse part d'une nouvelle importante. »

Tugdual prit une bouchée de son plat.

« Fameux. »

Il savoura en scrutant attentivement la pointe de sa fourchette.

« Hier, à 11 heures, le téléphone sonne...
— Qui était-ce ?

— Mathilde, ne m'interromps pas sinon tu ne vas pas en profiter !

— Pardon, chéri...

— Donc, hier, le téléphone sonne. « Dring ! » Tiens ? Je n'avais pas de rendez-vous téléphonique. Qui cela pouvait-il être ?

— Tu as décroché ?

— Mathilde, enfin !

— Pardon.

— Non mais ça ne sert à rien, tu n'es pas concentrée.

— Pardon, Tugdual, je ne te couperai plus la parole. »

Il se renfrogna et avala son plat sans gaieté, pendant que Mathilde gardait les yeux figés sur son assiette, contrite.

« Je t'écoute, chéri. »

Tugdual continua à mâcher, imperturbable. Le petit peuple méprisait les efforts de ceux qui le faisaient vivre ? Eh bien, c'était tant pis pour lui. Il ne saurait rien de ce qui se passait au-dessus de sa tête. Les grandes choses lui resteraient à jamais inconnues. Dong avait-il qualifié son rapport de *mauvais*, de *médiocre*, de *passable*, de *très bien* ou – pourquoi ne pas rêver ? – d'*excellent* ? Il ne lui en dirait rien. Tant pis pour elle.

« Bon. Je reprends. Mais ne me coupe plus la parole, s'il te plaît. »

Tugdual avait finalement opté pour le récit en temps réel de manière à mettre Mathilde « dans les conditions du direct ». Son souci du détail lui fit oublier de nouveau que s'il avait été prévenu le matin même du déjeuner avec Dong, il ne pouvait en avoir parlé auparavant à Mathilde comme il le lui avait pourtant assuré au cours de leur dispute. Surtout, son récit respecta les lois du genre : il était beaucoup question de ses mérites, jamais de ses déboires. Chez Chinagora, il n'avait jamais été en proie à de quelconques troubles intestinaux, et l'atmosphère ne devait qu'à sa verve gouailleuse d'avoir été détendue. À l'entendre, tous les clients de Chinagora avaient suspendu leurs conversations pour ne rien manquer de son allocution. Et, sans vouloir se jeter des fleurs, il avait assuré. Grâce à son rapport chinois, Relot avait raflé un paquet d'argent pour le cabinet Michard et, même s'il avait été informé du montant exact, Tugdual avait l'interdiction de le révéler à Mathilde. Il s'agissait d'un sacré paquet de pognon! Pour qu'elle en eût une idée approximative, elle n'avait qu'à penser au prix d'un très, très gros appartement dans un quartier chic de Paris, avec terrasse, jacuzzi et tout le toutim. Voilà, il n'en dirait pas plus sur les montants en jeu, mais grâce à lui le cabinet Michard avait gagné plusieurs millions. Pas un ou deux, mais bien plus.

« Des centaines de millions ? avait demandé Mathilde.

— Non, pas des centaines de millions », lui avait-il répondu, agacé.

Mathilde, décidément, n'y connaissait rien aux affaires. Des centaines de millions, c'était absurde. Seuls quelques cheiks arabes parlaient de centaines de millions. En France, cinq millions, parce qu'il s'agissait de cinq millions – il ne servait à rien de continuer à tourner autour du pot –, c'était une somme colossale. Bien sûr, elle ne devait le dire à personne. Elle jura. Mais le meilleur était encore à venir : au moment de partir, Dong avait d'abord salué Relot – sans y prêter plus d'attention – avant de le fixer lui, Tugdual, comme seuls savent le faire les Chinois.

« Il m'a dit, annonça-t-il avant de se délecter d'une nouvelle bouchée en songeant à ce qu'il était sur le point d'annoncer à sa fiancée. Il m'a dit... "Monsieur Laugier", je ne l'invente pas : "Monsieur Laugier, merci pour votre rapport..."

— C'est pas vrai ?
— Ne m'interromps pas, Mathilde !
— Pardon, mon chéri.
— Ça y est, tu as gâché la chute.
— Mais non, chéri, continue s'il te plaît. J'ai tellement hâte de connaître la chute.
— Bon. Je recommence. Il m'a dit : "Monsieur Laugier, merci pour votre rapport. Il est excellent !" »

Craignant de l'interrompre de nouveau, Mathilde se tint coite. Tugdual scruta sa réaction, un peu à la manière dont il avait dit que seuls savaient le faire les Chinois.

« Mathilde ? Allô la Lune, ici la Terre !
— Oui, pardon ?
— Mathilde, tu ne comprends donc rien à rien. Le plus gros client du cabinet a qualifié mon rapport d'excellent !
— Ah mais c'est super ! Je ne savais pas si ton histoire était terminée. Mais, vraiment, je suis trop heureuse pour toi. »

La nouvelle n'avait pas l'air de la bouleverser. Avait-elle conscience de ce que cela signifiait pour lui ? Il deviendrait incontournable chez Michard. Relot lui avait semblé bien sympathique, un drôle d'oiseau vraiment, mais un peu aux fraises. Les Chinois allaient probablement demander à travailler en direct avec lui. L'*excellent* rapport chinois avait déjà dû faire du bruit dans les hautes sphères. S'il devenait associé chez Michard, on parlerait alors de rémunération à six, voire sept chiffres. Mathilde n'avait qu'à faire le calcul. Sept chiffres, oui, elle avait bien entendu.

« Mais au fait, comment avait-il pu lire ton rapport si tu ne le lui as apporté qu'au déjeuner ? »

La question heurta Tugdual de plein fouet.

« Enfin, Mathilde, tu n'écoutes donc rien ! J'ai fait mon allocution. Je lui ai présenté les grands axes, ainsi que mes préconisations. Ça suffit pour évaluer un rapport, tu sais. Ensuite, naturellement, il va le lire en détail et reviendra vers moi, conclut-il, soudainement frappé par l'idée que le rapport avait dû être oublié à l'hôtel Chinagora. »

Le serveur apporta les desserts et Mathilde montra un emballement que Tugdual eût aimé la voir manifester un peu plus tôt, lorsqu'il lui avait appris que Dong avait qualifié son rapport d'excellent.

« Chéri, c'est juste qu'on ne déjeune pas tous les jours à La Tour d'argent. Je suis très contente pour toi, vraiment. Avec toute l'énergie que tu as mise dans ce rapport, tu méritais d'être récompensé.

— Ah ça, de l'énergie, j'en ai mis. Et comment! Mille quatre-vingt-quatre pages pour un rapport. Il suffit de le soupeser pour savoir qu'il y a eu du boulot. Trois kilos, au moins! Tu te représentes? Trois kilos, peut-être même davantage. Quatre, cinq ou six! Mais ça valait le coup parce que le client l'a finalement qualifié d'excellent. Pour tout te dire, il l'a dit avec l'accent chinois. « Me'ci pou' bot'e 'apport. Il est excellent. » Normal, il est chinois. Un vrai Chinois de Chine. Mais, accent ou pas, *excellent* veut dire excellent.

— Excellent, oui, ça veut vraiment dire qu'il a apprécié.

— Exactement. En fait, il ne pouvait pas dire *exceptionnel* ou *formidable*, on reste dans des rapports professionnels. C'est pour ça qu'il a dit *excellent*. Dans le monde du travail, c'est le qualificatif le plus dithyrambique qui soit.

— Oui, chéri. *Excellent*, c'est vraiment très bien.

— Mieux que très bien. *Excellent*. Pas *très bien*. *Excellent*.

— Oui, *excellent*. »

Mathilde n'osait plus toucher à ses mignardises. Elle attendit que Tugdual commençât à manger, dans un silence qu'il entrecoupait par des « excellent » sans qu'elle sût s'il parlait des mignardises ou de son rapport chinois.

Au moment de payer l'addition, Tugdual insista pour que Mathilde ne vît pas la note bien qu'elle n'eût pas demandé à le faire. Comme maintenant il n'arrêtait pas de répéter qu'à ce prix-là, il espérait qu'elle avait bien mangé, elle finit par se sentir mal à l'aise et se dit qu'à l'avenir elle ferait en sorte d'éviter les grands restaurants si c'était pour n'entendre parler que de prix et de rapports chinois. Mais Tugdual tenait à lui faire deviner le montant du déjeuner, non pas pour fanfaronner, mais pour qu'elle prît conscience de la valeur des choses. Elle ne devait pas devenir comme ces « femmes de » (footballeurs, politiques, hommes d'affaires, célébrités) qui n'avaient plus aucune notion de l'argent. Et bien qu'elle ne vît pas le rapport, Mathilde se plia au jeu de la devinette.

« Je ne sais pas… Mille euros ? »

Tugdual fut de nouveau très contrarié. Non, ça n'avait pas coûté mille euros, ce qui eût été ridicule. Ils n'étaient que deux et ils n'avaient pas pris de vin, donc il n'y avait aucun risque que leur déjeuner leur coûtât mille euros, et d'ailleurs, lui, Tugdual, n'aurait pas laissé faire une chose pareille. Il avait payé quatre cent quatre-vingt-quatre euros – voilà, elle savait –, ce qui constituait déjà une somme rondelette. Et si Mathilde estimait que ça n'était pas tant que ça, elle n'avait qu'à comparer avec son salaire. Elle ne gagnait que mille sept cents euros par mois, et encore il fallait retirer les impôts, donc elle ne pouvait se permettre d'aller à La Tour d'Argent sans que son fiancé l'y invitât. Évidemment, lui pouvait se le permettre puisqu'il gagnait sept mille euros par mois, ce qui était un très gros salaire, bien sûr, mais parfaitement justifié par la masse de travail abattue. Mille quatre-vingt-quatre pages de rapport, ce n'était pas rien.

D'ailleurs, s'il rapportait son salaire à la page ça ne faisait pas tant que ça.

« Sept euros la page, et encore sans compter les quatre-vingt-quatre dernières pages, précisa-t-il en oubliant que le rapport chinois était le seul travail qu'il avait effectué en trois ans et demi au cabinet Michard.

— Et tu serais mieux payé chez Rochild si tu le souhaitais, lui fit remarquer Mathilde, qui pensait trouver là le moyen de créer avec son fiancé une connivence bienvenue.

— Parfaitement. Je pourrais gagner plus chez Rothschild si je le voulais.

— Bien plus, même.

— Pas bien plus, parce que sept mille euros, c'est déjà une somme très importante.

— Très importante, oui.

— Parfaitement, Mathilde. Très importante. Mais il n'y a pas que l'argent dans la vie.

— Non, bien sûr. La preuve c'est que s'il n'y avait que l'argent, tu irais chez Rochild. »

Bien qu'il ne fût ni matérialiste ni vantard, Tugdual tint finalement à dire à Mathilde ce qu'avait représenté sa part dans la totalité de l'addition.

« Ta part a représenté trois cent huit euros exactement, si tu veux tout savoir », précisa-t-il d'un ton docte à sa fiancée, qui ne voulait rien savoir du tout.

Sa part à lui, en revanche, ne représentait que cent soixante-seize euros, ce qui signifiait que son repas avait coûté quasiment le double du sien. Ça n'était pas un problème naturellement puisqu'il gagnait très bien sa vie, mais il préférait qu'elle le sût afin qu'elle prît conscience des efforts de son fiancé pour lui offrir un tel festin. Il ne voyait toutefois aucun inconvénient à ce qu'elle en parlât sur son lieu de travail si cela pouvait amuser ses collègues. Elle n'était pas obligée de donner le prix exact, ce qui risquait d'en choquer certains, mais pouvait simplement dire que le repas avait coûté *très cher* tout en précisant que, *son fiancé gagnant très bien sa vie*, ce n'était pas un problème pour lui – même s'il eût pu gagner bien plus chez Rothschild. Pour les cinq millions, en revanche, elle ne devait en parler à personne, comme elle le lui avait juré. Si néanmoins elle tenait absolument à fanfaronner à la machine à café, elle n'avait qu'à dire que son fiancé avait rapporté un *très, très gros contrat* pour son cabinet. Et si on lui en demandait plus, elle n'avait qu'à botter en touche en évoquant simplement *plusieurs millions*.

Mathilde se demandait pourquoi Tugdual s'imaginait qu'elle souhaitât tant en parler à ses collègues, elle-même en ayant déjà assez entendu.

« Pourtant, je n'ai aucune fortune familiale, poursuivait-il. C'est l'une des raisons pour lesquelles Relot m'a tout de suite apprécié. Lui aussi est un type sorti du ruisseau qui s'est fait tout seul et qui a immédiatement décelé chez moi des qualités que ne peuvent avoir les fils de bourgeois, telles que la pugnacité ou la motivation. Il faut être un fils de rien pour être un vrai battant. »

Enfin, avant de quitter le restaurant – sans laisser de pourboire parce qu'à ce prix-là, il ne fallait pas non plus le prendre pour un jambon –, Tugdual plia soigneusement l'addition, qu'il glissa dans la poche de sa veste. De retour à la maison, il s'isola dans l'entrée puis appela Mathilde, qu'il prit par l'épaule. Dans un cadre argenté fixé au mur, à côté de la feuille de route qu'il avait planifiée alors qu'ils étaient encore étudiants, il y avait l'addition de La Tour d'Argent que Tugdual avait annotée d'un « Mathilde » ou « Tugdual » selon les plats choisis.

8

Plus la commissaire Fratelli avançait, moins elle comprenait sa lecture. Comment l'étymologie du mot *boulanger*, soigneusement recopiée d'un article de Wikipédia, avait-elle pu trouver sa place dans un rapport qui, à en croire son intitulé, devait porter sur la croissance chinoise ? Lorsqu'elle avait miraculeusement récupéré ce document sur la table de l'hôtel Chinagora, la certitude d'entrevoir les contours de son enquête avait procuré à la commissaire un élan d'énergie. Depuis des mois, elle travaillait sur le mystère de ces rapports facturés plusieurs millions d'euros, et si elle demeurait convaincue qu'il s'agissait d'une clé de l'énigme, elle cherchait encore la serrure.

La lecture du rapport était tout bonnement prodigieuse. Des centaines de pages d'histoire chinoise copiées-collées depuis Internet, des graphes, des tableaux Excel, des statistiques, des courbes plus ou moins liés à la Chine sur des sujets aussi divers que le développement économique, les ressources minières, le climat des différentes provinces et la recette des croissants français... Des colonnes de chiffres dénuées de titres ou de références, et dont on déduisait des innombrables notes de bas de page qu'elles se rapportaient à l'évolution démographique en Thaïlande mais que l'auteur étendait à la Chine, « par analogie » et, confessait-il, « faute de chiffres disponibles sur la Chine ».

« Non mais qu'est-ce que c'est que ce bazar ? Seul un dément peut avoir écrit un truc pareil ! »

Brigitte Fratelli avait d'abord essayé de survoler le rapport, mais, voyant qu'aucune idée générale ne s'en dégageait, elle avait dû se résoudre à une analyse attentive, avant d'y renoncer complètement. Son format, en un seul bloc insaisissable, les calculs amphigouriques et la litanie de phrases creuses rendaient la lecture insupportable. Aucune synthèse, aucune introduction, aucune conclusion, si bien qu'il était impossible d'avoir une approche globale. Il y avait bien une amorce de problématique dans l'« avant-propos », où il était question de croissance qui ne devait être ni « lancée », ni « relancée », mais « accélérée », et la commissaire Fratelli s'était fait la remarque qu'elle-même, qui ne connaissait pourtant rien à la Chine, eût été capable de rédiger au débotté quelque chose de moins inepte. Était-il vraisemblable qu'une société chinoise payât des consultants français plusieurs millions d'euros pour obtenir le condensé de deux mille ans d'histoire de son propre pays ? La commissaire avait reconnu la prose personnelle de l'auteur dans un paragraphe intitulé « Post-propos transitif vers un axe de développement novateur et original » :

Dans l'indispensable optique de développement macro-économique pérenne et durable qui est la sienne, la Chine, formidable contrée dont la seule évocation évoque la soie, le thé, les épices, et bien d'autres merveilles que l'Occident lui envie, répondant à un impératif d'accélération de sa croissance – et non de lancement, ni de relance, la croissance chinoise étant déjà lancée depuis belle lurette et n'ayant pas[1] besoin d'être relancée, comme nous l'avons déjà vu à plusieurs reprises précédemment – et de renforcement de son statut de pays émergent[2] se doit non plus d'adapter les nouveaux marchés[3], que constituent pour elle les marchés occidentaux, à son propre savoir-faire[4], mais s'adapter elle-même aux structures traditionnelles desdits marchés. La nécessité de répondre aux velléités de repli identitaire[5], qu'elles soient légitimes ou non, des peuples autochtones de la vieille Europe, dont la France se veut le chantre[6], contraint le pionnier chinois[7] à présenter à ces derniers des solutions multiples et originales, susceptibles d'assouvir leurs attentes de «retour aux traditions»[8] s'il espère s'implanter durablement dans le paysage économique et commercial occidental. Dans cette perspective d'implantation durable, le présent rapport a identifié le commerce traditionnel français comme prochain axe de développement de la Chine post-industrielle – ce qui constituera LA GRANDE IDÉE des présentes pages que votre serviteur tâchera, avec le modeste talent qui est le sien, de retranscrire au mieux. Le pain, le vin et le fromage constituant l'incontournable triptyque du «savoir-vivre à la française»[9][10], il convient d'axer les efforts de l'industrie chinoise sur ces segments, dont la baguette à la française constitue[11] la figure la plus emblématique. Le mot d'ordre est simple : la Chine a inventé les baguettes, qu'elle réinvente la baguette !

---

1. À proprement parler.
2. Même si le terme émergent semble quelque peu réducteur eu égard à la grandeur de la Chine dont l'histoire millénaire, comme brièvement retracée entre les pages 34 et 345, la place dans le gotha des États qui comptent dans le monde.
3. Comme elle l'a fait jusqu'ici, et avec brio, reconnaissons-le !
4. Qui est grand, comme cela ressort du chapitre intitulé «Culture et savoir-faire chinois», à partir de la page 380.
5. Front national au deuxième tour en 2002, pour ne citer que l'exemple le plus marquant de la décennie qui se termine.
6. Cocorico !
7. Si l'on peut reprendre cette expression chère à l'imaginaire nord-américain, au grand dam des Indiens d'Amérique, seuls véritables «autochtones» de la région, au sens propre du moins – mais c'est une autre histoire... un prochain rapport peut-être ?
8. Une expression française dit d'ailleurs que «c'est dans les vieux pots qu'on fait la meilleure confiture».
9. La fameuse «French touch» que toute l'Angleterre nous envie, parfois désignée par l'expression «ce je-ne-sais-quoi».
10. Un vieux slogan publicitaire disant même «du pain, du vin, du Boursin» (publicité télévisée pour le fromage Boursin, très populaire en France dans les années 1990).
11. Sans aucun doute possible !

L'auteur justifiait ainsi le passage à la deuxième partie et à trois cents nouvelles pages sur l'art de la boulangerie, depuis la découverte de la farine jusqu'à la vente en ligne. Au milieu de recettes diverses, il avait inclus ce qu'il avait appelé un « *testing* d'une boulangerie par l'auteur de ces lignes », au terme duquel il concluait que, pour faire mieux que les Français sur leur propre terrain, il convenait de « vendre plus et moins cher ». À sa propre expérience gustative, l'auteur ajoutait un travail d'investigation dans le 13e arrondissement qui lui avait rendu familier un empire dont il n'avait jamais foulé le sol. Pour asseoir sa légitimité, il avait annexé sur une centaine de pages les factures des établissements qu'il y avait fréquentés et, sur une cinquantaine d'autres, ses commentaires personnels.

« Une chatte n'y retrouverait pas ses petits ! s'insurgeait la commissaire Fratelli. Mais qui peut écrire des conneries pareilles ? »

Son lieutenant était toutefois formel : Relot, qu'il avait suivi de son départ de Chinagora jusqu'à ses pérégrinations nocturnes, avait hurlé à qui voulait l'entendre qu'il venait de toucher cinq millions des Chinois. Le lieutenant en était d'autant plus certain qu'au cours de cette soirée, il avait lui-même crié « Bébert, millionnaire » au milieu d'un rade où Relot avait ses habitudes.

La commissaire sentit qu'il était temps d'aller remplir sa tasse de café. Dans le couloir, elle entendit du bruit en provenance du bureau de son lieutenant.

« C'est mon petit poulet ! cria-t-elle en s'avançant vers la porte entrouverte.

— Bonjour, commissaire, lui répondit son lieutenant.

— Alors, on s'est bien reposé ce week-end ?

— Tout à fait. Si ce n'est que l'autre fou m'a un peu flingué ma soirée de vendredi.
— À quelle heure s'est-il couché, le coco ?
— Je l'ai lâché à 8 heures du matin.
— Chez lui ?
— Oui. Après un cinq-à-sept rue Saint-Denis.
— Ohohoh, le cochon ! Mais il n'arrête pas, dis-moi ? Pourtant, la semaine dernière, les deux Blacks lui avaient tout piqué, non ?
— Je te le confirme, c'est moi qui étais aussi de filature. »

Dans la salle de repos, où venaient d'arriver le brigadier-chef Emmanuel Dumoulin et la gardienne de la paix Nadia Saïd, le lieutenant Jérémy Cogne sortit un paquet de la poche de son sweat à capuche et s'alluma une cigarette, sans trop s'embarrasser des récentes interdictions législatives.

« Depuis le temps qu'on rêvait de mettre la main sur un de leurs rapports... Et quand on en a un, il ne sert à rien.
— Pas à rien, tenta de les rassurer la commissaire. On sait désormais de manière certaine que c'est du vent.
— Nous voilà bien avancés.
— Plus que vous ne croyez. Il est immense ce dossier, immense ! Désormais, on sait qu'ils planquent quelque chose. Avec toute cette culture du secret chez Michard, c'est forcément un trésor !
— Reste à le trouver... Qu'est-ce qu'on fait ? Garde à vue et perquise ?
— Sur quels soupçons ? On peut pas les mettre en garde à vue parce qu'ils passent leurs journées à enculer les mouches ! À ce rythme-là, c'est la moitié de la France qui finirait derrière les barreaux. Et surtout pas de perquisition tant qu'on n'est pas sûrs de ce qu'on va découvrir.

— Alors on fait quoi ?
— D'abord, on se renseigne sur les activités des Chinois.
— C'est fait.
— Tu as pu récupérer des infos sur la boîte de Dong ?
— Oui, elle est immatriculée au RCS de Nanterre, elle s'appelle Dong SAS...
— Qui sont les associés ?
— Dong en possède un pour cent et en est le gérant. Le reste est détenu par un consortium d'investisseurs chinois. D'après les renseignements obtenus en *off* des autorités chinoises, le chef de file du consortium est la société Lee Holding Capital, holding d'un groupe qui est un gros acteur chinois dans le multimédia.
— Un consortium ? Dis donc, tu parles comme ces petits péteux de la brigade financière, maintenant !
— Pour tout te dire, c'est eux qui ont trouvé les infos.
— Je plaisante. Bon, ils t'ont dit quoi, au *Château des rentiers* ?
— Officiellement, Dong SAS importe toutes sortes de choses. Du matos multimédia surtout. Ils partent de Hong Kong, font escale au port de Laem Chabang, en Thaïlande, et ils livrent à Marseille...
— En Thaïlande ?
— Tout à fait.
— Mais c'est énorme ! Comme par hasard, une entreprise chinoise qui livre du matos depuis Hong Kong, qui borde la province du Guangdong, la plaque tournante des drogues de synthèse, puis passe par la Thaïlande, le plus gros producteur mondial ! Enfin, ça vous saute pas aux yeux ? Guangdong, le Triangle d'or, et Relot qui se fait chaque fois choper avec du *crystal meth* sur lui ! On les tient ! Croyez-moi, ce dossier est immense !

— On n'a encore rien trouvé du tout, commissaire...
— Et le *crystal* sur Relot ?
— Deux fois, oui. Mais ça ne prouve pas qu'il soit à la tête d'un trafic international...
— À mon avis, le rôle de Relot est de blanchir le tout, avec ses rapports fumeux qu'il facture cinq millions d'euros.
— J'ai quand même du mal à l'imaginer à la tête d'un réseau...
— Méfie-toi, Jérémy. Il fait le mariole, le Relot, mais un type qui fait des coups à cinq millions ne peut pas être un zigoto. Peut-être qu'il nous a repérés et qu'il fait le con pour paraître insoupçonnable.
— De là à hurler à qui veut l'entendre qu'il vient de facturer cinq millions aux Chinois...
— Méfiance, je te dis. S'il veut nous couper l'herbe sous le pied, il préfère le clamer haut et fort pour qu'on ne puisse pas ensuite l'accuser de faire des affaires en douce. »

Le lieutenant Cogne était circonspect. Il avait suivi Bertrand Relot à plusieurs reprises au cours de ses virées nocturnes et ce dernier ne ressemblait en rien aux habituels barons de la drogue, généralement soucieux de ne pas attirer l'attention. Néanmoins, à l'évidence, le type dissimulait quelque chose et avait la belle vie sans beaucoup travailler. Jérémy Cogne ne l'avait vu se rendre au bureau qu'à deux reprises en un mois, et à l'exception du déjeuner avec Dong, il n'était jamais entré en contact avec le moindre client. Les écoutes téléphoniques n'avaient rien apporté d'intéressant : Relot passait la quasi-intégralité de ses appels téléphoniques à un certain Julien Renard, dans l'unique but de lui donner rendez-vous chez Lulu, un bistrot cramoisi des Halles. Le lieutenant s'était renseigné sur ce Julien Renard mais ses investigations auprès de l'administration fiscale et sur son lieu de travail le rendaient difficilement soupçonnable. Il n'était qu'un simple employé de banque, peu apprécié par ses collègues, dont le train de vie était parfaitement en phase avec ses revenus modestes.

« Selon moi, reprit la commissaire Fratelli en retournant à son bureau, suivie de son équipe, les Chinois acheminent leur came sur des navires marchands depuis leur escale en Thaïlande, dans des conteneurs entassés au milieu de milliers d'autres. Ils récupèrent le tout tranquillement à Marseille, sans doute avec quelques bakchichs bien sentis en Thaïlande et chez nous. Ensuite, ils inondent l'Europe grâce à Relot, qui planque le tout et négocie en catimini avec les dealers au gré de ses pérégrinations nocturnes.

— Tu penses que Relot planque le tout ? Mais où ça ?

— Si je le savais, il serait déjà derrière les barreaux.

— Et comment ils transfèrent la came depuis Marseille jusque chez Michard ?

— C'est ce qu'on va découvrir. Mais vous savez, une mallette suffit. Le transport peut se faire en plusieurs fois. Dong et Relot ont souvent une mallette à la main. Dong en avait une au déjeuner. On ne l'a pas vu l'échanger avec Relot, mais c'est pas exclu quand même. Ils ont oublié le rapport, pas la mallette, comme par hasard.

— Et le cash qu'ils récupèrent du trafic ? Qu'est-ce qu'il devient ?

— Patience, les enfants. L'enquête ne fait que commencer. À mon avis, une petite vérification s'impose dans la comptabilité de chez Michard.

— Donc, il faut creuser des deux côtés, chez les Chinois et chez Michard.

— Parfaitement. Nadia et Jérémy, vous allez enquêter du côté des Chinetoques. Vous travaillerez avec la brigade financière parce que c'est autant leur boulot que le nôtre. Débrouillez-vous pour en connaître le plus possible sur le consortium : qui se cache derrière Dong SAS ? Qu'est-ce qu'elle fait en France ? Qu'est-ce que fait Lee Holding en Chine et en Thaïlande ? Où récupèrent-ils la came ? Où l'entreposent-ils là-bas ? Sur quel navire ils l'acheminent en Europe ?

— Entendu, commissaire.

— Et Manu et moi, on continue à surveiller chez Michard, mais on accélère le rythme.

— Comment fait-on ?

— On n'a pas le choix, Manu. Il nous faut un type à l'intérieur.

— On a déjà tout essayé pour faire recruter un gars de chez nous là-bas, et même avec les plus beaux CV falsifiés on n'a jamais eu un seul entretien.

— Puisqu'on n'a pas réussi à leur envoyer un type de chez nous, il ne nous reste qu'un moyen...

— Retourner un type de chez eux ?

— Exactement.

— Faudrait déjà savoir qui bosse là-bas. Pendant nos rondes, on n'a pas vu souvent les mêmes têtes.

— Le gros que Relot a fait venir à Chinagora.

— Le péteur fou ?

— Pourquoi pas ?

— Il a pas l'air bien dégourdi.

— Certes, mais c'est la première fois qu'on en voit un accompagner Relot avec les Chinois.

— Il est peut-être déjà dans la combine.

— Peut-être. On n'a pas pu entendre leur conversation vendredi à Chinagora, mais si on a bien compris, Relot et Dong se sont mis à parler pognon dès qu'il est parti aux chiottes.

— Ce qui voudrait dire qu'il n'est pas dans la combine ?
— Possible.
— Et on fait comment pour le retourner ?
— T'as vu *La Firme* ?
— Le film avec Tom Cruise ? Oui, il y a longtemps.
— Bah voilà, on fait pareil. Sauf que cette fois Tom Cruise est un gros balourd qui a des problèmes gastriques ! »

9

Tugdual Laugier ne résista pas à la tentation d'aller se vanter auprès de son collègue du fond du couloir, tout en veillant à respecter l'obligation de confidentialité. Il évoqua son déjeuner avec «les Chinois» plutôt qu'avec «Dong» et n'en restitua que l'essentiel : les Chinois avaient adoré son rapport. Ils l'avaient qualifié d'*excellent* et, dans la hiérarchie des approbations professionnelles, *l'excellence* se situait *tout en haut*. Les Chinois étaient des types dont le cerveau tournait à plein régime, mais Tugdual avait assuré. Relot n'en était pas revenu. Oui, oui, il avait bien entendu. Relot, le Monsieur Chine du cabinet, l'avait adoubé, bluffé qu'il avait été par sa maîtrise de la culture et de l'histoire chinoises. Lui, Laugier, n'en avait pas fait des tonnes non plus, juste ce qu'il fallait. D'ailleurs, il avait glissé un mot à Relot sur son collègue, dont il ignorait encore le prénom, pour saluer son aide de qualité, ce qui était parfaitement faux mais qui n'avait pas manqué de retenir son attention.

« Je t'avais dit que je ne t'oublierais pas, pas vrai ? »

Son collègue leva des yeux de taupe géante, empreints d'une gratitude céleste.

« Merci, monseigneur », pensa Tugdual, qui savourait l'instant prodigieux où ce grand escogriffe se résignait enfin à embrasser les pieds de son bienfaiteur.

Au bout d'un moment, craignant de trop en dire, et se sachant à son avantage en en ayant dit si peu, il prit congé de son collègue, qui l'interpella comme à son habitude :

« Laugier, en tout cas, ton Grandibert, il m'en donne du fil à retordre ! Mais je l'aurai, je l'aurai ! Allez, on y retourne. À nous deux, Grandibert ! »

« Ce type est tout de même étrange », songea Tugdual.

Il s'installa à son bureau. Le couloir était parfaitement calme, et les portes des autres bureaux étaient toutes fermées. Depuis qu'il avait rendu son rapport chinois, il n'avait plus rien à faire. Bien sûr, ce n'était qu'une question de temps. Les Chinois l'avaient à la bonne et Relot allait le solliciter de manière imminente. Il ne l'avait pas revu depuis le vendredi précédent où il l'avait quitté dans des circonstances que Tugdual ne parvenait pas à éclaircir, mais aujourd'hui il était temps de discuter entre hommes. Ils évoqueraient l'*excellent* rapport chinois puis le cours de la conversation voguerait naturellement vers les perspectives de Laugier au sein du cabinet : une augmentation sensible de sa rémunération et, bien sûr, une feuille de route en vue de son association. Tugdual aurait bien sollicité un entretien avec Relot, mais il n'allait pas braver toutes les semaines l'interdiction formelle de paraître à l'étage supérieur. S'il avait la prétention de devenir un jour associé chez Michard, il se devait de respecter les règles élémentaires.

Dans l'attente du coup de fil de Relot qui annoncerait sa promotion, Tugdual redécouvrit avec une certaine émotion ses vieux compagnons d'infortune que la rédaction du rapport chinois l'avait contraint de négliger. Il fit la toupie sur son fauteuil à roulettes jusqu'à en avoir le tournis, enroula, déroula, noua, dénoua, avala sa cravate («rô-rô-rô»), plissée et informe, et chaparda à la machine à café une pleine boîte de sucre pour s'attaquer à son propre record. Maintenant que ses rapports étaient jugés *excellents* par tous les grands experts chinois, plus rien ne l'effrayait! Cette après-midi, ce serait quarante bûchettes qu'il se fourrerait dans la bouche, et pas une de moins. Parole de Laugier, l'homme du rapport chinois! Le rapport à mille pages! L'homme qui valait cinq millions! Ensuite, l'orchestre philharmonique du bureau 703 résonnerait dans tout l'immeuble: claquettes, cymbales et tambourins! Et tant pis si on le prenait pour un illuminé: dorénavant, il était l'homme du rapport chinois! Pouet, pouet, pouet, la trompette!

Comme toujours, à 11 h 15, Tugdual Laugier commença à avoir faim. «Estomac creux, tête creuse.» Il y avait peu de chances que Relot l'appelât avant la fin de matinée. Tugdual quitta l'immeuble avec un sentiment de bien-être.

«Monsieur, s'il vous plaît?» entendit-il dans son dos, une fois dehors.

Derrière lui se tenaient une femme, petite, la cinquantaine joyeuse, jean et blouson en cuir, et un homme plus jeune, costaud, également en jean, chaussures de sport et arborant un sweat à capuche avec l'inscription «*USA*» sur le torse. Tugdual les examina, étonné, un sourire de courtoisie au centre de ses joues rondes, et l'absurde espoir chevillé au cœur que deux passants anonymes le congratuleraient enfin pour son rapport chinois.

«Vous travaillez bien au cabinet Michard?»

Était-ce donc ça ? Vraiment ? Deux passants le guettaient au pied de son immeuble et n'en revenaient pas de le trouver ici, dans son habit d'homme d'affaires, lui, Tugdual Laugier, le Laugier du rapport chinois, le cerveau et les bras de la grande matrice, le génial concepteur du rapport à mille pages, l'homme qui valait cinq millions d'euros ? Comment un tel exploit avait-il été rendu humainement possible ? Le rapport oublié sur un coin de table était-il tout simplement tombé entre des mains consciencieuses ? « Qu'est-ce donc que ce pavé, surnageant au milieu des assiettes sales et des bouteilles vides ? Un rapport, tiens donc ? Le sujet ? La Chine. Ça par exemple. Intéressant. L'avant-propos met l'eau à la bouche, en tout cas. Et si nous lisions la suite ? » L'heureux gagnant du rapport à cinq millions l'avait-il dévoré tout le week-end ? Un féru d'histoire se passionnant pour l'empire du Milieu ? Un investisseur en quête de bonnes idées qui remontait à la source ? Ou peut-être était-ce Relot qui, saoul comme un Polonais, en avait touché un mot à quelques recruteurs concurrents qui voulaient simplement voir la bête ? Ou bien était-ce Dong en personne qui avait inondé le 13ᵉ arrondissement d'éloges à son endroit ? « J'ai 'encont'é un gars de chez Micha'd... Un futur g'and... Excellent, le rapport, excellent... Cinq millions, c'est ce que ça balait. Pas un euro de moins. Et enco'e, bonne affaire, bous berrez... »

« Commissaire Brigitte Fratelli, et brigadier-chef Emmanuel Dumoulin, annonça la femme en arborant leur insigne. N'ayez pas peur, nous n'avons rien à vous reprocher. »

Tugdual Laugier fut saisi d'effroi. La police... « Pas de panique, Tugdual. Pas de panique », se répétait-il. Sans uniforme mais avec le type si caractéristique des policiers en civil, une commissaire et un brigadier-chef se tenaient face à lui, prêts à lui faire subir une batterie de questions pièges, à enquêter sur sa vie, à farfouiller dans ses affaires, à intercepter ses conversations, à triturer sa conscience. Garde à vue, prison, cour d'assises...!

« Ne paniquez pas, dit la commissaire, qui avait vu son visage se défaire. On ne vous met pas en garde à vue, on veut juste discuter autour d'un café.

— Oui », se contenta de répondre Tugdual, qui craignait de s'effondrer en larmes s'il en disait davantage.

Anesthésié par la peur, il suivit le mouvement avec la démarche irrationnelle du poulet à qui on a tranché la gorge et qui continue à courir pour conjurer la mort. Ils entrèrent tous trois dans la première brasserie venue, s'installèrent au fond de l'établissement, et le brigadier-chef Dumoulin commanda trois expressos.

« Profitez-en, ce n'est pas tous les jours que la police paie sa tournée ! » ajouta-t-il pour détendre l'atmosphère.

Loin de rassurer Tugdual, la boutade du brigadier-chef lui glaça le sang. Cette saillie signifiait-elle que leurs relations allaient immanquablement se dégrader par la suite ? que la police ne pourrait bientôt plus se permettre d'inviter des criminels de la trempe de Tugdual Laugier ? Mais bon sang de bois, qu'avait-il fait ? Était-ce donc ainsi que s'ébauchaient les erreurs judiciaires ?

« Remettez-vous, monsieur, on n'a encore jamais frappé les gens pour les faire parler, ni envoyé d'innocents en prison, tenta de nouveau de le rassurer la commissaire en éclatant de rire. Bien, on est de la DRPJ, au 36, et on s'intéresse aux activités du cabinet Michard. Il n'y a sans doute rien qui justifie nos soupçons, mais vous savez ce que c'est : il suffit que quelque chose d'un peu louche arrive à nos oreilles et on démarre une enquête de routine. Dans quatre-vingt-quinze pour cent des cas, on se rend compte rapidement qu'il n'y a rien d'anormal et on ferme le dossier. Vous travaillez bien chez Michard?

— Oui, mais je n'ai rien fait de mal, répondit Tugdual, qui se demandait ce que signifiait DRPJ et à quoi se référait le numéro 36.

— On ne vous reproche rien du tout, monsieur...?

— Laugier. Tugdual Laugier. Mes papiers sont en règle...

— On n'en doute pas. Notre boulot, c'est de vérifier si ce qu'on entend dire est vrai ou si ce ne sont que des rumeurs, vous comprenez? En gros, il y a deux façons de faire. Soit on opte pour la méthode forte : on débarque un matin, on perquisitionne le moindre tiroir, on met tout le monde en garde à vue, puis en examen, éventuellement en détention provisoire, et quand on se rend compte que le dossier est vide le mal est déjà fait...

— En détention?!

— Je ne suis pas favorable à cette méthode, même si j'ai dans mon dossier de quoi la déclencher.

— Mais j'ai rien fait!

— Calmez-vous, monsieur Laugier. Moi je préconise la méthode douce. On rencontre quelqu'un de confiance, on lui explique la situation et, si la personne coopère, on enquête discrètement, on lève les soupçons ensemble, et on se quitte en bons termes...

— Et si ça tourne mal, celui qui a coopéré sauve sa peau. Mais on ne devrait pas en arriver là, bien sûr, ajouta le brigadier-chef.

— Bien, reprit la commissaire. Maintenant, expliquez-nous un peu votre parcours au sein du cabinet Michard, et dites-nous ce que vous y faites de la manière la plus précise possible. »

Tugdual suait à grosses gouttes. Que pouvait-il dire du cabinet Michard ? C'était un cabinet de conseil à la réputation bien établie, non seulement en France mais également en Asie, qui comptait un nombre important de consultants et de bureaux dans le monde, mais dont la culture de confidentialité l'empêchait d'une part de trop en dire, et surtout d'en trop savoir...

« On ne vous demande pas de nous donner des informations confidentielles qui mettraient en péril la réputation de vos clients – quoique, en notre qualité de policiers, nous pourrions vous y contraindre –, mais de nous donner des renseignements basiques : combien d'étages occupe le cabinet dans l'immeuble ? Combien de consultants travaillent à votre étage ? Combien y a-t-il d'associés ? Sur combien de rapports avez-vous travaillé ? Quels en sont les thèmes ? Ce genre d'informations... »

La veille, Tugdual s'était justement fait la réflexion que son collègue du fond du couloir était le seul consultant du cabinet qu'il pouvait identifier et Relot le seul associé qu'il eût rencontré. Que devait-il dire à la police ? Que cette situation l'avait étonné un temps, mais qu'il n'avait fait qu'appliquer la politique de confidentialité du cabinet en ne cherchant pas à en comprendre le fonctionnement ? Qu'il n'avait rédigé qu'un seul rapport en trois ans et demi au cabinet (mais quel rapport !) ? Qu'il avait lui-même songé à partir mais qu'il gagnait chez Michard plus que n'importe où ailleurs ?

« Hum... Écoutez, je n'ai malheureusement pas beaucoup de renseignements à vous donner. Non pas que je veuille vous cacher quoi que ce soit, mais le cabinet fait en sorte que les consultants en sachent le moins possible sur son fonctionnement interne et qu'ils ne nouent pas de liens personnels entre eux. C'est pour ça que je ne connais pas vraiment mes collègues.

— Mais il y a bien des gens que vous côtoyez ? que vous croisez à la machine à café ? avec qui vous déjeunez de temps en temps ? »

Tugdual dut se rendre à l'évidence qu'il n'avait jamais déjeuné avec un seul de ses collègues.

« Oui, de temps en temps, mais on ne se côtoie pas plus que ça... Et vous savez, il y a un sacré turnover. Ils ne gardent que les meilleurs.

— On n'en doute pas, Tugdual. Vous permettez que l'on vous appelle Tugdual ?

— Oui, bien sûr.

— Et les rapports ? Vous en faites beaucoup ?

— Les rapports ? Oui, naturellement, c'est le cœur de notre métier, balbutia Tugdual, qui craignait de devoir avouer qu'il n'avait rédigé qu'un seul rapport depuis qu'il était chez Michard.

— Pour quel type de clients ?

— Je vous prie de m'excuser mais c'est totalement confidentiel. Je risque ma place si...

— Ne vous inquiétez pas, Tugdual. On voudrait juste savoir si vous travaillez pour des entreprises cotées, des institutionnels, des boîtes plutôt françaises ou étrangères...

— Il y a un peu de tout, balaya Tugdual, dont le seul client pour qui il avait travaillé était un Chinois complètement azimuté qui s'appelait Dong et dont il avait découvert l'existence quatre jours plus tôt, saoul, autour d'un plat de nouilles à douze euros.

— Bon, nous la jouerons franc jeu avec vous, Tugdual. Nous soupçonnons fortement quelques clients chinois du cabinet Michard d'avoir des activités... disons... pas très légales. »

Tugdual faillit tourner de l'œil. Il était mouillé jusqu'au cou dans une affaire de mafieux chinois. Au mieux, il allait croupir en prison jusqu'à la fin de ses jours. Au pire, son corps criblé de balles finirait coulé dans du béton. Fallait-il coopérer avec la police ? trahir le cabinet qui le rémunérait grassement, qui avait su trouver le consultant brillant qui sommeillait en lui, qui lui avait donné la chance d'élaborer le rapport chinois ? Des signaux familiers lui criaient « Méfiance ! ». Se méfier ? Mais de quoi ? L'évidence ne lui avait pas encore sauté aux yeux.

L'évidence ?

Deus ex machina, l'évidence se fraya un chemin inespéré dans l'esprit embrouillé de Tugdual Laugier, qui comprit enfin que tout ça n'était qu'une mise en scène. Comment avait-il pu ne pas y penser avant ? Depuis son allocution devant Dong, il était *l'homme du rapport chinois*, la jeune pousse dont on parlait en haut lieu. Il était maintenant soumis à un test.

« Oh les cochons, les cochons ! pensa-t-il. Ils m'envoient deux faux flics pour s'assurer que je suis un type de confiance, qui supporte la pression et qui ne pipe mot des activités confidentielles du cabinet. Et Relot qui me lâche des infos que je n'aurais pas dû savoir. Ouhouhou ! Il pense que ça va prendre. Que Laugier va s'effondrer en larmes, se pisser dans le froc ! Eh bien non. Ça ne prend pas, les amis. Une tombe, le Laugier. Une véritable tombe. »

Tugdual s'était montré timoré jusqu'ici mais il pouvait encore redresser la barre. Il lui suffisait de faire habilement comprendre qu'à aucun moment il n'avait cru à leur petit jeu. Au contraire, en esprit avisé, il avait immédiatement éventé le subterfuge et s'était amusé à les prendre à leur propre jeu. Aux dîners d'associés, on en parlerait encore dans trente ans! Laugier l'insaisissable!

« Je ne dirai rien sans la présence de mon avocat, répondit-il finalement avec une solennité feinte, dans un petit sourire qui traduisait son autorité réhabilitée et sa divine clairvoyance. Je ne dirai rien du cabinet Michard. »

« Rien, rien, rien, petits malins! » jubila-t-il intérieurement.

Ce brusque changement de ton eut l'air de surprendre ses interlocuteurs, ce qui l'amusa au plus haut point. Commençaient-ils à se douter que leur petit manège avait été découvert? qu'à trop prendre le père Laugier pour un jambon, on se retrouvait à ne plus savoir qui démêlait le lard du cochon? Tugdual observa avec malice la mine interloquée des deux enquêteurs. Comme il avait retourné la situation, le Laugier! Relot apprendrait bientôt que son consultant avait joué à l'arroseur arrosé avec les deux clowns qu'on lui avait envoyés. En face, Dupond et Dupont s'écrasaient dans leur banquette comme deux pantins auxquels on a coupé les ficelles. À son tour de les torturer un peu.

« Alors, les "policiers", demanda-t-il en mimant les guillemets avec les doigts, on n'a pas oublié son calibre, j'espère? »

La commissaire et le brigadier-chef se regardèrent à nouveau, visiblement abasourdis par les étincelles de son cerveau.

« Ne me dites pas que vous n'avez pas pensé à louer chacun un calibre en plastique au magasin de farces et attrapes? L'erreur de débutant, les amis. »

Tugdual Laugier, vainqueur par K.-O. de cette embuscade, contemplait ses assaillants se dépêtrer dans le filet qui s'était refermé sur eux.

«Allez, sans rancune! J'ai failli y croire. Mais soyez bons perdants, le petit Laugier n'est pas né de la dernière pluie.»

Et puisque ses interlocuteurs ne réagissaient toujours pas, médusés qu'ils étaient de voir leur numéro voler en éclats par le seul génie de Laugier, il imita le sifflement de Relot. «Didididi-dadadada...» Ils avaient voulu le mettre à l'épreuve face au taureau dans l'arène, il en était ressorti avec les oreilles et la queue.

«Tugdual...? Vous voulez vraiment voir nos armes de fonction? interrogea la commissaire en entrouvrant légèrement sa veste, en même temps que son brigadier.

— Oh, mais vous avez fait des frais, dites donc! s'exclama Tugdual en apercevant briller le métal de leur arme. Très, très belles imitations. Et pas en plastique en plus. Et qu'est-ce qui se passe quand on appuie sur la détente? Il en sort des billes de plomb ou bien un drapeau? Vous direz à Bertrand – il m'a autorisé à l'appeler par son prénom – que je suis très honoré de voir qu'il s'est donné tant de mal. Beau travail, conclut-il en se tapant dans les mains.

— Voulez-vous bien nous suivre, monsieur Laugier? demanda la commissaire.

— Mais parfaitement. Il se fait faim, et j'ai hâte de déjeuner avec qui vous savez», répondit-il avec un clin d'œil.

Sifflotant à la manière de Relot, le sourire finaud et le port altier, Laugier les suivit hors du café, s'installa confortablement sur la banquette arrière de leur 205, les félicita d'avoir même pensé au gyrophare et se laissa ainsi conduire, insouciant et guilleret, vers le 36, quai des Orfèvres, dans les locaux de la Direction régionale de la police judiciaire, avec la délicieuse conviction que son patron l'attendait, hilare, autour d'une belle table parisienne où éloges et dithyrambes allaient enfin pleuvoir sur son rapport chinois.

Il dirait tout.

« J'ai travaillé pour des Chinois, avoua Tugdual, qui suait de nouveau à grosses gouttes. Un certain Dong qui a plein de sociétés en France et en Chine, mais je n'en sais pas plus. C'est ce que m'a raconté mon patron, Bertrand Relot. Il est surnommé le Monsieur Chine du cabinet. Il a passé quatre ans en Chine, c'est comme ça qu'il est devenu incontournable auprès d'eux. Ils le sollicitent chaque fois qu'ils ont une question à propos de leur implantation sur le marché français. Relot m'a chargé d'un rapport pour les aider à accélérer leur croissance en France...

— Un rapport sur la croissance chinoise ? s'enquit la commissaire, qui semblait fortement intéressée.

— Absolument, commissaire. Un rapport dont les préconisations, si elles sont appliquées à la lettre, permettraient aux entreprises chinoises de s'implanter durablement en France et, plus que ça, de supplanter le commerce traditionnel français. »

Tugdual considéra qu'il était désormais dans son intérêt de se confesser en toute franchise. Il n'allait pas minimiser son implication involontaire dans une affaire qui, manifestement, le dépassait.

« Commissaire, je vais être franc avec vous. Ce rapport fait plus de mille pages. C'est une bombe et je crains le pire s'il tombe entre de mauvaises mains. »

Elle le dévisagea plusieurs secondes.

« Le rapport sur la croissance chinoise... C'est vous qui l'avez rédigé ? »

Cette fois, c'est Tugdual qui la fixa, interloqué.

« Mais comment ça ? Vous l'avez lu ? »

La commissaire se reprit aussitôt.

« Je ne peux pas vous en dire plus pour le moment. Et je suppose qu'il est confidentiel et bien gardé chez Michard ou chez le client.

— Parfaitement, acquiesça Tugdual, qui songea au rapport oublié sur le coin d'une table. Au risque de me répéter, si ce rapport tombe entre de mauvaises mains, il peut impacter profondément l'économie française. Je suis formel. »

Fratelli l'examina de nouveau. D'un coup, elle explosa d'un rire incontrôlable qui contamina aussitôt son voisin. Et face à ce spectacle de deux représentants des forces de l'ordre se raccrochant à la table pour ne pas s'effondrer sous l'effet d'un rire irrépressible, se tapant mutuellement sur les genoux comme s'ils devaient se pincer pour y croire, Tugdual Laugier eut la curieuse impression qu'il se trouvait chez les fous. Qu'avaient-ils donc tous à se moquer de lui, comme l'avaient fait Relot et Dong? On lui demandait des renseignements puis on raillait les réponses. Il ne fallait pas s'étonner que ces deux-là eussent échoué dans les rangs de la police. Ça n'était pas demain la veille qu'ils toucheraient sept mille euros par mois.

« Excusez-nous, se reprit finalement la commissaire, vraiment désolés. On ne donne pas une image très sérieuse de la police. On travaille beaucoup en ce moment, alors on a besoin de décompresser de temps en temps… Bon, maintenant, voilà ce que l'on vous propose: coopérez et vous serez épargné en cas de poursuites judiciaires. Il ne s'agit pas de grand-chose: qui sont les consultants qui travaillent là-bas? Que font les associés, en particulier Relot? On les soupçonne de planquer quelque chose quelque part, si vous voyez ce que je veux dire…

— Je vois parfaitement, répondit d'une voix inspirée ce brave Tugdual, qui ne voyait rien du tout.

— Ce Dong avec qui vous avez déjeuné vendredi...
— Vous m'avez suivi ?
— On fait notre travail, Tugdual. Rien de plus. À vrai dire, c'est plutôt Relot qu'on suivait, et vous vous êtes pointé en invité mystère. Bref, on soupçonne Dong d'être à la tête d'un réseau... »

La commissaire hésita à lui faire part de ses soupçons. Elle avait du mal à croire que ce grand dadais et ses kilos de niaiserie pussent être mêlés à un trafic international de stupéfiants. Cependant, Relot ne lui en donnait pas plus l'impression et pourtant il n'y avait, pour sa part, guère de doute qu'il y trempait jusqu'au cou.

« D'un réseau illégal, finit-elle par dire. On se comprend, n'est-ce pas ?

— On se comprend très bien », confirma Tugdual.

10

La commissaire Fratelli avait parlé de « réseau ». Un réseau de quoi ? Prostitution ? Trafic d'armes ? Les deux policiers qui l'avaient auditionné étant membres de la brigade des stupéfiants, il devait y avoir de la drogue derrière tout ça. De la drogue chez Michard ? Ça par exemple ! C'était à n'y rien comprendre. Mais que venait-il faire là-dedans, lui, Tugdual Laugier, qui ne pouvait rien se reprocher d'autre que de s'être acquitté de son devoir avec un indéfectible sérieux ? Ce n'était tout de même pas sa faute si le cabinet Michard travaillait pour des clients peu recommandables. Dong, pourtant, avait l'air d'un type bien. N'était-ce pas lui qui avait qualifié son rapport d'*excellent* ? Une vraie bombe, ce rapport ! Mille quatre-vingt-quatre pages que Tugdual Laugier aurait remises entre les mains de bandits de grand chemin. Ça, c'était la meilleure ! On n'allait tout de même pas le mettre au trou parce que ses rapports étaient unanimement salués par les milieux autorisés ? Avec un tel rapport, des individus malintentionnés pouvaient mettre la France à genoux, il n'y avait aucun doute là-dessus. Il suffisait de suivre ses recommandations à la lettre, et en quelques années le commerce traditionnel français ferait partie du folklore chinois! S'il avait su, jamais il n'aurait fait fonctionner ses neurones contre son propre pays, la mère patrie, douce France, cher pays de mon enfance! Bien sûr, il avait toujours su qu'il rédigeait son rapport pour des clients chinois et que sa grande idée allait chambouler les habitudes de ses compatriotes. Mais il connaissait bien les Français. Ils avaient besoin qu'on leur mît un coup de pied au derrière de temps en temps, de se sentir en danger pour se retrousser les manches. Avec ce rapport, il n'était pas question de trahir mais de remobiliser les siens, de susciter chez eux un sursaut d'orgueil. Il n'y avait rien d'immoral ni d'antipatriotique. En revanche, s'il s'avérait un jour que le cabinet Michard s'était servi de sa redoutable intelligence pour venir en aide à des mafieux chinois, sa vengeance serait à la hauteur de la déconvenue, car s'il donnait l'impression d'être un perdreau inoffensif dans son complet-veston, l'imprudent qui l'approcherait de trop près se rendrait à l'évidence que Tugdual Laugier était un véritable oiseau de proie!

À partir de maintenant, il s'agissait de la jouer finaude. «Laugier mène l'enquête», se répétait-il. La commissaire Fratelli et son collègue Dumoulin lui avaient donné l'impression d'être de braves types, mais pas à la hauteur de l'enjeu. L'affaire les dépassait. La drogue ou le trafic d'armes, c'était du pipi de chat comparé à son rapport! C'était donc ça, la police? Des poulets qui caquettent alors que les triades chinoises s'apprêtent à pénétrer dans le poulailler? Tugdual nota sa dernière interrogation sur un bout de papier qu'il mit dans sa poche. La formule était excellente. L'heure n'était toutefois pas à la futilité. Où en était-il? Oui, était-ce à lui, Tugdual Laugier, simple consultant – à la renommée déjà bien établie, certes –, de mener l'enquête à la place de la police?

Il se prit la tête entre les mains, tentant de mobiliser les neurones qu'il avait tant sollicités ces derniers mois pour rédiger le rapport chinois.

« Allez, mes petits, les pria-t-il dans un murmure incantatoire. On se prépare pour la grande bataille. Voici l'ordre de mission : il faut percer le mystère du cabinet Michard ! »

Dans un élan impérieux et sacré, à la fois chorégraphie dansante et parade militaire, une myriade de neurones fatigués, pas encore remis de leur aventure chinoise, entendirent résonner dans le cerveau de Tugdual Laugier l'écho lointain de l'appel à la mobilisation. D'abord incrédules, pareils à ces soldats revenus du champ de bataille que l'on renvoie au front les femmes à peine étreintes, toujours prompts à venir en aide à la patrie vacillante, les neurones de Tugdual Laugier, après un ultime adieu au bercail, se remirent en route vers les contrées périlleuses de la réflexion. Scènes d'adieux déchirants sur les quais de gare, mouchoirs qui virevoltent dans la vapeur des locomotives, futures veuves de vingt ans maudissant la guerre, enfants pleurant un père bientôt tombé au champ d'honneur, compartiments de jeunes gens torpides craignant le lendemain. Puis serrages de paluche, amitiés et liesses des veilles de grandes batailles. Des neurones qui se rejoignent sur les sentiers champêtres, baluchon à l'épaule, partagent un bivouac à l'escale de la gloire, se saoulent sous la lune et cuvent à la belle étoile. On chantonne, on fanfaronne, on plastronne, on vaticine, on s'égosille. « *Heigh-ho, heigh-ho !* On rentre du boulot ! » On rêve d'aventures et de bitures. On s'imagine héros de guerre et trublion et youplaboum ! on repart au combat, la fleur au fusil et le calot bien haut. On sautille, on frétille, on claquette, on parade en se frottant le ventre, en se tapant les mains. Tsoin-tsoin ! Et alors, malgré la fatigue, malgré l'incertitude, malgré l'ampleur de la tâche, ses neurones convergèrent vers le terrain où les attendait Tugdual. Comme une horloge qu'on remonte, comme un engrenage dont on huile les rouages, comme un moteur que l'on remplit d'essence, comme une précieuse mécanique que l'on règle au centième de seconde, le cerveau de Tugdual Laugier, sous l'impulsion de ses factions, de ses milices, de ses phalanges, se mit de nouveau en marche dans le bruit cadencé des milliers de bottes qui progressent d'un même pas, aux mêmes roulements de tambour, suivant le même horizon lumineux qu'elles finiront par percer – comme ses neurones perceraient bientôt le mystère du cabinet Michard.

Tugdual Laugier braverait de nouveau l'interdit. Il retournerait au huitième étage, l'étage des associés.

On frappa à sa porte. C'était son collègue du fond du couloir qui venait, comme ils en étaient convenus, faire un point sur ses remarquables avancées.

« Grandibert, je l'aurai, ton Grandibert ! »

Après l'entretien avec les services de police, les recherches en dépit du bon sens que s'astreignait à faire son collègue apparurent sous un éclairage nouveau à Tugdual, et la question qu'il avait jusque-là refusé de se poser se formula dans son esprit en toute clarté : ce grand type à lunettes et au visage émacié n'était-il pas un peu cinglé ?

« Dis-moi, ça fait combien de temps que tu travailles chez Michard ?

— Les collègues sont des collègues, et les amis sont des amis, lui répondit aussitôt le consultant, aussi concentré que s'il avait joué au jeu du ni oui ni non.

— Certes, ce sont les règles du cabinet Michard, j'entends bien, mais ne sommes-nous pas devenus un peu amis ? demanda Tugdual, qui espérait jouer sur la corde sensible.

— Les collègues sont des collègues, et les amis sont des amis.

— Enfin, si je te proposais de prendre une bière après le boulot, tu ne serais pas contre ?

— Les collègues sont des collègues, et les amis sont des amis. »

Tugdual considéra son interlocuteur, qui semblait victime d'un bug informatique.

« Bon, et ce... Grandibert...

— Il ne m'aura pas facilité la tâche, ton Grandibert ! Mais je l'aurai, je l'aurai ! se lâcha enfin le consultant, interprétant ce retour au sujet Grandibert, le seul qui l'intéressait, comme le signe qu'il avait passé avec succès l'épreuve des questions interdites.

— Pourquoi continuer à rechercher ce Grandibert ? Je ne sais même pas qui c'est !

— Je vais le trouver, ne t'inquiète pas. Je brûle !

— Mais on s'en fout de Grandibert ! Tu comprends ça ? On s'en fout !

— C'est une mission qui m'a été confiée et je me dois de la remplir, se justifia l'autre, l'air renfrogné, se sentant de nouveau mis à l'épreuve.

— Personne ne t'a confié de mission, c'est moi qui t'avais simplement demandé si tu en avais entendu parler, c'est tout. Personne ne t'a demandé d'y passer des mois.

— Je l'aurai, ton Grandibert, je l'aurai. Il se cache, mais je l'aurai ! »

Tugdual comprit qu'il n'obtiendrait rien de son collègue et songea avec un peu de pitié qu'il faisait sans doute partie du quota Cotorep du cabinet.

« Tu as fait combien de rapports depuis que tu es chez Michard ?

— Ah ça, des rapports, j'en ai fait ! Et pas qu'un peu même !

— Tu voudrais m'en montrer un, s'il te plaît ?

— On ne parle pas des rapports entre collègues.

— Juste pour voir la présentation.

— On ne parle pas des rapports entre collègues. De toute façon, ils sont tous aux Archives. Top secret !

— Oui, bien sûr, ils sont aux Archives. »

Tugdual observa, ébahi, son collègue à lunettes qui se tenait quiet, sans horizon, son grand corps dégingandé dans l'embrasure de la porte, oublieux de sa propre présence dans le bureau.

Le soir, chez lui, et bien qu'il eût juré de ne rien laisser entrevoir qui pût inquiéter sa fiancée, Tugdual resta mutique tout le dîner, avalant son repas sans appétit. Mathilde se contenta de finir sa soupe dans l'état de l'enfant qui sait qu'on la préserve d'une mauvaise nouvelle.

« Même pour sept mille euros par mois, ça ne vaut pas le coup ! » finit-il par se plaindre.

Mathilde n'y comprenait plus rien. La semaine précédente, Tugdual avait été félicité pour son rapport qu'un client chinois avait qualifié d'*excellent*, et aujourd'hui il semblait dépité. Pourtant, sept mille euros, c'était une belle somme. Elle ne gagnait que mille sept cents euros, mais elle eût préféré que Tugdual ne le lui rappelât pas à tout bout de champ. Elle l'aimait parce qu'il avait une grande confiance en lui et la rassurait, mais depuis qu'ils avaient emménagé dans ce vaste appartement, elle avait parfois l'impression de ne plus être chez elle, à s'entendre répéter dix fois par jour « Dois-je te rappeler... Dois-je te rappeler... Dois-je te rappeler... ? ». Mathilde comprenait que Tugdual pût être directif à la maison compte tenu de ses grandes responsabilités au travail, mais ne pouvait-il pas se montrer un peu moins paternaliste avec elle ? Enfin, puisqu'il semblait soucieux, ce n'était pas le moment d'évoquer le sujet.

« Surtout que tu pourrais gagner bien plus ailleurs, chéri, renchérit-elle pour s'attirer ses bonnes grâces.

— Parfaitement. Bien plus.

— Chez Rochild, par exemple.

— Et pas seulement !

— Non, pas seulement. Rochild, ce n'est qu'un exemple parmi tant d'autres.

— J'ai assez donné pour Michard !

— Ah ça oui, alors. Mille pages de rapport, tu leur as donné.

— Plus de mille pages, Mathilde. Mille quatre-vingt-quatre pages. Je dis mille, mais en réalité, c'est mille quatre-vingt-quatre.

— Mille quatre-vingt-quatre pages, c'est remarquable.

— Immense, Mathilde. Immense.

— Et les Chinois ont dit que c'était excellent », lui rappela-t-elle en insistant sur « excellent » pour lui montrer qu'elle avait maintenant bien compris qu'*excellent* était mieux que *très bien*.

Tugdual conversait machinalement, sans étincelle. Pourtant, lorsqu'il s'agissait de son rapport chinois, il faisait d'habitude preuve d'un grand enthousiasme.

« Et si tu allais chez Rochild, tiens ?

— Enfin, Mathilde, cesse de raconter n'importe quoi ! Tu ne connais rien aux affaires. Je ne suis pas banquier, je suis consultant. Ça n'a rien à voir. Quand tu ne sais pas, tu te tais ! »

Tugdual jeta sa serviette sur la table, qu'il quitta dans un élan de fureur en lançant à Mathilde un regard où elle discerna autant d'autorité que de mépris. Humiliée, elle se retrouva délaissée au milieu d'une salle à manger que Tugdual remboursait seul. Elle se mit à pleurer sans oser quitter sa chaise, étouffant ses sanglots dans sa serviette.

11

Le lendemain matin, de nouveau face à l'ascenseur menant à l'interdit, Tugdual Laugier, simple fantassin parachuté général des armées, avait perdu de sa superbe. La veille, l'idée du danger l'avait autant excité que sa concrétisation le rebutait aujourd'hui. Il avait bien songé à s'y rendre de nuit, ce qui eût minimisé les risques de rencontres malvenues, mais il avait puisé dans l'impossibilité d'expliquer à Mathilde une telle virée nocturne le moyen de ne pas s'avouer sa propre couardise. Suffocant, grelottant, suintant de toute sa graisse, l'enquêteur Laugier tremblait comme une feuille. L'interdit pourtant bravé une semaine plus tôt lui paraissait maintenant effrayant, gigantesque, insurmontable.

Le huitième étage.

De nouveau le silence, et quel énigmatique silence!

«Laugier mène l'enquête!» se répétait-il pour s'assurer qu'il était bien le héros du film qui se tournait. «Laugier mène l'enquête!»

Et comment! Sens en éveil, mémoire eidétique, écoutilles tendues vers le bruissement du vide, ô murmure de vérité, Tugdual tourna la tête à droite, puis à gauche: succession de portes closes, infinité des risques. En ouvrir une? Et tomber sur dix spadassins bridés, cent poignards et un millier de balles de mitraillettes tirées en rafales avant qu'il ait le temps d'entrer? Ô le regretté temps du rapport chinois, du sublime rien-à-faire, des concerts sur joues, des pouet-pouet la trompette, des records de bûchettes dans la bouche, des roulés-déroulés de cravate, de la nostalgique attente du soir...

Au fond du couloir, sur la porte du bureau de Relot, l'emploi du temps était toujours affiché avec ses couleurs vives et ses gros caractères: « DÉJEUNER AVEC M. DONG ». Montagnes de dossiers sur la table de réunion, papiers éparpillés au sol, vestes, cravates, chiffons, papier hygiénique humide étrillé en lambeaux, cendriers renversés, imprimante éventrée, gobelets pleins de café froid en équilibre instable sur les rebords des placards. Et au milieu de cette apocalypse, un bureau Louis XVI, tache de pureté sombre au milieu des écuries d'Augias, comme un raffinement absurde, comme une erreur de pinceau, dans un renversement de l'ordre et du désordre. Un bureau en bois parfaitement lisse et nu, une planche immaculée d'acajou où trônent un écran d'ordinateur, un sous-main en cuir et un stylo Montblanc dont le bouchon – trait d'union de l'ordre et du désordre – gît, penaud, à quelques centimètres de sa plume. Les pieds ainsi surnageant au milieu des immondices, les narines agressées par l'odeur du café froid, que la Seine semblait paisible, attirante même, coulant en contrebas, derrière la baie vitrée!

D'une main non experte, l'enquêteur Laugier s'empara d'un bout de papier qui traînait par terre. Stupeur. Il le relâcha aussitôt. Il venait de laisser ses empreintes digitales sur une pièce à charge, la pièce manquante du puzzle. Il était fichu. Pourquoi n'avait-il pas pensé à prendre des gants? Pourquoi les deux flics ne lui avaient-ils rien dit? Pourquoi ne lui avaient-ils pas au moins enseigné le b.a.-ba? Rien du tout, pas même une consigne.

Demerden Sie sich! Pendant que la police criminelle se sèche les ongles sous le radiateur du 36, le père Laugier prend tous les risques et laisse ses empreintes partout! Elle a fière allure, la police française!

Plus le choix, de toute façon. La pièce à conviction.

Tugdual la lut entièrement, sans songer qu'à ce rythme-là, il y serait encore dans trois jours. Étonnant. C'était un poème: «Ô temps, suspends ton vol...»

«Tiens donc, voilà que Relot est poète à ses heures.»

Page suivante. «Sous le pont Mirabeau coule la Seine...» N'avait-il pas déjà entendu ça quelque part? Il les connaissait ces vers, bien sûr, mais ne les avait-il pas entendus récemment? Et prononcés par Relot par-dessus le marché? Vendredi dernier, pardi! Face à la Seine, justement, à Chinagora! Pris la main dans le sac, le père Relot, à apprendre des vers par cœur pour épater la galerie. «Laugier mène l'enquête!»

Tugdual voulut emporter la pièce, dont Relot ne remarquerait pas l'absence dans ce capharnaüm. Son œil se fixa sur une pochette de plastique qui dépassait d'un amas de papiers. S'en saisissant, il l'entrouvrit délicatement et y plaça l'élément accablant. Il avait vu faire ainsi dans les séries américaines et regretta seulement de ne pas disposer de pincettes comme en utilise la police scientifique. Enfin, il n'était pas mécontent d'avoir trouvé cette pochette et de pouvoir y insérer le poème sur la Seine qui coule au-dessous du pont Mirabeau. Sous le Pont-Neuf aussi d'ailleurs, mais peu importait la Seine en cette heure cruciale. L'enquête avançait à pas de géant. Il s'était introduit au huitième étage, perquisitionnait un bureau et venait de faire main basse sur une pièce essentielle du dossier. « Tiens donc ! » s'exclama-t-il encore en apercevant une feuille en haut de la pile où de nouveaux vers attirèrent son attention. « Bientôt nous plongerons dans les froides ténèbres / Adieu, vive clarté de nos étés trop courts ! » Relot avait-il monté un club de poésie pour avoir ainsi des vers éparpillés un peu partout dans son bureau ?

Laugier enfonça plus profond sa main dans la montagne de papiers. Il y piocha essentiellement des pages imprimées depuis Internet : des articles de presse, des commandes en ligne, des cartes de France, des copies de planisphères, la liste des capitales du monde, des dizaines d'articles de Wikipédia sur des thèmes aussi divers que l'œnologie, la Seine, l'agriculture en France, la confection du café, la pyramide des âges... Il trouva aussi des magazines automobiles, des annonces immobilières, des centaines de tickets de caisse, des procès-verbaux de contravention roulés en boule, des dessins dont on déduisait des traits grossiers qu'ils représentaient la Seine vue du bureau... Tugdual se saisit d'un dossier sobrement intitulé « Voiture » sous des épaisseurs de papiers : un contrat de vente, un contrat d'assurance, quelques copies de documents officiels, des dizaines d'annonces publicitaires pour Audi. Il aperçut enfin un dossier rouge avec le titre « CHINE » marqué au feutre noir. Mais la découverte ne tint pas ses promesses : l'article Wikipédia consacré à la Chine, qui rappela à Tugdual ses plus belles heures au cabinet, diverses annonces de l'office du tourisme chinois, des cartes des provinces de la Chine, des listes de plats chinois, le top dix des meilleurs restaurants chinois à Paris... Enfin, un cahier d'apprentissage de la langue chinoise. La plupart des pages étaient déchirées, comme arrachées dans un mouvement de colère, et sur des dizaines d'autres avait sévi la plume à l'encre rouge d'un fou furieux : « ZOUIN ZOUIN ZOUIN !!! »

À en croire la date qui figurait en haut des pages issues d'Internet, certaines impressions remontaient à cinq ou six ans. Tugdual se faisait la réflexion qu'il y avait bien peu de traces de rapports, lorsqu'il entendit le signal de l'ascenseur arrivant à l'étage...

Il était fichu.

Tugdual fut incapable d'esquisser le moindre mouvement. « Didididi-dadadada. » Aucun doute, c'était Relot. Au moment où ce dernier poussa la porte de son bureau, Laugier, dans un réflexe de survie, se baissa sous la table ronde. En position fœtale, il accompagna du regard les pas de Relot, assortis de son habituel sifflement (« didididi-dadadada »). Il vit les Berluti flambant neuves parcourir la distance de la porte d'entrée au bureau en acajou, entendit des doigts pianoter sur le bois (« tagadagadagadac »), un stylo qu'on décapuchonnait et encapuchonnait frénétiquement (« clip, clip, clip ! ») puis une voix déclarer qu'il y avait du boulot avec tout ce qu'avait raqué le père Dong, ding, ding, dong ! Le souffle coupé, les membres atrophiés et la tête incommodément tordue à l'horizontale, Tugdual vit les souliers vernis repartir dans le sens inverse, disparaître dans l'embrasure de la porte et, quelques secondes plus tard, il entendit nettement des toilettes un cacophonique numéro de claquettes qui lui rappela soudainement le marbre du Lutetia (« clap, clap, clap ! »).

Avait-il le temps de rejoindre l'ascenseur ? Il hésita. La chasse d'eau apporta une réponse négative à son interrogation. Il ne lui restait qu'une seule solution : le bureau voisin.

Seul dans la pièce, Tugdual fut troublé par la quiétude des lieux, surtout après avoir quitté l'indescriptible fatras de Relot. Aucune feuille n'était visible, et les rares dossiers qui trônaient sur les étagères étaient alignés si parfaitement qu'ils paraissaient collés entre eux, ne formant qu'un long accordéon de carton. S'il restait ainsi, l'oreille collée à la porte, il pourrait s'assurer de la présence de Relot dans son bureau et tenter une évasion vers l'ascenseur dès que ce dernier serait au téléphone. Mais si, pour une raison ou pour une autre, Relot pénétrait dans le bureau de son voisin, alors il était fait comme un rat. Valait-il mieux se calfeutrer dans le cagibi du fond, dont les lamelles du store devaient suffire à le dissimuler?

« Chuang-Mu, entendit-il distinctement du bureau de Relot dont la porte était restée ouverte, où êtes-vous ? »

C'était maintenant ou jamais. Après s'être assuré que Relot continuait sa conversation téléphonique, Tugdual se précipita dans le couloir et appela l'ascenseur comme il aurait demandé l'aide du Ciel. Les câbles s'activèrent et il suivit sur le fronton lumineux l'interminable progression depuis le rez-de-chaussée jusqu'au huitième étage... « Ding ! » entendit-il enfin au moment où les portes s'apprêtaient à s'ouvrir.

« Ah ! Enfin quelqu'un dans cette maison de fous ! »

Relot se levait de sa chaise. Tugdual se précipita de nouveau dans le bureau qu'il venait de quitter, se dirigea à pas feutrés vers le cagibi du fond de la pièce et s'assura que rien n'était visible de ce qui pouvait se tramer à l'intérieur. En y pénétrant, il fut soulagé de constater que le réduit était relativement spacieux.

Dans l'attente que la matinée passât et qu'une nouvelle possibilité d'évasion se présentât à lui, Tugdual songea un instant que les policiers avaient pu se lancer sur une mauvaise piste. Le cabinet Michard avait-il véritablement quelque chose à se reprocher ? Il venait d'inspecter le bureau de Relot de fond en comble et, s'il n'avait rien découvert de très professionnel, il n'avait rien repéré non plus qui fût illégal. Relot n'était peut-être rien d'autre qu'un génie désordonné qui puisait sa culture dans l'Internet, ô source intarissable...

La porte du bureau s'ouvrit.

Tugdual se redressa sur ses pattes comme un écureuil à qui l'on tend une noisette. Sa vision de la pièce, entrecoupée par les lamelles du store, lui permit néanmoins de reconnaître la silhouette de Chuang-Mu, la secrétaire de Relot, laquelle entra et referma la porte avant de composer un numéro sur son téléphone portable.

« Il est là. Oui, et excité comme une puce... À votre avis, Jean-Paul ? Pour fanfaronner sur les cinq millions... Il n'arrête pas. Oh, le cirque habituel... Sinon, je lui dis que vous êtes en réunion, mais s'il ne voit personne les rares fois où il vient, il va finir par se méfier... Comme vous êtes à Paris, profitez-en pour passer, ce serait mieux... Ok, parfait. À tout de suite. »

Chuang-Mu sortit de la pièce.

Ainsi, Relot était tenu à l'écart de certaines cachotteries du cabinet Michard. Et qui était ce Jean-Paul auquel se confiait Chuang-Mu et qui ferait son apparition d'une minute à l'autre ? Mais si le fameux Jean-Paul arrivait au cabinet, n'allait-il pas s'installer ici, dans ce bureau, en face du cagibi à l'intérieur duquel se cachait Tugdual ?

Un homme entra, visage glabre, lunettes rondes et imperméable beige de mi-saison. Tugdual craignit un moment qu'il voulût ranger son vêtement dans le cagibi mais fut soulagé de voir qu'il le déposait sur le dossier de son siège, face au bureau. L'homme sortit un paquet de sa poche, y piocha un mouchoir et essuya le verre de ses lunettes dans une inspiration sonore. Il replaça ses lunettes sur le bout de son nez, joignit les mains devant sa bouche et se mit à méditer. Tugdual, transi de peur, immobile, dressé sur ses pattes d'écureuil impotent, observait l'homme muet dont l'enveloppe corporelle avait été abandonnée là, pliée dans un fauteuil, coudes sur le bureau, mains jointes et regard flasque.

Au loin, Tugdual entendait Chuang-Mu faire des allers-retours entre son bureau et celui de Relot, qui ne cessait de la solliciter.

« Jean-Paul n'est toujours pas arrivé ou quoi ? entendit-il derrière la porte en même temps qu'elle s'ouvrait. Ah bah te voilà, Jean-Paul ! Désolé, je ne t'ai pas vu arriver. Faut dire que je suis là depuis 7 heures ce matin, alors je ne fais pas forcément attention. Quand tu te pointes, ça fait trois bonnes heures que je turbine. Enfin, on tire tous dans le même sens, comme tu dis.

— Exactement, Bertrand, lui répondit Jean-Paul, imperturbable.

— Tu ne me demandes pas comment s'est passé mon déjeuner avec Dong ?

— Comment s'est passé ton déjeuner avec Dong, Bertrand ?

— Oh, pas mal, pas mal..., répondit Relot en se mordant la lèvre inférieure. Pas mal du tout même. Tu n'es pas au courant ? Allez, devinette : combien crois-tu que j'aie rapporté au cabinet à l'issue de mon déjeuner avec Dong ?

— Cinq millions ?

— Dans le mille, Jean-Paul ! Cinq millions ! D'un seul coup d'un seul. Comme ça, en un déjeuner. Tu l'aurais vu, le Dong : ébahi, comme d'habitude quand il me demande conseil. Trois millions pour les rapports achevés et deux pour les prochains. Ou l'inverse, je sais plus.

— Mes félicitations, Bertrand. Je suis impressionné.

— Ah, tu vois, hein ? J'ai arrêté mes conneries. Tu sais, ce que les condés ont trouvé sur moi la dernière fois, c'était juste pour essayer, hein. C'est pas un junky, le Relot. C'est gentil à ton avocat d'être venu, en tout cas. Il a tout arrangé, Jounneau. Tu le remercieras encore de ma part. Et puis, aussitôt je suis reparti du bon pied. Un déjeuner avec Dong, et vlan ! Cinq millions dans ma besace. Dans celle du cabinet d'ailleurs. Et dans la tienne aussi, bien sûr !

— On tire tous dans le même sens, Bertrand. Merci pour ton travail, sincèrement.

— Y a pas de quoi. Relot fait son boulot. C'est ton tonton qui aurait été fier de moi, hein ?

— Archibald serait très honoré de savoir que le cabinet qui porte son nom, et le mien, te compte parmi ses éléments.

— Dommage qu'il soit mort, dis donc. Les autres sont au courant ?

— Quels autres ?

— Bah, les associés, cette bande de crabes.

— Non, tu sais, ils sont toujours chez le client.

— Tu parles, oui, ils ne foutent rien. Personne n'est au bureau.

— Tu n'y es pas souvent non plus, Bertrand.

— Moi... ?

— Parce que tu es chez le client, n'est-ce pas ?

— Parfaitement, Jean-Paul. Toujours en vadrouille chez le client. Parce qu'un client content, c'est un client qui revient ! Allez, fini de papoter. Je retourne au turbin. D'abord, je vais prendre un petit café à l'étage du dessous.

Ça doit être au moins le sixième de la matinée. Eh oui, ça bosse, chez Relot!

— Tu sais qu'il y a une machine à café dans le bureau de Chuang-Mu...

— Je préfère descendre. Ça me permet de voir un peu les consultants, leur tirer les oreilles quand ils ne glandent rien, les féliciter quand ils bossent, jouer au père Fouettard en quelque sorte.

— Dans ce cas, bon café!»

Relot quitta la pièce.

«Je vous l'avais dit, il est en forme, annonça Chiang-Mu en entrant dans le bureau quelques instants plus tard.

— Que voulez-vous, Chuang-Mu, il a de quoi être fier. N'a-t-il pas rapporté cinq millions au cabinet Michard?»

Engoncé dans la pénombre de son cagibi, recroquevillant sa grande carcasse, Tugdual assista alors à une scène étonnante où Chuang-Mu et Jean-Paul, dont il venait d'apprendre qu'il était le neveu du fondateur du cabinet Michard, échangèrent des rires sardoniques.

«Et vous n'avez pas tout vu. Jetez donc un œil à la facturation de l'autre timbré...»

Jean-Paul Michard se saisit des feuilles que lui tendait Chuang-Mu, rajusta ses lunettes et lut ce qui semblait être un tableau, d'après ce que pouvait en voir Tugdual du fond de sa planque.

«Non mais qu'est-ce que...?

— Aucune idée, Jean-Paul. Absolument aucune.

— Mais il a facturé combien d'heures là-dessus?

— Environ deux cent cinquante par mois.

— Non mais quelle maison de fous, quelle maison de fous...»

Et de nouveau, Chuang-Mu et Jean-Paul pouffèrent de concert, avant que Chuang-Mu ne quittât la pièce.

Tugdual passa la matinée contorsionné dans le recoin le plus obscur de son cagibi à lamelles à écouter les frasques de Bertrand Relot, chantonnant, sifflotant, commentant chacun de ses faits et gestes, et parlant si fort que malgré un mur et une porte close Tugdual n'en manquait pas une bribe. « Ding, ding, dong ! », « J'ai hâte de voir la tronche de Renard ! », « Relot dix fois plus, Renard dix fois moins », « Didididi-dadadadada ! »...

Jean-Paul Michard, quant à lui, n'avait pas modifié sa position depuis qu'il s'était assis à son bureau : les coudes sur la table, les mains jointes sous son nez, le regard atone entre le verre de ses lunettes et l'infini, en apesanteur, hors du monde. L'écran d'ordinateur qui lui faisait face était noir et, sur son bureau, seules les feuilles que Chuang-Mu lui avait transmises troublaient la nudité du bois. Bien que perclus d'inquiétude, Tugdual se surprit à ressentir de l'excitation. Il y avait bien un mystère au cabinet Michard.

Jean-Paul finit par se lever. Il fit le tour de son bureau, fouilla dans la poche de son imperméable laissé sur le fauteuil, parut surpris de n'y rien trouver, scruta le bureau, puis les feuilles que lui avait données Chuang-Mu. Il se rassit, glissa la main gauche sous les feuilles d'où il retira le paquet de mouchoirs qu'il avait posé là en arrivant. Il se leva à nouveau, se dirigea vers la porte, la verrouilla et vint se rasseoir. Il demeura quelques instants dans cette position, songeur, hésitant. Puis, il déplia son mouchoir en papier et glissa sa main droite sous la table... Témoin involontaire d'un spectacle dont il se serait bien passé, Tugdual découvrit, stupéfait, que le mystère qu'abritait le bureau de Jean-Paul

Michard, associé principal du cabinet du même nom, tête pensante d'un présumé réseau de malfrats, cerveau d'une conspiration planétaire, n'était rien d'autre que le secret honteux de l'humanité tout entière, si majestueuse dans ses vœux et pourtant si prompte à se satisfaire commodément de ce pitoyable roulis de chair, cet absolu à portée de main, ce sublime fugace, aveugle et solitaire. Interdit, nauséeux, gêné par ce qu'il voyait, honteux d'avoir espéré de grandes choses, Tugdual ferma les paupières, s'efforçant de penser à ses propres avalements de cravate ou à ses concerts sur joues, et ne les rouvrit que pour voir Jean-Paul se diriger vers la corbeille et y jeter son mouchoir plein.

À midi moins le quart, Relot entra de nouveau dans le bureau de Jean-Paul, qui venait de déverrouiller la porte.

« Je vais déjeuner, pour info.

— Ok, de mon côté, je serai en rendez-vous client cette après-midi. Je te souhaite un très bon appétit, Bertrand.

— Merci! Je déjeune avec mon vieux copain Renard. Un copain de trente ans. On s'est rencontrés à la fac, pour tout te dire. Et depuis, on est restés les mêmes. Évidemment, c'est pas Renard qui rapporte cinq millions à sa boîte! Mais entre nous ça ne change rien. Sauf que c'est Relot qui paie l'addition bien sûr, parce que Renard touche dix fois moins. Allez, je file!

— Ah, pardon, juste une chose, Bertrand...

— Oui?

— Hum... Eh bien... ça te dit quelque chose le nom de... Grandibert?

— Grandibert? Tu le connais?

— Non, pas vraiment, juste entendu parler.

— Ah bah ça alors! C'est un drôle de type que j'ai connu à la fac, avec Renard justement. Un type très grand, avec des lunettes rondes, pas rigolo du tout. Un polard, quoi. Mais tu le connais comment?

— À vrai dire, je ne le connais pas. J'en ai juste entendu parler lors d'un dîner, parce que mon interlocuteur savait sans doute que vous étiez à la fac ensemble...

— Alors comme ça on parle de Relot dans tes dîners?

— Parfois, ça arrive. Tu es connu du monde des affaires, tu sais.

— Connu du monde des affaires, tu dis?

— Enfin, ne fais pas le modeste, Bertrand.

— C'est vrai qu'avec les millions que je rapporte au cabinet! Eh ben tu salueras Grandibert si tu le vois, même si c'est pas un rigolo!

— Je n'y manquerai pas. Mais il n'a rien à voir avec le cabinet, hein?

— Grandibert? Bah non, pourquoi?

— Non, non. J'ai dû mal comprendre.

— En revanche, il y avait un consultant au cabinet qui lui ressemblait drôlement! Comme j'oubliais toujours son nom, je l'appelais Grandibert. Faut pas lui dire, hein? Parce que c'est pas un compliment. Enfin, il a dû partir parce que ça fait longtemps que je ne l'ai pas vu. Dommage d'ailleurs, parce qu'il m'avait fait un super rapport. Bien présenté, et rédigé comme un PV d'huissier. "Attendu que... Attendu que..."

— Tu ne sais plus comment il s'appelle, ce consultant?

— Aucune idée, non. Mais la même silhouette que Grandibert, un binoclard comme lui. Plus jeune évidemment mais qu'avait l'air déjà vieux. Allez, je file, ça fait cinq heures que je turbine, moi! Grandibert, ça alors...»

Chuang-Mu entra à son tour.

« Vous repassez cette après-midi ?

— Non, j'ai dit à Relot que j'étais en rendez-vous à l'extérieur, ce qui n'est pas faux puisque je dois voir Zhou.

— Zhou est à Paris ?

— Oui, pour quelques jours. La situation en Chine commence à devenir tendue. Zhou prépare sa sortie. Je vous tiendrai au courant.

— Oui, reparlons-en. Je reste un peu cette après-midi mais je doute que Relot revienne après son déjeuner.

— Ça m'étonnerait grandement, en effet. Maintenant qu'il est passé au bureau pour crier sur tous les toits qu'il avait rapporté cinq millions au cabinet, il n'a plus d'intérêt à revenir.

— Tant mieux, parce que sinon je vais finir par l'étrangler.

— Pourtant, on ne peut pas dire que sa présence vous oblige à venir souvent, Chuang-Mu...

— C'est sûr, mais même deux matinées par mois c'est au-dessus de mes forces.

— Bon, j'y vais. Je vous tiens au courant après mon rendez-vous avec Zhou. On a du boulot si on veut faire les choses bien. »

Jean-Paul sortit à la suite de Chuang-Mu. Tugdual commença à respirer un peu mieux, tendant l'oreille pour savoir s'il y avait encore de l'agitation dans le couloir. Jean-Paul avait annoncé son départ, mais Chuang-Mu était-elle encore présente ? Tugdual ne pouvait pas attendre jusqu'au soir. Il risquait d'être repéré à tout moment et, s'il ne l'était pas, il finirait par mourir asphyxié dans ce cagibi. Le plus prudemment du monde, il finit par s'extraire de sa cachette, le col de sa chemise humide de sueur. Une fois dans le bureau, il ne résista pas à la curiosité de lire les feuilles que Chuang-Mu avait remises à Jean-Paul et qui étaient restées sur sa table. L'ouïe toujours en alerte, il découvrit l'intitulé de la première page : « Heures facturables – Hubert Legoff ». Tugdual reconnut les tableaux de facturation du cabinet sur lesquels étaient retracées l'ensemble des prestations remplies par ledit Hubert Legoff au cours des mois de mars, avril et mai 2008. Pendant trois mois, Hubert Legoff avait travaillé douze heures par jour et ne s'était consacré qu'à une seule et unique tâche : « Recherche sur l'individu Grandibert dans le cadre du rapport chinois ».

Tugdual ouvrit la porte sans faire aucun bruit, s'assura que le couloir fût désert, la referma, se dirigea à pas feutrés vers l'ascenseur, y pénétra, appuya enfin sur le bouton du septième étage mais, au moment où les portes se refermaient, le visage de Chuang-Mu lui apparut.

« Bonjour, Chuang-Mu. Je sais que je ne dois pas monter à cet étage mais je cherchais Bertrand Relot. Mon rapport...

— Bonjour, Tugdual. Oui, votre rapport ?

— Il faut que je le donne au service des Archives. »

Chuang-Mu parut surprise.

« Oui, c'est la procédure. Les rapports sont toujours conservés confidentiellement aux Archives.

— Absolument. Envoyez-le-moi par mail et je m'en charge. Je le ferai imprimer et je le déposerai aux Archives.

— Oh, je peux le déposer moi-même. »

Chuang-Mu l'examina avec un sourire figé qui lui rappelait celui des deux intervenants lors du séminaire de formation.

« Non, Tugdual, vous connaissez la procédure, n'est-ce pas ?

— Oui, bien sûr, lui confirma Tugdual, qui n'avait jamais eu l'occasion de la connaître, faute de rapport jusque-là.

— Alors, envoyez-le-moi par mail et je m'en occupe, lui répéta-t-elle en lui tendant un Post-it sur lequel elle avait inscrit une adresse mail.

— Entendu », conclut Tugdual avant de quitter l'étage, éprouvant un soulagement proche de la résurrection.

12

« Bruno Foule, Parquet financier ».

Bruno Foule relut une nouvelle fois le décret de nomination. Il n'y avait pas d'erreur, c'était bien lui. Il replaça sa mèche, se positionna de trois quarts et, du coin de l'œil, examina son profil dans le reflet de la vitre. « Bruno Foule, Parquet financier. » Le substitut du procureur fit quelques pas dans son bureau pour entendre ses semelles claquer contre le parquet. Il s'empara d'un journal qu'il ouvrit instantanément aux pages saumon. « AIG va coopérer avec la SEC ». Le ton de l'article laissait entendre qu'une coopération aussi contre nature prouvait que la situation était dramatique.

« Bonjour, monsieur le procureur, entendit-il à la porte.

— Ah, bonjour, commissaire !

— Je vois que je vous dérange en plein travail ! ironisa Brigitte Fratelli.

— Vous me prenez en flagrant délit de procrastination. Enfin, il faut bien se tenir au courant de ce qui se passe dans le monde, n'est-ce pas ?

— Exactement, d'autant que le monde ne va pas bien, à ce que j'en ai compris.

— Oh que non ! Je sens que cette crise des *subprimes* va nous retomber dessus très prochainement...

— Vous y comprenez quelque chose, vous, à tout ça ?

— La crise ? Dans ma situation, il le faut bien. Et j'en comprends suffisamment pour savoir que certains se sont fait beaucoup d'argent sur le dos de pauvres gens et que ces pauvres gens, ce sont vous et moi, commissaire.

— Eh bien, qu'ils ne comptent pas sur mon salaire de misère pour réparer les pots cassés ! dit-elle en éclatant de rire. Vous pensez que ça va avoir de fortes répercussions en France ?

— Hélas oui. Ce n'est plus seulement une crise des *subprimes*, c'est une crise bancaire. Et ça risque de se transformer en crise mondiale. Tout le monde est endetté, alors il suffit qu'un seul ne puisse pas rembourser et c'est l'effet domino. AIG vient d'annoncer qu'il allait coopérer avec la SEC. Une association aussi contre nature prouve bien que la situation est dramatique...

— Ah, ce n'est pas bon, ça ?

— Non, hélas. Et je ne vais pas tarder à mettre les mains dedans. Je viens de recevoir ma nomination au Parquet financier.

— Mes félicitations.

— Oh, ce n'est rien de plus qu'un changement de poste.

— Vous risquez de plonger au cœur de la crise. J'espère que vous y comprenez plus de choses que moi en tout cas...

— J'y suis bien obligé. »

Le substitut du procureur Bruno Foule, pas encore en poste au Parquet financier mais déjà désireux de légitimer sa nomination, se lança dans une grande tirade sur la crise économique mondiale, qui d'une crise des *subprimes* était devenue une crise bancaire à cause des prêts interbancaires dont beaucoup risquaient de ne pas être remboursés parce que certaines banques avaient acquis trop de crédits pourris en pensant faire plein d'argent mais qui, appâtées par le gain, ne s'étaient pas rendu compte qu'ils étaient pourris, et avaient acquis des CDO notés triple A alors que – il fallait le croire – ils auraient amplement mérité un triple Z, et que les agences de notation ne s'étaient pas embêtées à faire leur boulot et avaient surtout cherché à faire du fric, du fric, encore du fric, même si tout cela restait encore à tirer parfaitement au clair. Et il n'était pas grand le pas à franchir avant que la crise bancaire ne devînt aussi une crise de la dette publique, ce qui serait encore plus grave parce que si l'on parlait de dette publique, eh bien c'étaient les États qui étaient concernés, et qui disait État disait *administrés* ou *citoyens*, ou *contribuables* – bref, le bon peuple – et lui n'aurait pas aimé se trouver endetté jusqu'au cou en ce moment parce que avec la crise qui couvait, les prochaines années s'annonçaient pour le moins difficiles. Et – il fallait le croire – on n'avait encore rien vu. Mais le problème était plus vaste que les *subprimes*, les États-Unis ou même la dette publique. Le problème était celui du monde de la finance et lui, Bruno Foule, n'allait pas hésiter à ruer dans les brancards, quitte à heurter les sensibilités de certains au-dessus de lui. Les responsables allaient payer – il fallait le croire – et il avait hâte de remplir sa prochaine mission pour que le petit peuple – c'est-à-dire la commissaire Fratelli et lui-même, tout substitut du procureur qu'il était – ne soit pas contraint de payer les pots cassés par d'autres (les puissances financières) qui n'avaient pas hésité à spéculer sur des choses aussi importantes que des prêts immobiliers (autrement dit, le toit des gens) et des fonds de pension (autrement dit, les retraites de ces mêmes gens). Et il ajouta que tout était évidemment plus compliqué qu'il n'y paraissait et que des heures de discussions n'auraient pas suffi pour en venir à bout.

« Enfin, dit la commissaire pour mettre un terme à l'envolée du substitut du procureur, je m'y connais mieux en stups qu'en finance. Et heureusement, d'ailleurs ! Même si avec l'affaire Chinagora les deux mondes s'entremêlent, ce qui devrait vous faire plaisir en attendant votre prise de fonction au Parquet financier.

— J'ai parfois l'impression que le monde de la finance n'est pas tellement mieux que celui des narcotrafiquants. Mais parlez-moi du cabinet Michard. Dites-moi tout, commissaire.

— Bien. Tout a commencé par un signalement au fisc. Une dénonciation anonyme à propos d'un certain Bertrand Relot. D'habitude, ils ne prêtent pas attention aux dénonciations anonymes, surtout que celle-ci disait seulement que le train de vie dudit Relot ne correspondait pas à ses heures passées au bureau et qu'il avait toujours de la drogue sur lui. Mais comme le fisc avait déjà repéré quelques bizarreries sur ses comptes, ils s'y sont intéressés de plus près. En gros, après un passage en Chine, le type est redevenu résident fiscal en France en 2002 ou 2003, et à partir de 2004 ou 2005 ses revenus annuels sont passés d'environ soixante-quinze mille à cinq ou six cent mille euros. Ils ont commencé à enquêter auprès de sa banque et se sont rendu compte qu'il retirait beaucoup de cash d'un compte joint qu'il détient avec sa femme, qui est chinoise. Parallèlement, ils se sont renseignés auprès de nous pour connaître ses antécédents et il est ressorti que Relot se faisait régulièrement interpeller pour alcool au volant et consommation de stupéfiants...

— J'ai sorti son casier judiciaire, en effet. Il a trois condamnations. Une pour consommation, deux pour conduite en état d'ébriété. Des peines d'amende à chaque fois, et un stage de sensibilisation.

— Sans compter que, depuis qu'on le suit, il s'est fait interpeller à trois reprises, et chaque fois on a trouvé de la méthamphétamine sur lui, et beaucoup d'espèces. Deux ou trois mille euros. On a demandé aux collègues de ne pas le poursuivre pour ne pas perturber l'enquête. Mais, chaque chose en son temps.

— Oui, pardon, reprenez.

— Deux types du fisc l'ont suivi toute une semaine pour observer ce qu'il faisait de ses journées. Et savez-vous combien de fois il s'est rendu au bureau en une semaine ?

— Dites-moi.

— Zéro. Jamais foutu les pieds au cabinet Michard alors qu'il touche six cent mille euros par an.

— C'est un cabinet de conseil, n'est-ce pas ?

— Tout à fait. Qui a bonne réputation, fondé par Archibald Michard en 1979. Ils sont spécialisés dans l'implantation des sociétés asiatiques en Europe.

— Il pouvait être chez ses clients, non ?

— Jamais. Comme le fisc a soupçonné un trafic de grande ampleur, ils nous ont refilé le bébé. Depuis qu'on le suit, c'est-à-dire depuis plus de deux mois, il n'est venu que deux fois au cabinet, pour quelques heures, et n'a eu qu'un seul rendez-vous professionnel. Avec un certain M. Dong à l'hôtel Chinagora, d'où le nom du dossier. Le reste du temps, il passe ses journées soit chez lui, soit au bistrot d'en face, soit dans un autre situé aux Halles, chez Lulu, et beaucoup de ses nuits dans un bar qui s'appelle chez Carmen, bien connu des camés.

— Ce Dong, c'est le client dont vous m'avez parlé au téléphone ?

— C'est ça, monsieur le procureur. On a appris que Relot avait facturé cinq millions d'euros à Dong, comme ça, en un déjeuner.

— Pour une mission de conseil ?

— Pour un rapport sur la croissance chinoise qu'on s'est procuré.

— Et alors ?

— Alors, c'est un rapport fictif. Il n'y a rien. Que du vent. Blablablabla pendant mille pages.

— Que du vent ? Sauf votre respect, vous n'êtes pas consultante, commissaire. Comment pouvez-vous être si sûre que c'est un rapport fictif ?

— Tenez, je vous le prête, comme ça vous vous ferez votre propre idée, dit-elle en déposant les mille quatre-vingt-quatre pages du rapport chinois sur le bureau du substitut.

— Mais qu'est-ce que c'est que ce truc ?

— Le rapport chinois.

— Ça consiste en quoi ?

— Oh, une petite analyse bien synthétique à propos des perspectives de croissance chinoise sur le marché français. Vous allez voir, c'est passionnant.

— Comment vous l'êtes-vous procuré ?

— À la fin de leur déjeuner, après avoir payé cinq millions d'euros pour ce rapport, Dong l'a simplement oublié sur la table...

— Comment ça ? Dong paie cinq millions pour un rapport qu'il oublie sur la table ? Et Relot laisse faire ?

— Parfaitement.

— Mais il est complètement idiot ?

— Méfions-nous, monsieur le procureur. Il joue un double jeu à mon avis. Vous avez vu *Usual Suspects*?

— Il y a longtemps, oui. Vous allez me dire que votre Relot est Keyser Söze, c'est ça?

— Je crois bien que oui. On ne peut pas être totalement crétin quand on rapporte cinq millions d'euros en un seul déjeuner. Croyez-moi, c'est un cerveau!

— Vous m'avez dit que c'était de la méthamphétamine que l'on trouvait sur lui à chaque interpellation?

— C'est exact.

— C'est la drogue qui rend fou, n'est-ce pas?

— Affirmatif. Le *crystal meth*. Les Thaïlandais appellent ça le *yaaba*, le médicament qui rend fou.

— Vous avez fait d'autres investigations?

— Des écoutes téléphoniques sur son portable. Mais ça n'a pas donné grand-chose, ce qui démontre qu'il n'est pas si demeuré…

— Ou qu'il n'est pas un baron de la drogue, c'est selon.

— Nous verrons, monsieur le procureur, nous verrons. Mais ce n'est pas tout… Il a fallu qu'on voie la situation de l'intérieur.

— Vous êtes entrés chez Michard?

— Pas directement. On s'est simplement acoquinés avec un type de chez eux. Un jeune qui n'est pas dans la combine. Tugdual Laugier. Bête comme une valise sans poignée.

— Ce sont de drôles de méthodes, commissaire…

— Sauf votre respect, vous êtes encore jeune, monsieur le substitut, répliqua Brigitte Fratelli, qui se fit un plaisir d'employer à son tour l'expression *sauf votre respect* et d'insister sur le *substitut*. On est bien obligés de prendre quelques risques et d'agir parfois de manière pragmatique.

— Et vous en êtes où, commissaire?

— Pour le moment, j'ai acquis la certitude que le cabinet Michard est une coquille vide qui ne sert qu'à faire transiter et blanchir l'argent sale de Dong. Mais ce n'est pas tout...

— Vous avez enquêté sur Dong SAS ?

— Parfaitement. On a même visité les locaux.

— Ne me dites pas que vous avez fait une perquisition sauvage ?

— On a juste envoyé un agent se faire passer pour un client. La boutique est quasiment toujours fermée et elle fait trois mètres carrés.

— Dong SAS est aussi une coquille vide ?

— Ils doivent vendre trois Atari chaque année, alors qu'ils sont censés acheter plein de matos à Lee Holding. La boutique de Dong SAS est une boîte aux lettres derrière une vitrine poussiéreuse. Mais ça marche bien : ils font un chiffre de vingt millions par an ! Pas de bureaux, pas de site Internet, juste une boutique fumeuse dans le 13e qui sert de domiciliation. »

Le substitut du procureur s'enfonça dans son fauteuil. Il lorgna son reflet dans la vitre derrière laquelle il apercevait le bras de la Seine enlaçant l'île de la Cité. Il n'était pas d'humeur à écouter les péroraisons de la commissaire Fratelli mais à scruter son reflet sur la fenêtre en repensant au décret de nomination.

« Il y a sans doute du blanchiment et de la fraude fiscale, finit-il par concéder pour ne pas perdre le fil, mais sur la drogue il n'y a pas grand-chose hormis la méthamphétamine qu'on trouve sur Relot, sans doute pour sa consommation personnelle...

— S'il n'y a pas de stups dans cette histoire, expliquez-moi ce que Dong SAS importe par cargo de Chine en passant par la Thaïlande ? On a demandé à nos collègues de Marseille de vérifier auprès des douanes et des dockers. Ils ont confirmé qu'il y avait bien des cargos qui arrivaient régulièrement, avec de grands bandeaux "Dong SAS" sur tout le navire. Et finalement, sur le bateau il n'y a qu'un ou deux conteneurs pour Dong, tout le reste appartient à d'autres sociétés.

— Ils achemineraient la drogue sur des navires commerciaux avec des grandes banderoles à leur nom pour attirer l'attention ?

— Justement. Plus c'est gros, plus ça passe. Croyez mon instinct de rombière des stups, monsieur le substitut, ce dossier est immense ! Dong SAS sert à acheminer la dope par cargo à Marseille, planquée dans des vieux ordinateurs, ou que sais-je encore, et ensuite elle doit être remontée par camion vers Paris et stockée chez Michard.

— Chez Michard ?

— Affirmatif. Notre apprenti espion nous a appris qu'il y avait chez Michard des archives qui étaient mieux gardées que Fort Knox, officiellement pour conserver les rapports confidentiels.

— C'est peut-être le cas ?

— Sauf que leurs rapports fumeux, ils les oublient sur la table au sortir de leur déjeuner trop arrosé. Quoi de plus insoupçonnable qu'un cabinet de conseil qui a pignon sur rue ?

— Certes... Mais il manque le blanchiment, dans votre histoire. Qui transforme l'argent sale des stups en monnaie scripturale ?

— Monsieur le substitut, si je viens vous voir c'est justement pour que l'on passe la seconde, et que l'on commence à envisager des interpellations et des perquisitions...

— Vous n'avez pas eu beaucoup besoin de moi jusqu'ici...

— Je voudrais seulement savoir si on a l'appui du Parquet pour la suite.

— Je me pose la question du blanchiment...

— Il nous manque plusieurs pièces du puzzle, c'est certain. Mais il est tout à fait possible que les espèces soient blanchies par un autre circuit et que le cabinet Michard ne soit là que pour faire transiter l'argent et le rendre *intraçable*.

— C'est probable, en effet. »

Il était temps d'en finir, le soleil n'allait pas tarder à s'éclipser derrière le mur du bureau, et avec lui son reflet sur la vitre.

« Bon, eh bien dans ce cas, interpellez Relot un soir quand il conduira ivre et, si vous trouvez de la drogue sur lui, mettez-le en garde à vue. Le lendemain matin, vous ferez une perquisition chez Michard. Bureaux, archives, tout ce que vous voulez. Et ensuite, on ouvrira une instruction, et vous bosserez sur commission rogatoire du juge. »

Brigitte Fratelli sortit enfin du bureau. Le substitut du procureur se leva, soupira, referma la porte, qu'il prit soin de verrouiller. Il se tourna ensuite en direction de la fenêtre derrière laquelle le soleil commençait à décroître pour se contempler dans les eaux de la Seine. Il se recoiffa délicatement, prit une allure assurée, redressa sa silhouette. « Bruno Foule, Parquet financier de Paris. » Son plaisir, néanmoins, fut teinté d'une lassitude amère et inattendue. Sur son bureau, il y avait le rapport chinois que venait de lui apporter la commissaire. Il jeta un œil inquiet aux mille quatre-vingt-quatre pages de cet étrange objet et ressentit une irrépressible envie de pleurer.

13

« Une coquille vide ! » En sortant du 36, quai des Orfèvres, et bien qu'il n'eût pas bu une goutte d'alcool depuis sa mémorable cuite, Tugdual Laugier sentit sa perception du monde devenir vaporeuse, au point qu'il ne remarqua pas la pluie qui tombait. Qu'est-ce que ça voulait dire, une *coquille vide* ? « Une société qui n'a pas d'activité réelle, mais qui sert à détenir des comptes bancaires et à brouiller les pistes », lui avait répondu la commissaire.

Tiens donc ! Trois ans et demi qu'il était consultant chez Michard, et voilà qu'il s'entendait dire par un flic qui ne connaissait rien aux affaires – une bonne femme de surcroît ! – qu'il travaillait dans une coquille vide. Ça par exemple ! Et pourquoi ne pas demander son avis à Mathilde, pendant qu'on y était ? Avec cette crise, le monde marchait sur la tête. Il fallait toujours taper sur les puissants dont on prétendait qu'ils brassaient des millions en se tournant les pouces. Croyaient-ils sincèrement qu'on le payait sept mille euros pour peigner la girafe ? que l'on rédigeait mille pages de rapport en un claquement de doigts ? Un « rapport fictif » ? Qu'est-ce que ça signifiait, un *rapport fictif* ? « J'aime mieux vous dire qu'un rapport de mille pages, ça n'a rien de fictif! avait-il pourtant averti la commissaire. Mille quatre-vingt-quatre pages précisément. Cinq ou six kilos, ça pèse son poids, croyez-moi!»

La commissaire avait bien essayé de nier l'évidence en lui expliquant qu'elle ne mettait pas en cause l'existence physique des rapports, ni même leur contenu, mais simplement leur utilité. «Officiellement, Dong achète des rapports. Officieusement, ces rapports sont fictifs et tout porte à croire qu'il blanchit de l'argent.»

Un rapport fictif? Mille pages fictives? Tolstoï s'était-il déjà entendu dire que les deux mille pages de *Guerre et Paix* étaient fictives, au même titre que son rapport? Et encore, Tolstoï n'avait pas rédigé ses deux mille pages sur un format A4. Le rapport chinois, c'était du A4. *Guerre et Paix*, c'était du A5. La différence était de taille. Là n'était pas la question, bien sûr, mais oser dire que l'œuvre d'une vie était *fictive*, c'était lui assener un sacré coup derrière la nuque. Qu'en aurait pensé Tolstoï? Tugdual s'était-il permis de juger le travail de la commissaire Fratelli? Parce qu'il en aurait eu des choses à dire sur le travail de la police. La délinquance ne cessait d'augmenter, le crime ne s'était jamais porté si bien et personne ne respectait plus l'uniforme, que d'ailleurs – cause ou conséquence? – les flics ne portaient plus. «Alors, commissaire, votre travail ne serait-il pas un peu fictif?» Voilà ce qu'il aurait dû lui répondre.

«On soupçonne le cabinet Michard d'émettre de fausses factures pour que Dong puisse virer de l'argent sur le compte de Michard. Ça s'appelle de la facturation fictive ou de la surfacturation», lui avait-elle encore expliqué.

De la «facturation fictive»? Allons donc. Tout était fictif décidément! Des sociétés fictives, des rapports fictifs, des factures fictives... Le cabinet Michard ne vendait ni des pizzas ni des sushis, bon sang de bois! Il vendait une prestation intellectuelle. Cinq millions d'euros pour un rapport de mille pages, cela n'avait rien d'étonnant. Ça faisait du cinq mille euros la page. Certes, c'était une somme rondelette, mais la qualité du rapport justifiait le prix. Chaque page représentait des heures de travail et un investissement personnel colossal qu'une fliquesse – toute commissaire qu'elle fût – ne pouvait mesurer.

« C'est une mise en abyme, un tour d'horizon, lui avait-il pourtant expliqué. C'est l'impulsion qui va lancer la croissance économique chinoise des vingt prochaines années. Des milliards sont en jeu, alors que représentent cinq millions d'euros là-dedans? C'est une goutte d'eau dans l'océan. »

La goutte d'eau lui rappela qu'il pleuvait à torrents. D'une main robotisée, il héla un taxi qui s'arrêta aussitôt sans qu'il pense à se réjouir de ce hasard. Dans le taxi, un économiste expliquait à la radio que le propre d'une bulle spéculative était de gonfler, gonfler, gonfler, jusqu'à ce qu'elle éclatât. Les propos étaient couverts par ceux, sporadiques, du chauffeur qui invectivait l'économiste.

« C'est ça, cause toujours... »

Tout acquis à ses préoccupations de coquille vide et de rapport fictif, Tugdual n'était pas d'humeur à expliquer la crise financière à ce brave homme. Comment la commissaire Fratelli pouvait-elle soupçonner quoi que ce fût d'illégal au cabinet Michard? Il devait bien reconnaître qu'il avait lui-même été surpris par ce qu'il avait eu l'occasion d'espionner au huitième étage : les bureaux fermés, le capharnaüm de Relot, le neveu Michard qui venait soulager ses ardeurs...

« Prends-nous pour des cons... »

Mais Tugdual s'était ensuite rendu aux Archives, aux premières lueurs de l'aube, en toute discrétion, et avait pu constater avec un certain soulagement qu'elles existaient bien.

« Nous prennent vraiment pour des cons, hein ? »

Au sous-sol, il avait fureté dans les couloirs bétonnés avant de tomber sur une porte indiquant « Archives ». La porte était close. Qu'espérait y trouver la commissaire ? De la drogue ? Des métaprotéines, des amphéragoulines, des postamphétamines, de la pénicilline, ou que savait-il encore ? Non. Elle y trouverait des rapports, rien que des rapports. Tugdual avait envoyé le sien à Chuang-Mu et le rapport chinois devait déjà reposer aux Archives, bien en évidence. Ou au contraire, dans un coin discret pour ne pas attirer l'attention. Rien d'anormal concernant les rapports donc. Rien d'anormal non plus concernant les Archives ou le bureau de Relot. Le neveu Michard ? Il ne fichait rien, certes, mais qu'y avait-il de surprenant à cette situation après tout ? Il n'était rien d'autre qu'un héritier, né avec une cuillère d'argent dans la bouche, qui attendait que ses associés fissent le travail à sa place pour en récolter les dividendes. Il était là le scandale du cabinet Michard : le neveu du fondateur était un cochon libidineux qui venait au cabinet lorsque Relot y était pour faire acte de présence. Fin de l'histoire. Seul son collègue du fond du couloir, qui facturait des centaines d'heures à rechercher une vieille connaissance de Relot, l'intriguait encore. Il devait avoir un brin de folie, assurément, mais n'en avait-il pas fallu autant à Christophe Colomb pour découvrir l'Amérique ? Le cabinet Michard n'était que le reflet de la société française : le méritant Relot qui courbait l'échine pour engraisser le parvenu Michard.

« Écoutez-le, non mais écoutez-moi ça, poursuivait le chauffeur, qui se désespérait de voir son client refuser toute interaction. Et ça se croit plus intelligent que tout le monde... »

À la radio, l'économiste expliquait qu'une bulle était une croyance. Plus les gens avaient confiance en elle, plus elle grossissait, mais lorsque la confiance s'étiolait, ce manque de confiance se propageait si vite qu'elle éclatait d'un seul coup.

« Ouais, ouais. Encore un qui est payé pour nous faire gober des conneries. Parce qu'on ne m'ôtera pas de l'idée que cette crise qui nous arrive dessus profite à certains et que c'est toujours aux mêmes.

— Toujours aux mêmes, confirma Tugdual, qui tenait à assurer au chauffeur qu'il appartenait, comme lui, à ceux qui n'en profitaient pas.

— L'argent s'est pas évaporé dans les nuages. Croyez-moi, on finira par savoir un jour où il est passé, tout ce pognon qui a disparu comme un pet sur une toile cirée. L'argent est bien quelque part », conclut-il, prophétique, alors que Tugdual lui tendait un billet de dix euros.

« L'argent est bien quelque part. » Il n'avait jamais envisagé les choses de ce point de vue. Si la crise avait ruiné des millions de gens, c'était qu'ils avaient perdu de l'argent. Or l'argent ne s'était pas envolé comme par magie. Des rapaces peu scrupuleux avaient dû le récupérer et se frottaient les mains en ce moment même. « L'argent est bien quelque part. » Pour sûr ! Mais où était-il ? Dans l'esprit de Tugdual Laugier – expert autoproclamé de la crise des *subprimes*, professeur agrégé en prophéties économiques, docteur *honoris causa* en résolution des questions bancaires, vulgarisateur reconnu du langage financier expliqué à sa fiancée – naquit alors l'idée – *vertigineuse !* – qu'il pût n'avoir rien compris du tout.

— Chérie, c'est moi, annonça-t-il en entrant dans l'appartement.

Il est des sons qui ne montent qu'au cœur et que l'ouïe, toute fine qu'elle soit, est incapable de percevoir. Le bruit du vide. Silence chargé d'absence. Plus d'imperméables sur le portemanteau, plus de chaussures dans le meuble de l'entrée, plus d'affaires dans l'armoire, plus personne pour se réjouir de son retour, plus personne pour l'écouter, plus personne dans sa vie. Plus rien dans l'armoire, plus rien dans les tiroirs, plus personne dans sa couche.

Tugdual refusa d'y croire. Mathilde plus là ? Pourquoi donc ? Partie faire une course ? dîner chez sa mère ? Un pot de départ qui s'éternisait ? Il inspecta de nouveau une par une les preuves de la vile dérobade : point de chaussures, point de manteaux, point d'affaires, point de Mathilde. Mathilde partie ? Partie pour quoi ? Pour un autre ? C'était inconcevable. Mathilde était une fille bien, éduquée, droite, pas de celles qui se laissent conter fleurette. Elle n'était ni volage ni légère. Alors pourquoi ? À cause de lui, Tugdual ? Et comment donc ? Il gagnait sept mille euros par mois, travaillait d'arrache-pied pour la contenter, lui offrait tout ce qu'elle désirait : les draps en satin, le dressing de leur chambre, des vêtements de grandes marques. Il l'invitait régulièrement au restaurant, et récemment à La Tour d'Argent, lui avait offert un repas à quatre cent quatre-vingt-quatre euros – la preuve était dans l'entrée, pour qui en doutait ! –, l'avait emmenée l'été précédent faire le tour des châteaux de la Loire, lui avait fait découvrir des relais et châteaux notés trois étoiles dans le *Guide Michelin*, la baladait dans le quartier chinois, la gâtait autant qu'un mari pouvait gâter sa femme... Il était dans la vie un compagnon stable, équilibré, qui faisait en sorte que Mathilde n'eût à s'occuper de rien.

Mathilde était partie.

Eh bien c'était tant mieux ! Puisque c'était ainsi qu'elle le remerciait, qu'elle lui faisait payer le prix de la sueur et des larmes, c'était bien la preuve qu'elle n'en valait pas la peine. Que croyait-elle, la traîtresse, en quittant le domicile conjugal ? Que Tugdual Laugier, consultant prometteur, allait lui courir après et appeler sa mère en sanglotant ? imiter son bigot de frère et prier Dieu qu'elle revienne ? qu'il se pisserait dans le falzar et pleurnicherait sur son sort ? qu'il ramperait à ses pieds, la supplierait de revenir ? Jamais ! Tout ce pathos le faisait rire.

« Ahahaha ! »

D'ailleurs, il riait.

« Alors, ma chère Mathilde, on croyait qu'on allait m'abattre ! hurla-t-il dans son appartement déserté. Même pas mal ! Nous ne sommes pas faits du même bois, chère enfant ! Pas du même bois, tu m'entends ? »

Et puisqu'elle avait décidé de partir, de cracher sur leur vie, de l'éclabousser de son ingratitude, Tugdual allait le lui faire payer à sa manière. Le visage dur et déterminé, il pénétra dans la cuisine, en quête de vengeance. Il ouvrit le réfrigérateur et s'aperçut, avec une infinie colère, qu'avant de partir Mathilde avait fait les courses. Que croyait-elle ? Qu'il ne saurait s'en sortir sans elle ?

« Rien de rien ! Je ne lui dois rien ! »

Tugdual se saisit d'un sac-poubelle et y jeta tout ce que contenait le réfrigérateur. Fromages, yaourts, viande sous vide, fruits, légumes, bouteilles d'eau, boîte d'œufs... Tout, sans distinction, subit l'implacable loi de Tugdual Laugier, vengeur impavide de l'orgueil masculin déchu. Il remplit un sac, puis un autre, et les traîna jusqu'au pas de la porte de leur appartement. Et ce n'était pas tout! Mathilde n'avait encore rien vu. Muni d'une paire de ciseaux de cuisine, il traversa l'appartement de son pas lourd de rond-de-cuir. D'un coup de ciseaux, il perça les draps auxquels tenait tant Mathilde, puis les découpa dans un sens, dans un autre, déchirant les taies d'oreiller, échancrant la housse de couette, avant de tirer dessus comme un forcené. L'exercice lui plut tellement qu'il étendit son expédition punitive à tout ce qui, de près ou de loin, avait appartenu à Mathilde. Une culotte oubliée au fond d'un tiroir? Découpée. Un livre qu'on lui avait offert? Découpé, taillé, arraché. Sa tasse favorite? Brisée au sol! En mille morceaux!

Bien sûr qu'elle allait revenir, se rendre compte de son erreur, de son coup de folie. Où était-elle en ce moment? Chez sa mère assurément, qui ne manquerait pas de lui ouvrir les yeux: Tugdual Laugier était le gendre idéal! Mais il ne la reprendrait pas. Ah ça non! Terminé. Affaire classée. Le train ne passerait pas deux fois. Une autre n'allait pas tarder à la remplacer: plus belle, plus grande, plus à l'aise en société. Elle mesurerait bien sa chance, la prochaine Mme Laugier! La veinarde! De toute façon, il ne l'aimait plus, la mère Mathilde. Il avait refusé de voir la réalité en face, mais maintenant qu'elle était partie l'évidence lui sautait enfin à la figure.

«Mort! Mort, notre amour! Et moi qui restais pour ne pas te faire de peine. Quel soulagement! La question n'est pas de savoir pourquoi tu es partie, mais pourquoi suis-je resté?»

Plus il y repensait, moins il comprenait ce qu'il avait bien pu lui trouver durant toutes ces années. Petite, timide, ordinaire.

« Et sans vouloir te heurter, ma chère Mathilde, tu n'es pas une grande experte dans l'art de la chambre à coucher ! »

Elle n'y mettait ni enthousiasme ni bonne volonté. Il ne le disait pas, pour ne pas la peiner, mais leur vie intime était plus frustrante qu'autre chose. C'en était terminé aujourd'hui. Avant de trouver la femme de sa vie, il multiplierait d'abord les conquêtes. L'ancien appartement de Mathilde allait devenir un vrai lupanar ! Le syndic de copropriété l'appellerait bientôt pour se plaindre. « Veuillez surveiller vos ébats avec votre époux, madame, l'immeuble n'en dort plus ! Comment ça ? Vous avez quitté le domicile conjugal ? Dans ce cas, veuillez excuser mon coup de téléphone que vous devez juger déplacé, mais sachez que M. Laugier prend du bon temps depuis votre départ ! Les hurlements érotiques, les coups de boutoir, les couinements de plaisir, le baldaquin qui grince ! Pas un jour sans qu'on croise au petit matin un sublime mannequin russe, les traits encore fatigués par une nuit d'amour et le sourire qui ne trompe pas. »

« Trop tard, ma chère. Le père Laugier prend son panard ! »

D'ailleurs, Tugdual retira ses vêtements et, nu comme un ver, se promena dans l'appartement, posant son postérieur sur la chaise de la table à manger où Mathilde avait l'habitude de s'asseoir, les frottant dans l'angle du canapé où elle aimait se prélasser, urinant sur les draps en satin qu'il avait saccagés, s'essuyant la dernière goutte dans sa taie d'oreiller, rotant comme un soudard, pétant à s'en faire exploser les boyaux, en vesses, en rafales, en grenades !

« Enfin libre ! » criait-il dans sa tenue d'Adam.

C'est qu'il était libre le bon Laugier, avec son ventre adipeux, ses cuisses rondelettes comme des gigots en sauce, laissant libre cours aux impulsions de son estomac révolté, se délectant de la divine puanteur de ses éclats! Et puisqu'il avait faim, et qu'il n'y avait plus rien dans le réfrigérateur, il ouvrit la porte de l'appartement, risquant de se faire surprendre nu, récupéra l'un des deux sacs-poubelle qu'il éventra dans l'entrée, s'empara d'une pizza surgelée qu'il réchauffa au micro-ondes et qu'il dévora ensuite, tiède, molle, infâme, laissant volontairement tomber les olives et les anchois, que Mathilde n'aimait pas, sur son oreiller déchiqueté, sur le tapis du salon, entre les pages de ses magazines féminins. Une fois rassasié, il remplit un broc d'eau du robinet, qu'il but par lampées maladroites, laissant un épais filet d'eau lui couler sur le torse, lui éclabousser le ventre et asperger le sol de la cuisine, dans un rire hystérique et gras.

« Enfin libre! »

Tugdual posa cette fois son postérieur dévêtu sur le tabouret devant l'ordinateur, dégota en quelques clics une vidéo exquise et crue, et s'adonna allégrement et en toute bonne conscience à ce qu'il avait vu faire quelques jours plus tôt au cabinet Michard, calfeutré dans la pénombre de son cagibi. C'était sa manière à lui de célébrer le départ de Mathilde, la sainte-nitouche, la frigide, la bigote !

« Libre, libre, libre, enfin libre ! »

Et puis, Tugdual fut seul. Honteux d'être nu, sensible aux courants d'air. Il parcourut à nouveau l'appartement comme s'il découvrait un village dévasté : un emballage de pizza au sol, des olives et des anchois écrasés sur le tapis du salon, une traînée d'ordures dans l'entrée, les draps déchiquetés et flavescents d'urine, une culotte lacérée, le carrelage de la cuisine baignant dans une mare d'eau constellée de porcelaine... Alors, seulement, Tugdual éclata en sanglots.

Ouin-ouin-ouin, pauvre Laugier, grand dadais tout nu pleurant comme une baleine. Ouin-ouin-ouin, la vie est trop injuste. Mathilde était partie. Elle avait disparu, comme tout le reste. L'argent des *subprimes*, les rapports fictifs, les coquilles vides, les fausses factures, les sociétés fantômes... Et maintenant Mathilde.

14

Les planètes s'alignaient enfin.

À Paris, Bertrand Relot venait d'être interpellé, ivre, au volant de son Audi à la sortie de chez Carmen, un petit sachet de méthamphétamine dans la poche intérieure de sa veste. À Marseille, la livraison de Dong SAS n'était plus qu'une question d'heures, et les douaniers étaient aux aguets. Brigitte Fratelli se frottait les mains dans son bureau. Le temps que Relot dessaoulât et fût en état d'être entendu, elle aurait pu repasser chez elle dormir un peu. C'était d'ailleurs ce qu'avaient fait les membres de son équipe, mais elle-même en eût été incapable. Régulièrement, elle appelait ses collègues de permanence pour s'enquérir du dégrisement de Relot. Il dormait, sans doute pas très rassuré de se savoir ici, mais suffisamment habitué pour espérer que les choses s'arrangeraient comme les fois précédentes.

« Le coco ne sait pas ce qui l'attend ! »

La commissaire frappait dans ses mains pour se maintenir éveillée, traversait le couloir qui séparait son bureau de la machine à café et remplissait sa tasse. Compte tenu de son état, les droits de Relot ne lui seraient notifiés qu'une fois qu'il serait dégrisé, ce qui favoriserait le bon déroulement de l'opération Chinagora. Interpeller Relot en état d'ébriété avec de la méthamphétamine était un jeu d'enfant. La réelle difficulté avait été de l'interpeller au moment de l'arrivée de la marchandise de Dong SAS. Mais jusque-là, tout s'était déroulé selon les plans : Relot s'était cramé le burlingue comme toutes les semaines et roupillait en cellule, les deux conteneurs s'apprêtaient à accoster et à être passés au crible par les douaniers, et les locaux du cabinet Michard ne tarderaient pas à révéler leurs trésors...

Malgré le café et l'excitation, Brigitte Fratelli finit par s'endormir sur son siège. À 7 h 50, le téléphone sonna. C'était la douane du port de Marseille-Fos. Le cargo était arrivé en avance. Les conteneurs de Dong SAS avaient déjà été libérés par les dockers et n'attendaient plus que le feu vert de la commissaire pour être contrôlés. Elle composa le numéro du substitut.

« Bruno Foule, Parquet financier, entendit-elle après plusieurs sonneries dans le râlement rauque et confus d'un larynx endormi.

— Pas encore, monsieur le procureur !

— Oui, pardon, c'est qu'à force de m'entendre poser la question...

— Oui, je comprends. Mais il nous faut encore régler l'affaire Chinagora avant que vous nous quittiez.

— Ah, alors ?

— Alors ça y est, la marchandise de Dong est entre les mains des douaniers, et je n'ai qu'à passer un coup de fil pour qu'ils perquisitionnent chez Michard.

— On n'attend pas 10 heures, comme prévu ?

— S'ils ont des gars à Marseille, je crains qu'ils ne donnent l'alerte et qu'ils planquent le matos...
— Je vous fais confiance, commissaire. Allez-y. »
Brigitte Fratelli raccrocha. L'opération Chinagora commençait.

15

De la main, Jounneau fit signe à son confrère genevois dont il aperçut, à l'entrée du bar, la mine malicieuse et les cheveux blancs peignés vers l'arrière.

« Pierre ! »

D'un hochement de tête, Pierre Valade lui confirma qu'il l'avait vu puis, tout en essuyant le verre de ses lunettes avec la pochette qu'il arborait toujours sur sa veste, le rejoignit au fond de la salle.

« Comment vas-tu, mon cher Pierre ?

— On ne peut mieux. Et toi donc ?

— Les temps sont durs mais on fait aller...

— Je vois ça », ironisa Valade en balayant du regard le décor *Dorchester style* du Bar 228 de l'hôtel Meurice.

Tous deux commandèrent un cocktail à base de rhum ambré, laissant au barman le soin de le concocter selon son inspiration.

« Les temps sont durs, dis-tu ? reprit Valade tout en s'asseyant dans un fauteuil capitonné.

— Ils sont durs pour tout le monde, non ? Les choses vont forcément changer, avec la meute qui gronde...

— Ils vont être durs pour ceux qui se sont mis hors la loi, mais notre rôle est de conseiller nos clients pour qu'ils échappent aux emmerdements.

— Justement, tu ferais bien de te méfier...

— Et pourquoi donc ? Je n'ai jamais rien conseillé à mes clients qui ne soit parfaitement légal. »

Jounneau fit une moue dubitative qui ne le quitta pas jusqu'à l'arrivée des cocktails, se contentant de consulter ses e-mails sur son BlackBerry, pendant que Valade profitait simplement de la beauté des lieux, des boiseries, des canapés, de la lumière tamisée. Chaque fois qu'il fréquentait ce genre d'endroit, ce qui lui arrivait pourtant quotidiennement, il ne pouvait s'empêcher de penser à son père dans son atelier de menuiserie, et au travail qu'aurait représenté la confection de tous ces meubles. Il se souvenait des dimanches où il venait lui prêter main-forte, de la satisfaction qu'il éprouvait lorsqu'ils avaient achevé un ouvrage fastidieux. Il revoyait son visage triste et fier quand son fils avait quitté la campagne pour rejoindre l'université, à sa propre déception lorsqu'ils n'avaient pu célébrer ensemble sa prestation de serment au barreau de Genève, survenue quelques mois après la mort de son père. Chaque fois, Pierre Valade se disait que c'était pour ça, jouer à l'aristocrate dans un décor Dorchester, qu'il n'avait pas repris le commerce familial ; chaque fois, il se demandait s'il avait bien fait. En face de lui, Jounneau était bougon, parcourant des e-mails qu'il ne lisait pas, terrifié à l'idée que la crise financière pût mettre à mal la belle situation qu'il s'était constituée ces vingt dernières années.

Le serveur déposa les cocktails sur la table basse et Jounneau aspira aussitôt à la paille une gorgée du sien.

« Pierre, on sait bien que l'on joue avec le feu...

— Absolument pas, figure-toi. Les lois changent, on s'y adapte. C'est en ne s'y adaptant pas qu'on risquerait de les enfreindre.

— Nos clients ne sont intéressés que par l'évasion fiscale.

— L'optimisation fiscale.

— La magie des mots... En attendant, certains d'entre eux m'inquiètent.

— Lesquels ?

— À peu près tous. Michard, surtout.

— Michard ? Il n'y a pas de quoi s'inquiéter. Le montage est structuré depuis longtemps, et pour l'instant il n'y a rien à faire.

— Sauf à croiser les doigts pour que l'on ne remonte pas jusqu'à Jean-Paul... »

De nouveau, Valade retira ses lunettes et en essuya les verres avec la pochette de sa veste.

« Comment le pourrait-on ? Tout pénaliste que tu es, tu sais bien qu'il n'apparaît nulle part, à part sur le réseau crypté de mon cabinet et sur celui de Mossack à Panama. Le compte suisse du cabinet correspond à un profil numéroté dont le titulaire n'est pas Jean-Paul mais la CHC, société suisse elle-même détenue par une autre société, panaméenne cette fois...

— Avec un nom foireux, comme d'habitude.

— La Helvetic Investment Holding Ltd, ça n'a rien de foireux.

— Sauf si on découvre qui se cache derrière.

— Derrière la holding, il n'y a que des titres au porteur, donc anonymes. Et derrière les titres au porteur, il y a des actionnaires dont aucun ne s'appelle Jean-Paul Michard.

— Ce sont des prête-noms, ça revient au même.

— Appelle-les comme tu veux mais non, ça ne revient pas au même. Ce sont des gens rémunérés pour effectuer à la place de Jean-Paul et de son associé toute la paperasse administrative, ce qui n'a rien d'illégal au Panama.

— Tout ça va s'effondrer avec la crise : les titres au porteur, le secret bancaire, les paradis fiscaux... »

Valade s'éclaircit la voix.

« Les titres au porteur seront certainement interdits un jour, et on trouvera autre chose. Quant au secret bancaire, il existe en Suisse depuis 1934 et malgré les assauts dont il fait régulièrement l'objet, il se porte encore bien. Et en imaginant qu'il disparaisse un jour, il resterait les paradis fiscaux et je ne vois pas comment on pourrait les interdire. Charbonnier est encore maître chez soi.

— Tu me parais bien confiant, Pierre. La neutralité suisse, sans doute. Après tout, c'est toi le spécialiste en fiscalité et droit des sociétés, moi je ne suis qu'un petit pénaliste franchouillard.

— Tu fais ton travail, moi le mien, et nous continuerons à le faire en toute simplicité. Si les lois évoluent, nous innoverons. C'est l'essence de notre métier, et c'est même pour ça que l'on nous paie.

— Surtout les avocats suisses.

— Les confrères au Panama y ont trouvé leur compte, si je ne m'abuse. Et tu n'as pas eu à te plaindre non plus.

— C'est bien pour ça que j'aimerais éviter que ça s'effondre.

— Même si ça s'effondrait, quel serait le risque pour nous ? Il n'est pas illégal de vouloir préserver ses clients de l'œil de Moscou des États, pas plus qu'il n'est illégal de créer une société pour détenir ses avoirs, quand bien même ce serait une société offshore. Et le jour où constituer une société offshore deviendra illégal, nous arrêterons et ferons autre chose. Des divorces, des prud'hommes, des baux commerciaux...

— Ton argumentation est hypocrite mais tu as sans doute raison.

— En quoi est-ce hypocrite ?

— Enfin, Pierre, s'énerva Jounneau, tu fermes les yeux sur les activités de nos clients et leurs vraies motivations.

— Mais, Hervé, je ne connais pas les activités de mes clients ni leurs motivations. Ce n'est tout simplement pas mon travail.

— Tu sais bien ce qu'ils font chez...

— Hervé ! l'interrompit Valade dans un mouvement de tête circulaire vers le reste de la salle encore à moitié vide.

— Personne ne nous entend. Et puis tout le monde doit être concerné ici. Tu te doutes bien que ce n'est pas pour le climat insulaire des Caïmans ou des îles Vierges où ils ne foutront jamais les pieds que nos clients y installent leur siège social.

— Optimisation fiscale et sauvegarde de l'anonymat.

— Et Michard ? Optimisation fiscale ? Tu sais bien ce qu'ils font avec Zhou ?

— Hervé ! s'insurgea-t-il encore. Non, je ne sais pas ce que fait Michard. Quant à Zhou, je ne sais même pas qui c'est.

— Tu l'as déjà rencontré pourtant. Je crois même que c'était ici.

— Tous les Chinois se ressemblent. Quoi qu'il en soit, ma seule intervention sur ce dossier est d'avoir, à ta demande d'ailleurs, proposé un montage fiscal et financier qui soit à la fois performant et légal.

— Eh bien j'espère qu'il va tenir le coup, ton montage, parce qu'il va être rudement mis à l'épreuve. Le consortium chinois commence à réclamer son pognon, alors il va falloir préparer notre sortie...

— Le consortium chinois ?

— Cesse donc de faire ta vierge effarouchée.

— Je ne connais de ce consortium que ce que tu m'en as expliqué et je n'ai, Dieu merci, jamais mis un ongle dans toute la partie *chinoise* de ce montage. Mon client est Jean-Paul Michard, ancien du cabinet Michard, un cabinet de conseil qui a pignon sur rue...

— Eh bah tiens, pour que tu comprennes mieux, j'ai fait compléter ton schéma avec la partie *chinoise* comme tu dis, annonça Jounneau en portant la main à la poche intérieure de sa veste. C'est un de mes collaborateurs qui l'a mis en forme parce que moi j'en suis incapable, mais voilà ce que ça donne... »

Valade s'empara de la feuille que Jounneau lui tendait.

« Qu'est-ce que... ? s'interrogea-t-il en ajustant la monture de ses lunettes. Hervé, enfin, ça ne me concerne pas ! se défendit-il en rendant le document à son confrère.

— Garde-le, va. On risque de devoir bosser dessus prochainement.

— Tu n'es pas possible, bon Dieu ! Tu ne laisses pas traîner ça dans ton ordinateur, j'espère ?

— Mais non, rassure-toi. Je l'ai imprimé en quelques exemplaires et effacé. Bon, maintenant que tu l'as en main, c'est bien ça, non ?

— Je n'en sais rien, écoute. Je ne me suis jamais occupé d'autre chose que de la partie suisse. La partie chinoise, ou française, ce ne sont pas mes affaires. »

Et comme pour joindre le geste à la parole, Pierre Valade sortit son Montblanc de sa poche intérieure, traça une ligne horizontale au milieu de la page que Jounneau lui avait tendue et en raya tout le haut.

« Voilà. Je ne connais rien d'autre que le bas du schéma. Rien d'autre.

— Et pour le reste? La partie suisse?

— Quoi donc, la partie suisse?

— Eh bien, le schéma est juste, non? »

Valade jeta de nouveau un œil au bas du schéma.

« C'est le schéma que je t'avais fait un jour sur un coin de table?

— Oui.

— Donc il est juste. Simplifié, bien sûr, mais c'est ça, en gros.

— Simplifié, dis-tu? Déjà qu'on n'y comprend rien... En tout cas, il faut se tenir prêt. Tout est en train d'exploser en Chine.

— Ce ne sont pas mes affaires, Hervé. Ni la partie chinoise, ni la partie française.

— Oui, oui, je sais. Que la partie suisse. Sans oublier la partie panaméenne! Optimisation fiscale pour s'adapter à la loi, anonymisation pour échapper à l'œil de Moscou.

— Exactement.

— Je me demande parfois à quel point tu crois à ce que tu racontes.

— Ce que je raconte s'appelle la légalité.

— Oui, eh bien nous verrons. Avec ce dingo de Relot, j'espère que Jean-Paul sait ce qu'il fait parce que ça peut partir en vrille...

— Je ne connais que mon client, Jean-Paul Michard. Le reste ne m'intéresse pas. »

Jounneau recommanda deux cocktails, les mêmes que les précédents, s'avachit dans son fauteuil et tira par habitude une cigarette de son paquet. Pierre l'observa, d'un air amusé, sans rien dire et le laissa l'allumer. Aussitôt, le jeune serveur revint vers eux, avec un sourire contrit.

« Hum, monsieur... »

Jounneau suspendit son geste en attendant la fin de sa phrase.

« Je suis malheureusement obligé de vous demander de...

— Bon Dieu! On ne peut donc plus rien faire dans ce pays! »

Et, après avoir aspiré une longue bouffée, Jounneau écrasa rageusement sa cigarette à peine entamée dans le verre vide de son précédent cocktail que le serveur emporta avec lui.

« De nouvelles lois, de nouvelles adaptations, conclut Valade en attrapant une olive avec une pique en bois.

— Loi de merde, oui! Six mois qu'on ne peut plus fumer dans les bars et je ne m'y fais toujours pas. Et au prochain coup, ce sera quoi? Interdiction de boire? de conduire? de baiser sa femme?

— Du calme, Hervé. Du calme. Tu finiras par t'y habituer.

— Je n'en suis pas sûr.

— Le temps d'adaptation n'est simplement pas le même pour tout le monde.

— Tu t'y fais, toi?

— En France, je respecte les lois françaises et en Suisse, on peut encore fumer dans les bars.

— Vous en avez de la chance. Secret bancaire et permission de fumer. La liberté, quoi. Ça vous tombera bien un jour sur le coin du nez, crois-moi.

— Sans doute. Nous avons signé la convention de l'OMS mais, le temps qu'elle soit ratifiée par le Parlement, on sera déjà tous morts d'un cancer. »

Jounneau éclata de son rire franc. Le flegme de Valade avait l'art de le détendre.

« Et la crise dans tout ça ? » l'interrogea Jounneau comme s'il se rappelait soudain qu'il ne s'était pas encore enquis de la santé chancelante de son interlocuteur.

Pierre Valade écouta distraitement son confrère parisien qui, loin d'attendre sa réponse, se mit à pontifier sur la crise qu'il percevait comme un événement tragique, extérieur à toute influence ou volonté humaine, comme s'il se fût agi d'une tempête, d'un tremblement de terre ou d'un ouragan, sans songer un seul instant qu'un être humain, et encore moins lui-même, pût avoir apporté son propre grain de sable au marasme qu'il décriait.

Valade salua Jounneau sous le porche du Meurice et prit à gauche, une fois franchies les portes tournantes. En ce beau soir de juin 2008, il remonta d'un pas leste les arcades de la rue de Rivoli pour gagner l'hôtel où il séjournait, tout proche de la place du Palais-Royal. En tirant son paquet de cigarettes de sa poche intérieure, il fut surpris d'en ressortir le document que Jounneau lui avait remis tout à l'heure et dont il avait voulu se débarrasser au plus vite. Il examina le schéma et fut d'abord empli d'une certaine satisfaction. Ce qui tenait là, sur ce papier, dans une nébuleuse de cercles, de carrés, de rectangles et de flèches qui les reliaient les uns aux autres, sortait tout droit de sa propre imagination, du moins une bonne partie, et il devait reconnaître que l'architecture d'ensemble, bien que torturée, avait fière allure. Pour la première fois, il considéra son montage avec l'orgueil du créateur. « Parfaitement légal », se répétait-il à chaque embranchement qu'il passait en revue. « Légal », le petit rond. « Légal », le grand rectangle. « Légal aussi », la petite flèche reliant le petit rond au grand rectangle. En remontant les yeux jusqu'à la partie supérieure de la feuille, celle qu'il avait raturée, il fut plus circonspect. « Rien à voir avec ça ». Et puisque cette moitié de feuille le tourmentait, il déchira le papier au niveau du trait qu'il avait tiré plus tôt et jeta la partie supérieure dans une poubelle publique. Il analysa de nouveau la moitié de feuille qu'il lui restait mais cette fois, malgré l'absence de la partie du schéma qu'il avait jugé gênante, il n'y vit plus seulement une belle architecture de couleurs et de formes. Il lut le nom de chacune des entités qui figuraient sur son reste de croquis. Cabinet Michard, Compagnie helvétique de conseil, Helvetic Investment Holding Ltd... Pierre Valade se décida à jeter aussi ce lambeau de papier puis, se frottant les mains, les trouva fines, trop douces, presque féminines, et regretta de ne pas y déceler les lignes burinées qui façonnaient celles de son père.

16

«Comment ça, vide?»

À Marseille comme à Paris, tout était vide. À Marseille, il n'y avait dans les conteneurs ni méthamphétamine, ni cocaïne, ni héroïne, ni multimédia... Les douaniers avaient fait renifler leurs chiens à la recherche de la moindre odeur suspecte, mais n'avaient récupéré qu'un tas de cartons. À Paris, la boutique de Dong n'avait révélé qu'une dizaine d'ordinateurs hors d'âge et des câbles électriques encore dans leur emballage. Chez Michard, les enquêteurs avaient fait ouvrir tous les bureaux du huitième étage pour n'y découvrir que des cloisons, un plafond, une baie vitrée donnant sur la Seine et une moquette fatiguée. Dans celui de Jean-Paul Michard, il y avait bien une table, un écran d'ordinateur et des dossiers sur les étagères murales, mais les dossiers, qui s'étiraient comme un long accordéon sans clavier ni anche, ne contenaient aucun document. Et le moniteur, dépourvu d'unité centrale, n'était qu'un ornement sur la table de travail qui n'en présentait aucune trace. Une rapide analyse des factures récoltées dans le bureau de Chuang-Mu n'apporta rien à l'enquête: des commandes de papeterie, de trombones, de café, d'ampoules électriques... Le bureau de Relot était le seul qui donnait une impression d'activité professionnelle, avec ses monceaux de papiers épars, de stylos abandonnés au sol, mais il était paradoxalement le moins studieux de tous : les enquêteurs se noyaient au milieu des poèmes, des articles de Wikipédia, des dessins d'enfants et des promotions de bagnoles. Quant aux Archives, un écriteau les annonçait bien sur une porte du sous-sol, mais celle-ci, que les enquêteurs avaient dû forcer, ouvrait sur un placard à balais. Là non plus, les chiens n'avaient rien reniflé de suspect et la couche de poussière qui recouvrait l'unique étagère laissait supposer que rien n'y avait été entreposé depuis des lustres. La commissaire en perdait son latin.

« Bon, essayait-elle de se rassurer. Rien dans la boutique de Dong, on le pressentait. Rien dans les bureaux de Michard, ça confirme que c'est une coquille vide. Rien aux Archives, c'est que la came doit être planquée ailleurs. En revanche, que Dong SAS importe deux conteneurs de cartons vides depuis la Chine...! »

Le téléphone sonna. Un douanier du port autonome de Marseille s'était rapproché du transporteur routier censé récupérer les marchandises de Dong.

« Et alors ?

— Je vous envoie son audition, vous allez voir, c'est spécial...

— C'est-à-dire ?

— C'est-à-dire qu'il travaille depuis cinq ou six ans avec Dong SAS, pour qui il fait un transport environ une fois par mois entre Marseille et Paris...

— Et qu'est-ce qu'il transporte habituellement ?

— Bah, des cartons.

— Des cartons vides ?

— Lui dit simplement « des cartons ».

— Enfin, quand il les soulève, il sent bien s'ils sont vides ?

— Il dit qu'ils ne sont pas lourds.
— Pas lourds du tout, même! Et c'est toujours comme ça?
— Oui, il transporte des cartons légers.
— Mais il livre où?
— Dans un entrepôt en région parisienne.
— Vous les avez contactés?
— Oui. Ce n'est pas vraiment un entrepôt, c'est un incinérateur industriel. Le chauffeur descend livrer un client à Marseille, ensuite il fait un détour par le port, récupère les cartons et les remonte jusqu'à l'incinérateur...
— Et il trouve ça normal de parcourir 800 kilomètres pour faire cramer des cartons vides?
— Il dit qu'il n'est pas là pour trouver ça normal ou non... Et que pour le reste il faut voir avec son patron, lui n'est qu'un employé.
— Voyez avec son patron dans ce cas.
— On lui a déjà passé un coup de fil. Lors de la première livraison, il y a cinq ou six ans, il a signalé à son interlocuteur chez Dong SAS que les cartons ne pesaient vraiment pas lourd. Mais le type de chez Dong a affirmé que c'était normal.
— C'était qui, son interlocuteur, chez Dong?
— Il ne se souvient plus. Un type avec un fort accent chinois en tout cas.
— Lui non plus ne s'est pas posé de questions, j'imagine?
— Il dit que les affaires sont les affaires et que si Dong le paie pour remonter des cartons vides, il remonte des cartons vides... »

Lorsqu'on lui annonça qu'au dépôt, Bertrand Relot était désormais en état d'être entendu, Brigitte Fratelli fut prise de court. Les choses ne se passaient pas comme elle l'eût souhaité. Il y avait trop de vide pour que la situation fût normale bien sûr, mais il manquait le principal. Un trafic de stupéfiants sans stupéfiants risquait de mettre à mal sa réputation.

« Où en est-on ? » demanda-t-elle à Jérémy en passant la tête dans le bureau voisin où étaient auditionnés les consultants interpellés le matin même chez Michard.

Le lieutenant Cogne sortit du bureau et la suivit en salle de repos. Il alluma une cigarette tandis que Fratelli, qui ne s'offusquait plus du tabagisme illégal de son subalterne, se servait un nouveau café.

« C'est un bide, commissaire. Sur les trois interpellés de ce matin, un seul bosse chez Michard et le médecin l'a envoyé d'urgence à l'I3P parce qu'il a manifestement de graves troubles psychiatriques.

— Non mais qu'est-ce que c'est que ce bordel ? Comment s'appelle-t-il ?

— Hubert Legoff. Et pour que les médecins de l'UMJ envoient quelqu'un à l'I3P, c'est qu'il y a un sérieux problème.

— Il doit aussi prendre de la méthamphet' ! Qu'est-ce qu'il a exactement ?

— On ne sait pas encore. Il répète la même phrase en boucle : "La confidentialité est la valeur fondamentale du cabinet Michard."

— C'est qu'il est dans le coup, s'il les protège !

— C'est au psychiatre de le dire, mais le médecin pense que son état de santé va être déclaré incompatible avec la garde à vue. Quant aux deux autres, ils sont dans les locaux de Michard depuis seulement trois semaines et sous-louent un bureau au cabinet pour une durée de deux mois. Leur business les a amenés à Paris provisoirement mais, d'habitude, l'un bosse à Lyon et l'autre à Londres. Ils ne comprennent pas ce qu'ils font là et ils ne sont pas contents du tout...

— Qui ont-ils rencontré chez Michard ?

— Personne. Ils n'ont eu que des contacts par e-mails et ont signé puis scanné le contrat. Sinon, ils croisent de temps en temps dans le couloir un grand type dodu avec des cheveux en brosse qui beugle « Ça bosse » à longueur de journée...

— Laugier... »

De retour dans son bureau, la commissaire Fratelli fut informée que Jean-Paul Michard s'était spontanément présenté au 36 et attendait d'être entendu. Elle s'étonna de ne ressentir aucune excitation à cette annonce et songea même que sa fuite l'eût davantage soulagée. Pour la première fois, l'idée que le cabinet Michard pût n'avoir aucun lien avec un trafic de stupéfiants lui effleura l'esprit. Dans un coin de la pièce, elle reconnut les mille quatre-vingt-quatre pages du rapport chinois, et elle eut alors la certitude que le rapport riait, qu'il la narguait, que l'immense vide qu'il contenait dansait sous ses yeux, pénétrait ses orbites, serpentait à travers ses organes, virevoltait de la rate aux poumons, longeait ses artères, remontait par les veines, explorait l'immensité de ses atomes, en désagrégeait tout résidu de matière, protons, neutrons, quarks, et les perçait à l'infini de brèches béantes et de lumineuses fêlures. C'était le vide immanent qui régnait dans l'évidence de l'air et la touffeur des interstices, et qui décomposait inlassablement la matière jusqu'à la rabaisser à quelque chose de risible, de dérisoire, de l'ordre du microscopique détail, dont l'existence même n'avait plus rien de certain. Elle eut le vertige.

17

En entendant des pas dans le couloir, Bertrand Relot, le front plissé et un rictus d'incertitude aux lèvres, tendit l'oreille vers le monde libre qui le raillait derrière la baie vitrée de sa cellule.

« Qui est l'heureux élu ? demanda un homme à canne d'une soixantaine d'années d'assez belle prestance, et dont les cheveux blancs hirsutes débordant d'un chapeau de feutre rouge n'étaient pas sans rappeler ceux de Relot.

— Le voici, lui répondit un policier. Monsieur Relot, votre avocat.

— *Zorro est arrivé, sans s'presser... !* » chantonna l'avocat dans un sourire goguenard qui, bien que fort mal à propos, réconforta Relot.

Si l'avocat n'était pas inquiet, c'était bon signe. Il lui serra la main avec une telle vigueur que Relot ne put réprimer un sursaut.

« Aux femmes, les caresses, aux hommes, les accolades viriles ! Ne vous inquiétez pas, cher ami, Zorro est arrivé ! » lança-t-il en décrivant un Z avec la pointe de sa canne.

Et tandis que le policier informait Relot de son droit à un entretien d'une demi-heure avec son avocat, ce dernier se dirigea vers la salle prévue à cet effet tout en continuant à chanter à la gloire de Zorro, cette fois sur la musique de Walt Disney.

Relot s'installa sur une chaise branlante tandis que son avocat cherchait un coin où faire tenir sa canne à la verticale et y suspendre son chapeau.

« Je suis innocent, lança Relot avec son air de chien battu.

— Zorro ! Zorro ! reprit l'avocat de plus belle tout en lui jetant un regard complice qui signifiait "Je sais que vous mentez, mais peu m'importe".

— Vous êtes un commis d'office ?

— Commis d'office ? Ahahaha ! N'avez-vous donc toujours pas compris qui je suis, cher ami ? »

Et l'avocat sortit de sa poche intérieure un portefeuille en cuir dans lequel il farfouilla. Du bout des doigts, il saisit une carte de visite qu'il présenta à Relot après l'avoir fait tournoyer selon une trajectoire qui décrivait un nouveau Z. « Balthazar Zorreau, avocat à la Cour », lut Relot en police Vivaldi.

« Ah bah tiens, Zorreau, comme Zorro ! »

Relot le trouvait si sympathique qu'il en oublia la garde à vue et les précieuses minutes de son entretien qui filaient. Il avait tellement redouté de se coltiner un avocat de vingt-cinq ans ayant prêté serment la veille qu'il se sentait soulagé d'être assisté par un homme de sa génération. Quelques heures plus tôt, une fois dégrisé, il avait été informé par un policier des motifs de sa garde à vue pour trafic de stupéfiants et blanchiment d'argent. Aussitôt, Relot avait désigné maître Jounneau mais ce dernier, qui avait déjà été choisi par Jean-Paul Michard avec lequel il existait un risque de conflit d'intérêts, lui avait envoyé l'un de ses confrères.

«Jean-Paul Michard est aussi en garde à vue?» avait demandé Relot, incrédule.

Si ce dernier ne se souvenait pas bien de la soirée de la veille ni des conditions de son interpellation, il savait néanmoins qu'il avait du *crystal meth* sur lui et ne voyait pas en quoi Jean-Paul Michard était concerné.

Le temps passait sans que l'affaire de Relot fût abordée, maître Zorreau préférant lui raconter quelques-uns de ses nombreux faits d'armes.

«Vous aurez l'occasion de me voir à l'œuvre à l'audience! Accrochez-vous! Je suis un avocat à l'ancienne qui connaît les grands auteurs aussi bien que le Code pénal car il n'y a pas de défense sans culture. D'ailleurs, voici mon code! annonça-t-il fièrement en sortant de sa pochette un ouvrage fatigué qu'il tendit à Relot.

— *Anthologie de la poésie française*, lut Relot à voix haute.

— Voilà tout ce dont vous avez besoin en ce moment, cher ami. De poésie!»

Balthazar Zorreau se lécha le bout de l'index et feuilleta son opuscule avec componction. En face, Relot commençait à se demander s'ils allaient évoquer son cas avant la fin de l'entretien.

«Baudelaire! Vous aimez Baudelaire?

— Ah oui! *Ô temps suspends ton vol et tes étés trop courts!*

— *Bientôt nous plongerons dans les froides ténèbres adieu vives clartés de nos étés trop courts j'entends déjà tomber avec des chocs funèbres le bois retentissant sur le pavé des cours...*»

Sans jamais quitter Relot des yeux, preuve qu'il ne lorgnait pas son recueil, et sans écorcher un hémistiche, Balthazar Zorreau récita l'intégralité du poème d'une voix de stentor qui finit d'impressionner son client.

« Dis donc, c'est un bon, celui-ci ! songea Relot en pleine récitation. Pour une fois que j'ai de la veine ! »

Le policier frappa à la porte.

« Terminé. »

Relot se retourna, un peu surpris.

« Et mon affaire ? Je dis quoi pendant l'audition ?

— Niez tout, mon ami, niez en bloc ! Votre présence sur les lieux du crime, votre prénom, votre nom, niez même votre garde à vue. Niez tout ! *Capito ?*

— Euh... oui.

— Bien. Ne me décevez pas ! On se retrouve demain devant le juge d'instruction et alors ouvrez grand les oreilles : abracadabra ! »

Relot vit s'éloigner la silhouette de son avocat dans le couloir, partant comme il était venu, les paroles d'Henri Salvador aux lèvres, guilleret, en homme libre qui sait qu'au-dehors l'attend un soleil étincelant.

« Je vais nier en bloc », songeait Relot, débordant désormais d'orgueil.

Zorreau allait tout arranger. Zorro, Zorro, un cavalier dans la nuit ! Un baveux qui avait une chanson à sa gloire et qui récitait Baudelaire par cœur connaissait forcément tous les articles du Code civil. Et du Code pénal aussi, d'ailleurs, parce que c'était le plus important. Le Code civil c'était pour les petits problèmes comme les divorces. Pour le *crystal meth*, en revanche, c'était le Code pénal. Et c'était plus embêtant parce que dans le Code pénal il y avait aussi les viols et les crimes de sang, alors il fallait bien faire attention à ne pas se tromper d'article sinon vous croupissiez en prison pendant des années. Quelle mauvaise habitude il avait prise à Pékin avec la méthamphétamine ! Il faut dire qu'il s'y emmerdait sacrément et qu'il était très facile de s'en procurer. La tentation avait été trop forte. Bien sûr, il aurait mieux fait de se sevrer à son retour en France, d'autant qu'il était revenu depuis un bail... Il n'avait rien d'un junky pourtant! Lui pouvait arrêter quand il le voulait et ne consommait qu'à l'occasion, quand les soucis prenaient le pas sur le reste : les responsabilités, les rapports, ce bon vieux Dong, ding, ding, dong!

« Monsieur Relot, comment allez-vous? lui demanda une petite femme sans attendre la réponse. Commissaire Brigitte Fratelli, enchantée.

— Bertrand Relot, enchanté.

— Ah ça je vous connais, soyez sans crainte! »

Fratelli éclata de rire et Relot se transforma en furet apeuré. Pourquoi le connaissait-elle? Et pourquoi avait-elle l'air de se foutre de lui? Les choses prenaient une tournure angoissante. Un avocat qui s'appelait Zorreau, Jean-Paul Michard qui avait dû dire que Relot était un tire-au-flanc, et maintenant cette drôle de bonne femme qui riait à tout bout de champ!

« Bien, monsieur Relot. Vous avez le droit de garder le silence, mais sachez que de mon côté, je peux vous poser toutes les questions que je souhaite. Le *crystal* qu'on a récupéré dans votre bagnole, il est bien à vous? »

Relot décida d'appliquer les conseils du drôle d'avocat qui, si farfelu soit-il, récitait tout de même des poèmes par cœur sans lire son bouquin.

« Non.

— Et celui qu'on a trouvé dans votre organisme non plus alors?

— Zozozo... »

Décidément, la stratégie de défense de Zorreau n'était pas la bonne.

« Bon, monsieur Relot, on n'a encore rien écrit. Maintenant, nous allons commencer l'audition. Vous répondez ce que vous voulez, mais sachez que si vous dites n'importe quoi, ça risque de mal se terminer pour vous, parce que le juge d'instruction sera beaucoup moins coulant que moi. Vous comprenez ?

— Oui », répondit-il sagement.

L'audition commença par des questions d'ordre général : comment s'appelaient ses parents, où habitait-il, avait-il des enfants, qu'avait-il fait comme études, depuis quand travaillait-il chez Michard, combien de temps avait-il passé en Chine, à quelle date en était-il revenu… ?

« Jusque-là, je fais un sans-faute », se rassurait Relot, espérant qu'en donnant son adresse sans se tromper, les charges qui pesaient contre lui allaient fatalement s'effondrer.

L'exercice lui parut agréable et il s'y prêta de bon cœur. Il parla longuement et avec enthousiasme de sa jeunesse, de son village natal, de ses études à Tours, de sa montée à Paris, de son ascension sociale, de ses années à Pékin… Finalement, ça n'avait rien de difficile d'être interrogé par la police ! Les enquêteurs semblaient beaucoup s'intéresser à sa période pékinoise, et Relot ne se fit pas prier pour la leur raconter. Il était resté quatre ans à Pékin – très froid l'hiver, très chaud l'été – et avait fait du bon boulot même si la nourriture était infecte.

« Quatre ans à bouffer du clébard avec des baguettes », leur dit-il – ce qui fit rire la commissaire Fratelli.

Finalement, c'était une gentille dame dont il n'avait aucune raison de se méfier. De toute façon, il n'avait rien à se reprocher ni à cacher. Il dirait tout.

La commissaire et son collègue lui posèrent beaucoup de questions sur la structure du cabinet Michard en Chine et ses rapports avec la société Dong SAS, mais Relot ne pouvait pas leur en révéler beaucoup plus que ce qu'ils semblaient déjà savoir.

« L'administratif et la paperasse, c'est pas mon truc. »

Lui, Relot, exerçait un vrai travail d'associé. Il n'était pas là pour corriger les virgules. Non, son rôle était d'avoir de la hauteur de vue pour le cabinet et d'entretenir la relation client, surtout avec les Chinois.

« Permettez-moi l'expression, mais on dit au cabinet que les Chinois peuvent plus pisser sans demander l'aval de Relot ! »

La remarque fit de nouveau mouche auprès de la commissaire et l'audition, loin de se dérouler dans une atmosphère de suspicion, ressemblait plutôt à une discussion entre amis. Bientôt totalement à son aise, Relot se laissa aller à raconter sa Chine : il exécuta quelques imitations bien senties (« Bonzour, ze suis un petit Sinois »), se tira le coin des yeux pour les brider, confia ce qu'il pensait des idéogrammes (des dessins à la noix) et de la langue impossible (zouin zouin zouin !), parla de sa femme (une Pékinoise en chapeau pointu turlututu qui, maintenant qu'elle pétait dans la soie de la rue de la Pompe, se prenait pour l'impératrice douairière) et de son ami Dong (ding, ding, dong). Non, vraiment, Relot s'en sortait comme un chef, même s'il s'inquiétait de ce qu'avait pu dire Jean-Paul Michard sur son compte.

« D'ailleurs, sans vouloir casser du sucre sur son dos, Jean-Paul Michard doit surtout sa place à son patronyme parce que, vous le savez peut-être, c'est le neveu du fondateur, un type très bien qui s'appelait Archibald Michard. »

Relot leur raconta comment, lorsque Jean-Paul avait succédé à son oncle à la fin des années 1990, le cabinet avait failli vaciller. C'était pour ça qu'on l'avait fait associé et envoyé, lui, Bertrand Relot *himself*, sauver les meubles en Chine. Et c'était exactement ce qu'il avait fait ! Il avait trouvé plein d'investisseurs pour placer des fonds dans Dong SAS, une société qui achetait tout un tas de trucs en Chine pour pas cher et qui les revendait beaucoup plus cher en Europe, et surtout en France.

« Et c'est moi qui ai tout géré ! leur annonça-t-il fièrement. On a monté un consortium, ça c'était une bonne idée.

— Un consortium ? » répéta la commissaire.

Oui, oui, elle avait bien entendu, c'était un regroupement de sociétés qui investissaient ensemble dans un projet ou dans une entreprise.

« Vous voyez, ce n'est pas compliqué », ajouta-t-il, se félicitant intérieurement de s'en être souvenu et surtout de ce que la commissaire ne lui posât pas davantage de questions.

Puis, il évoqua des centaines de réunions de négociations à couteaux tirés où, par le biais de son interprète, il avait entraîné toute la Chine à investir dans Dong SAS, tout en repensant à ces débats interminables qu'il avait suivis en petit garçon sage perdu au milieu d'un conseil de surveillance, s'étonnant simplement que son interprète prît deux heures pleines pour traduire la seule phrase qu'il eût jamais prononcée lors de ces réunions : « Enchanté, Bertrand Relot. » À son côté, son compère Dong, l'esprit encore barbouillé de *baijiu*, avait passé quatre ans à acquiescer d'un mouvement de tête à contretemps tout ce qui se disait, comprenant les mots, n'en saisissant pas le sens.

« Et Lee Holding ? Quel était son rôle ?

— Lee Holding était une caution pour les investisseurs, qui étaient rassurés de voir qu'une telle entreprise avait investi dans Dong SAS. Mais, pour le reste, c'est bibi qui a tout géré... »

Brigitte Fratelli l'interrogea ensuite sur ce qu'il faisait chez Michard depuis son retour de Pékin et Relot, anticipant les abominations que Jean-Paul Michard, *monsieur-le-neveu-de*, n'avait pas dû manquer de raconter sur lui, fit comprendre à la commissaire que ce parvenu était tout bonnement jaloux de sa réussite.

Brigitte Fratelli s'arrêta un instant de taper sur son clavier, pensive.

« Vous savez ce qu'on va faire ? On va organiser dès maintenant la confrontation avec Jean-Paul Michard, comme ça vous saurez ce qu'il dit de vous, et inversement.

— Parfaitement ! » acquiesça Bertrand, impatient d'en découdre avec Jean-Paul.

Ce dernier fit son apparition dans le bureau et s'assit juste à côté de Relot, qui refusa ostensiblement de répondre à son salut. Il n'était pas question de pactiser avec ce mouchard ! Jean-Paul Michard, avec son flegme habituel, tournait parfois la tête vers Relot et semblait désolé de voir que celui-ci lui prêtait manifestement de mauvaises intentions.

« Bon, commença la commissaire, le plus simple est que je lise tout haut vos déclarations respectives. »

Elle commença par l'audition de Relot, que Michard écouta attentivement, sans manifester la moindre émotion, les mains jointes sur sa bouche. À chaque charge contre son associé, Relot hochait la tête en signe d'approbation et ajoutait un « tout à fait », un « c'est ça », un « exactement ». Jean-Paul ne s'attendait sans doute pas à tomber sur un adversaire aussi coriace que Relot ! À l'issue de la lecture, la commissaire demanda à Michard ce qu'il en pensait. Ce dernier resta silencieux un moment, les mains toujours jointes devant sa bouche, concentré derrière les verres de ses lunettes.

«Je suis d'accord», finit-il par dire.

Relot continua de le fixer, mais son regard haineux était maintenant teinté de honte. Comment ça, il était d'accord ? La guerre de Troie n'aurait-elle donc pas lieu ? Jean-Paul reconnaissait ce que Bertrand ne croyait pas lui-même ? qu'il avait travaillé d'arrache-pied durant ses quatre années à Pékin dont il ne connaissait que les bas-fonds et les bordels ? qu'il avait lui-même embrigadé des dizaines de sociétés chinoises avec ses *ni hao, ni hao* ? qu'il avait mené des négociations avec Dong, qui n'était bon qu'à se remplir le gazomètre ? qu'il venait tous les matins à 7 heures au bureau ?

La commissaire lut ensuite les déclarations de Jean-Paul Michard, qui corroborèrent celles de Relot, allant même au-delà. Un brin confus, ce dernier apprit que Jean-Paul Michard n'était plus associé du cabinet depuis qu'il avait vendu toutes ses parts en 2001 à une société suisse, la Compagnie helvétique de conseil, dont le sigle CHC lui disait vaguement quelque chose, comme un mot maintes fois entendu mais dont on ne s'est jamais posé la question du sens, et qui possédait quatre-vingt-dix pour cent du cabinet. Le reste était détenu à parts égales par Relot et Raymond Vuellard, un associé à la retraite que Relot n'avait effectivement pas croisé au cabinet depuis des années. Michard, lui, ne possédait plus rien, mais continuait à représenter la CHC au conseil d'administration, ce qui expliquait que le cabinet lui mît de temps à autre un bureau libre à sa disposition et qu'il perçût en contrepartie une petite partie du bénéfice du cabinet pendant dix ans, en plus de la somme qu'il avait reçue en paiement de ses actions, sept ans plus tôt.

« Quant à Bertrand Relot, disait-il au terme de son audition, c'est lui qui a su redresser le cabinet en partant à Pékin au début des années 2000. Il a su assister l'un des plus vieux clients du cabinet en Chine, Lee Holding, un groupe de multimédia qui n'allait pas fort à l'époque, pour monter un consortium d'investisseurs et acheter des parts de Dong SAS. C'est lui qui a tout monté avec Dong et, même si je suis les affaires du cabinet de très loin depuis que je ne suis plus associé, les résultats du cabinet à la suite de son passage à Pékin démontrent qu'il a fait du très bon travail. Aujourd'hui, il rapporte seul tout le chiffre d'affaires du cabinet, la CHC laissant la gestion du cabinet à Bertrand et le dernier associé étant à la retraite. Le seul reproche qu'on pourrait lui faire est de ne pas beaucoup s'intéresser à la vie sociale du cabinet, mais il faut dire qu'avec le rythme de travail qui est le sien, et la pression que lui mettent ses clients chinois, Bertrand a sûrement d'autres chats à fouetter... »

Brigitte Fratelli finit de lire les déclarations de Michard et se tourna vers Relot. Il avait le visage du cancre surpris d'être félicité, sourire gourd vers le sol, avant-bras sur les cuisses, ne sachant plus très bien si son soulagement l'emportait sur sa honte.

« Oui. Tout est vrai. Y compris que je ne m'intéresse pas beaucoup à la vie sociale du cabinet, concéda-t-il pour montrer à Jean-Paul que lui aussi reconnaissait ses fautes et savait se montrer loyal.

— Bien, conclut la commissaire. Si tout le monde est d'accord pour dire que M. Michard a vendu ses actions en 2001 et n'a plus rien à voir avec le cabinet qui porte son nom, à part représenter une fois par an son acheteur au conseil d'administration, on n'a plus besoin de lui. La période qui nous intéresse arrive justement après cette date. »

Michard se leva, salua poliment la commissaire et se dirigea vers la porte.

« Jean-Paul », l'interpella Relot avant qu'il ne quittât la pièce en compagnie du lieutenant Cogne.

Il aurait voulu lui dire qu'il avait parlé sous le coup de la colère, qu'il ne pensait rien de ce qu'il avait dit aux policiers, que lui aussi n'était pas toujours très présent au cabinet.

« Merci », murmura-t-il simplement comme une petite poule déplumée sourirait de gratitude au boucher qui l'embroche.

Jean-Paul lui adressa une moue polie et quitta le 36 pour regagner le monde libre. Ce ne fut qu'à ce moment-là, Jean-Paul en liberté et lui toujours en garde à vue, que Bertrand Relot réalisa que les questions qu'on lui avait posées jusque-là n'avaient encore jamais porté sur un quelconque trafic de stupéfiants et que son audition, qu'il pensait toucher à sa fin, n'avait en réalité pas encore commencé. Mais jamais il ne subodora qu'il venait de laver Jean-Paul de tout soupçon et de reconnaître sans le savoir qu'il était lui-même l'instigateur d'une vaste fraude internationale dont il ignorait pourtant l'existence. Lui et son fidèle client, l'honorable M. Dong. Ding, ding, dong.

18

Admirant le lac Léman dans la transparence de son verre et la robe pâle et dorée du meursault qu'il contenait, Jean-Paul Michard savourait sa liberté chèrement acquise, installé sur la terrasse de la demeure de son avocat suisse. Plus loin, sur le ponton, Valade et Jounneau s'entretenaient de quelques sujets que Jean-Paul s'imaginait en rapport avec le droit de leurs pays respectifs, et qu'il devinait surtout prodigieusement ennuyeux. Certes, c'était en grande partie à leur imagination qu'il devait de se trouver dans cette situation, à l'abri du besoin, et surtout immensément libre. Mais à quoi bon se creuser les méninges si c'était, une fois le but atteint, pour ne jamais en profiter et s'en assigner de nouveaux ? Jean-Paul n'avait ni la fibre entrepreneuriale ni la fibre sociale, et avait pour unique ambition de mener une vie déconnectée de toute contingence matérielle. Ses premières années dans le cabinet de son oncle qui, faute d'enfants, avait voulu faire de lui son héritier naturel lui avaient suffi à comprendre qu'il ne parviendrait jamais à lui succéder, du moins pas de la manière dont Archibald Michard l'espérait.

L'idée n'avait pas éclos comme ça, un beau matin, dans le cerveau dilettante de Jean-Paul. Sa chance avait été, quelques années avant la mort de son oncle, de se voir propulsé au rang d'interlocuteur privilégié du fils Lee. La Lee Holding était le client traditionnel du cabinet Michard, avec qui Archibald avait noué des relations de confiance qui dépassaient le cadre des affaires. Le père Lee avait aussi laissé les rênes de son entreprise à son fils pour des soucis de santé. Jean-Paul se souvenait de leur première rencontre seul à seul, à Pékin, lui tâchant de jouer au conseiller charismatique comme l'était son oncle, et le fils Lee ne parvenant pas à feindre de s'intéresser aux affaires de son père qu'il était censé reprendre. Au bout de quelques années, sous la gestion peu rigoureuse du fils, trop occupé à dilapider l'héritage familial, la Lee Holding frisait la déconfiture.

C'est alors qu'il y avait eu cette soirée avec Zhou, le nouvel homme de confiance de Lee fils, dont Jean-Paul avait tout de suite soupçonné qu'il finirait par le plumer. Zhou l'avait initié à sa conception de l'économie : l'argent n'était qu'une croyance, qui n'avait ni plus ni moins d'existence que Dieu, la démocratie ou les droits de l'homme. Si personne n'y croyait, l'argent n'existerait plus. Mais puisque l'essence même de l'argent était une croyance, il n'y avait rien de malhonnête à faire croire qu'on en avait. À force d'y croire, les gens finissaient par vous en accorder, espérant en recevoir davantage en retour, et vous donnaient ainsi raison. Une banque prêtait bien de l'argent qu'elle n'avait pas sur la seule certitude qu'on lui en rendrait davantage. Zhou en parlait sur le même ton qu'un guérillero prêchant le marxisme-léninisme au coin d'un feu de camp. Ensuite étaient arrivés les concepts plus pragmatiques : la pyramide de Ponzi, la surfacturation, les rapports fictifs, les sociétés écrans, les prête-noms…

Le plus urgent avait été de dissimuler que la Lee Holding était au bord de la faillite, et de se servir de sa réputation de géant du multimédia pour inciter des dizaines de sociétés à investir dans son nouveau projet : la conquête du marché européen. La Lee Holding avait pris la tête d'un consortium d'investisseurs où ni Zhou ni Jean-Paul n'apparaissaient jamais. Ça aussi, c'était une idée de Zhou : trouver deux hommes de paille au sens propre du terme. Des hommes trop paresseux pour s'intéresser aux affaires et trop imbus d'eux-mêmes ou trop brouillons pour reconnaître qu'ils n'y comprenaient rien.

Zhou avait recruté Dong par l'intermédiaire de Chuang-Mu, croisée à l'association des étudiants chinois de l'université de Lausanne. Dong tenait une petite boutique de matériel électronique à côté de chez elle, dans le 13ᵉ arrondissement de Paris, et semblait ne s'être jamais remis de sa découverte de l'alcool. Zhou l'avait rhabillé en costume trois pièces, lui avait donné de l'argent de poche, fait signer des papiers, fait voyager en première classe, fait cultiver un accent grotesque. Auprès de Lee fils, Zhou avait fait passer Dong pour un homme d'affaires, bien implanté en France, dont il fallait absolument s'associer à l'activité florissante. Parfois, dans ses rares moments de lucidité, Dong redoutait le jour où tout s'écroulerait, où il serait abattu, jeté en prison, *suicidé*... Mais en attendant, il se plaisait à jouer à l'homme du monde, et du moment qu'il y avait du *baijiu*, cette vie valait la peine d'être vécue.

Étrangement, le sort de Relot inquiétait davantage Jean-Paul. Sans autre famille que son oncle décédé, sans autres amis que ses avocats qu'il rémunérait trop grassement pour croire à la sincérité de leur relation, il réalisait que Bertrand avait pris dans sa vie une place insoupçonnée. Il avait été recruté du temps de son oncle, à une époque où le cabinet fonctionnait si bien qu'un consultant incompétent ne se remarquait pas. Archibald l'avait engagé dans l'urgence, un jour où il avait besoin d'étoffer ses effectifs pour une mission et où le CV de Relot s'était trouvé là, sur le coin de son bureau, par le hasard d'un envoi postal. Bertrand avait été parachuté chez un client important du cabinet, et Jean-Paul qui chapeautait la mission avait tout de suite compris que Relot était une imposture. Trop de mots pour ne rien dire, trop de bruit pour ne rien faire. Mais son oncle ne mettait jamais personne à la porte. Si l'élément ne donnait pas satisfaction, il suffisait de ne plus lui donner de travail, de geler toute augmentation et, plus ou moins rapidement, acculé par l'ennui, l'indésirable finissait par démissionner. Cette politique avait plutôt bien fonctionné, les plus réfractaires ne s'accrochant que quelques mois avant de s'avouer vaincus par l'oisiveté, à une ère où Internet ne permettait pas encore de s'occuper tout seul au bureau. Et puis, il y avait eu Relot. Relot avait été mis au placard dès la fin de sa première mission. Pendant cinq ans, il était venu sagement au cabinet sans jamais s'en plaindre. À aucun moment il n'avait paru chercher un autre emploi, ni n'avait semblé malheureux qu'on ne le missionnât sur quoi que ce fût. Noyé dans la masse des consultants, il s'était fait oublier de la direction, ignorant lui-même ce qu'il faisait là. C'est alors que Zhou avait demandé à Jean-Paul de dégoter un homme de paille pour représenter le bureau chinois de Michard. Aussitôt après le décès de son oncle, Jean-Paul avait nommé Bertrand associé du cabinet.

En Chine, sans parler un mot de chinois, Relot s'était contenté de suivre le mouvement, accompagnant Zhou aux réunions avec les investisseurs et répétant en boucle «*Ni hao, ni hao*, je m'appelle Bertrand Relot». Il était devenu comme cul et chemise avec Dong, seul francophone en univers hostile, à qui Zhou faisait faire d'inutiles allers-retours entre Paris et Pékin. Oh, il fallait les voir en réunion le Dong et le Relot, albatros encore cramés de la veille, étrennant leur costume de colon que leurs joyeuses virées fatiguaient en quelques nuits, traînant leur silhouette gauche et veule derrière Zhou qu'ils prenaient pour leur interprète, comme deux garnements qu'un père forcerait à assister à la messe, ne s'étonnant pas de leur immense talent de négociateurs mutiques, se félicitant de cette idée de consortium soufflée par Zhou mais dont ils se croyaient les géniaux instigateurs. Le consortium par-ci, le consortium par-là! Devenus compères inséparables, ils se juraient amitié éternelle, partaient à l'aventure, les joues bouffies de couperose et de *baijiu*, écumaient les bordels où les attendaient, en vieux habitués, leur fille attitrée et leur pipe d'opium, et cette poudre de synthèse que l'on appelle *crystal* et qui fait de vous un surhomme. Ah, la Chine...

« Zhou arrive dans quinze minutes, prévint Chuang-Mu. Il vient de m'envoyer un message.

— Quinze minutes, pesta Jounneau. Il va nous faire mourir de faim, Mao Zedong!

— Je suis rassuré qu'il ait pu atterrir sans encombre. Parce que ça a l'air de chauffer à Pékin.

— Tu as vu ça? Le Madoff chinois, qu'ils l'appellent.

— Pauvre Dong...

— Oui, pauvre Dong. »

« Pauvre de lui, en effet », songeait Jean-Paul avec en tête l'image de Dong derrière les barreaux d'une prison chinoise. Pauvre Dong, gérant déchu d'une entreprise prospère, inventeur supposé d'une bombe dont le mécanisme le dépassait. Que savait-il de tout ça au juste? Pas grand-chose. Pendant que Zhou faisait racheter par des investisseurs chinois vingt millions d'euros d'actions de Dong SAS, coquille vide dont il s'était lui-même chargé de la valorisation, Jean-Paul avait créé en Suisse la CHC qui lui rachetait une bouchée de pain toutes ses parts du cabinet sans que Relot en sût rien. Avec le concours au Panama de son confrère Jürgen Mossack, Pierre Valade s'était occupé du reste : la constitution de la Helvetic Investment Holding Limited, une société panaméenne offshore qui détenait l'intégralité de la CHC; l'émission des titres au porteur; les prête-noms; le compte de la holding à la Banque helvétique populaire; les procurations bancaires de Jean-Paul et Zhou...

Chaque année, les investisseurs chinois percevaient de juteux dividendes de Dong SAS, payés grâce à la manne des nouveaux entrants au capital, eux-mêmes rassurés par les résultats prometteurs et falsifiés que Dong remettait à ses actionnaires sans rien y entendre. Zhou organisait pour Dong un cocktail annuel dans les salons privés du port de Hong Kong, où Dong et Relot, tout sourires, pointaient fièrement du doigt le porte-conteneurs que l'on apercevait derrière les vitres et qu'une banderole géante au nom de « Dong SAS » barrait sur toute la longueur. « *Look that, all Dong !* » clamait, dans son meilleur anglais, un Relot euphorique qui ne se remettait pas des milliers de conteneurs que possédait son grand ami Dong. Et le champagne coulait à flots ! « *All Dong, all Dong* », répétait Relot aux actionnaires ravis, tapant sur l'épaule de son compère qui finissait par croire que tout ça lui appartenait vraiment. Évidemment, si l'un d'eux s'était aventuré sur le pont du navire, il aurait sans doute compris que Dong SAS n'y possédait qu'une immense banderole et deux conteneurs de cartons vides... En attendant, Relot, que le champagne rendait trilingue, dansait entre les investisseurs et leur glissait ses bons mots. « *Ni hao, consortium, ni hao ! All Dong, all Dong. Ding, ding, dong for Mister Dong !* »

« Ah, monsieur Zhou, nous vous attendions, lança Jounneau.
— Veuillez m'excuser, messieurs.
— Et madame, fit remarquer Chuang-Mu, qui achevait de passer un appel en retrait sur la terrasse.
— Pardon, ma chère, s'excusa de nouveau Zhou.
— Allez, passons à table », intima Jounneau, dont le physique replet commençait à souffrir.

En bon maître de maison, Valade dressa un plan de table que personne ne respecta et Jounneau, enfin soulagé d'être assis, porta précipitamment un toast à ce qu'il s'autorisait désormais à appeler leur « réussite ». Au grand désarroi de ce dernier qui espérait qu'en expédiant le toast ils seraient plus rapidement servis, Valade ajouta quelques mots pour saluer l'ingéniosité de tous, sans citer la sienne avec cette modestie qui sous-entendait qu'elle les dépassait toutes. Et pour faire écho à la discussion qu'il avait eue quelques mois plus tôt avec son confrère dans le bar d'un palace parisien, il ne put s'empêcher de rappeler que le rôle de l'avocat fiscaliste était d'appliquer les lois les plus intéressantes pour ses clients, et que si leurs intérêts passaient à l'occasion par des contrées que la morale publique réprouve, comme les Caïmans, Jersey, le Delaware ou Panama, il n'avait jamais établi de montages qui ne fussent parfaitement légaux. D'ailleurs, aucun de ceux autour de cette table n'avait été inquiété par la justice, ce qui constituait une preuve tangible de son légalisme, même s'il s'étonnait de ce qu'il avait pu lire récemment dans la presse sur les turpitudes de Dong et de Lee en Chine.

« Enfin, M. Zhou, que je n'ai pas l'honneur de compter parmi mes clients et que je n'ai quasiment jamais rencontré, nous en dira peut-être davantage sur une situation qu'il connaît de l'intérieur, je crois...

— Je n'étais qu'un salarié parmi d'autres chez Lee Holding, mon cher maître, rétorqua un Zhou ironique.

— Et Relot ? coupa Chuang-Mu pour éviter une passe d'armes. J'espère qu'il évitera la prison ?

— Je parle sous le contrôle de mon confrère Jounneau, qui est le seul avocat français à cette table et le seul pénaliste de surcroît, mais l'instruction en cours a été ouverte pour trafic international de stupéfiants, et Bertrand Relot a été mis en examen à la suite d'un contrôle de police révélant de manière inopinée que celui-ci détenait de la drogue...

— Avec le confrère que je lui ai envoyé, grinça Jounneau, il est mal barré, Relot...

— Mais d'où sort cette histoire de trafic de drogue ? Vous ne m'avez rien caché de tel, j'espère ?

— Chuang-Mu, la rassura Jean-Paul, cette histoire est ubuesque et n'a rien à voir avec nous. Et je ne vois pas Relot à la tête d'un trafic de stupéfiants...

— Oui, ça fait peu de doute, admit-elle dans un petit rire gêné.

— C'est un camé, rien de plus. Je l'ai déjà sorti plusieurs fois de garde à vue après des interpellations pour détention de stups et alcool au volant, ajouta Jounneau.

— Et si par extraordinaire, tâcha de recadrer Valade, l'enquête révélait que Relot a bel et bien utilisé le cabinet Michard pour blanchir de l'argent issu d'un trafic de drogue, Jean-Paul n'aurait pas à se sentir concerné.

— Je préférerais éviter que l'on en arrive jusque-là.

— Mais enfin, Jean-Paul, tu n'as plus rien à voir avec le cabinet Michard depuis que tu as vendu tes parts à la CHC. Et le seul représentant légal du cabinet est Bertrand Relot, un grand garçon aux cheveux blancs, grassement rémunéré, capable de gérer son entreprise comme il l'entend, mais qui préfère manifestement s'envoyer de la coke plein les narines.

— De la méthamphétamine.

— Oui, eh bien il paraît que c'est pire et que ça rend fou.

— Ceci expliquerait cela », tenta Chuang-Mu.

À la fin du déjeuner, Zhou s'isola sur un coin de la terrasse, le regard abaissé vers la berge du lac Léman. Jean-Paul le rejoignit et s'accouda à la rambarde.

« Les derniers mois ont dû te mettre sur les nerfs, mon cher Tian.

— La position de ton avocat me fatigue.

— Où est passé le militant antisystème qui avait réussi à me convertir à l'idée que ce que nous faisions était juste ?

— Je n'ai jamais pensé que c'était juste.

— Pas forcément juste, c'est vrai. Du moins pas si grave.

— Ce n'est pas une question de bien ou de mal. C'est une question de sens.

— Le sens n'était-il pas d'exploiter les failles du système ? Tu n'y crois plus ? Ni au nihilisme ni à l'antisystème ? »

Zhou ne répondit pas tout de suite. Les années de stratagèmes et de dissimulation avaient cruellement flétri son nihilisme et sa foi militante. Au début, ça n'avait été qu'un jeu. Lee fils était un bon à rien qui se contentait de dépenser la fortune amassée par son père, et le mépris que cet homme lui avait inspiré l'avait convaincu de l'inanité du monde moderne et de la nécessité de profiter de l'absurdité du système. Mais après le succès inespéré de son plan, il se sentait nauséeux et supportait mal que Pierre Valade se drapât dans la dignité de l'homme de loi et qu'il le traitât comme un paria. Bien sûr, Zhou lui était reconnaissant de l'ingéniosité et des contacts qu'il avait mis au service de son entreprise, et qui lui permettaient d'échapper aux poursuites internationales. Mais pourquoi tenait-il à faire savoir au monde entier que son comportement était irréprochable ? Pourquoi persistait-il à feindre de ne rien savoir de la globalité de leur entreprise ? de ce qu'il leur avait permis de réaliser ?

« Le nihilisme, c'est justement de ne croire en rien. Alors, dans un sens, oui, j'y crois toujours, dit Zhou.

— Tian, nous n'avons tué personne. Les investisseurs chinois s'en remettront. Relot échappera à la prison.

— Lee et Dong y sont en ce moment.

— Certes. Enfin, comme Relot, ils ont touché des mille et des cents pendant des années, persuadés de mériter ce pognon qui leur tombait du ciel.

— S'ils ont gagné autant d'argent, c'est que ça servait nos intérêts. »

Zhou pensa à Relot qui avait vécu quatre ans à Pékin sans rien comprendre à ce qui s'y tramait et qui le prenait pour son interprète. Il pensa aussi à Dong, qui en savait à peine plus et qui s'était contenté d'exécuter les ordres et de virer des millions sur le compte du cabinet Michard en paiement des rapports fictifs.

« Ce qui me navre le plus, c'est que sans la crise, tout ça aurait pu continuer tranquillement pendant des années encore.

— C'est toi qui prétends que l'argent n'est qu'une croyance. Il aurait suffi que les investisseurs continuent à croire que les affaires de Dong étaient florissantes pour qu'ils continuent à vivre heureux sans se poser de questions.

— Nous nous sommes enrichis comme ils se sont ruinés, finalement ; sans rien avoir produit, sans rien avoir fourni, ni marchandises ni services...

— Rien, c'est vrai. C'est même ce qui nous a poussés à nous lancer dans cette affaire. »

Zhou se souvenait de ses discours. Ils ne volaient personne. Si des centaines d'insensés avaient cru faire fortune en se contentant de recevoir chaque année une infime partie de ce qu'ils avaient eux-mêmes viré auparavant sur le compte d'une coquille vide, alors le capitalisme était un jeu de dupes. Zhou et Michard n'avaient fait qu'insuffler une croyance à laquelle la foi cupide des investisseurs avait donné corps, celui d'une ligne de chiffres sur un compte bancaire. Les chiffres avaient ensuite circulé de banques chinoises en banques françaises, de banques françaises en banques suisses, au rythme des exportations de cartons vides, des rédactions de rapports fumeux, des rémunérations de sociétés écrans, tant et si bien qu'on en perdait toute trace. Devant eux, une croyance germée au bout du monde florissait en un lot de certitudes : une terrasse en teck, le lac Léman, un grand cru.

« Tian, soyons pragmatiques. S'il s'agit de trouver un sens à notre entreprise, le compte bancaire à notre disposition nous permettra d'y réfléchir sereinement et de consacrer le restant de notre vie à n'importe quelle activité philanthropique que nous jugerons utile. En attendant, autant profiter un peu, non ? »

Songeant à tous ces chiffres surgis de nulle part qui avaient fait le tour du monde pour atterrir comme par magie sur le compte suisse d'une société panaméenne dans lequel il pouvait piocher à sa guise, Zhou comprit comment les enquêteurs français avaient pu en arriver à inventer un trafic international de stupéfiants. Cette pensée le rassura. Il existait encore quelqu'un en ce monde qui s'obstinait à rechercher un peu de concret au beau milieu du vide. Un esprit rationnel défiait le néant.

19

La commissaire Fratelli posa le journal sur son bureau et rejoignit la salle de repos, sa tasse à la main. Moins elle avait de travail et plus elle arrivait tôt, comme pour conjurer le sort. Elle se servit une pleine tasse de ce café que l'on appelait long, large, *American coffee* ou jus de chaussette, dont elle n'appréciait pas véritablement le goût mais qu'elle buvait à longueur de journée, par habitude.

Bernard Madoff.

Ainsi, il n'était plus nécessaire de s'adonner au trafic de drogue, au braquage de banques ou au racket pour s'enrichir de manière fulgurante. Vous restiez derrière votre bureau, paradiez dans quelques cocktails, distribuiez votre carte de visite aux mains qu'on vous tendait et le tour était joué, sans coup de feu, sans goutte de sang, sans échange de marchandise, sans même une extorsion de monnaie sonnante et trébuchante. Il suffisait de dire aux gens qu'on pouvait leur rapporter beaucoup d'argent s'ils vous en confiaient un peu et, à condition d'attirer de nouveaux pigeons chaque année, le stratagème fonctionnait à merveille. Jusqu'au jour où l'économie s'effondrait. Mais ce qui dépitait le plus la commissaire n'était pas que Bernard Madoff eût profité de la crédulité de ses investisseurs pour s'enrichir à partir de rien, ni même que ses investisseurs eussent cru s'enrichir de bonne foi sans se soucier de ce que Madoff faisait de leur argent. Ce qui la rendait infiniment perplexe était que sans une crise historique, ce petit manège eût perduré encore des décennies. Enfin quoi, soixante-cinq milliards envolés dans la nature sans que personne ne s'en inquiétât pendant quinze ans ? Soixante-cinq milliards ! On ne parlait pas d'un cochon tirelire, à la fin !

Plus elle en lisait sur l'affaire Madoff, plus elle avait l'impression d'en apprendre sur l'affaire Chinagora. Il devenait évident qu'il n'avait jamais été question de drogue au cabinet Michard, mais Brigitte Fratelli tardait à s'avouer vaincue. Ce n'était pas seulement sa crédibilité professionnelle qui était en jeu, mais une certaine vision du monde. Tout trafiquants qu'ils étaient, les individus qu'elle traquait depuis vingt-cinq ans avaient à leur crédit d'effectuer quelque chose : certains faisaient le guet pendant que d'autres vendaient la came au bas des immeubles, acheminaient la marchandise d'un continent à l'autre, négociaient sur place avec les producteurs... Ces gens-là partageaient la valeur travail. À risque élevé, salaire élevé. Et puis, il y avait une logique mercantile classique dans ce système : la rencontre d'une demande et d'une offre autour d'un produit marchand. Ce que commençait à lui révéler l'affaire Chinagora, ou le scandale Madoff, était que cette logique comptable, dernier bastion de la notion d'effort et d'utilité sociale dans l'univers de la délinquance, tendait à s'estomper. Bien sûr, pour mettre en place des montages financiers pareils et faire comme si de rien n'était pendant quinze ans, il fallait bien un peu de jugeote, mais la commissaire Fratelli ne pouvait s'ôter de l'esprit que tout reposait sur du vide. D'ailleurs, la commissaire avait bien moins d'amertume vis-à-vis de Madoff, qui assumait l'illégalité de son entreprise et qui finirait ses jours en prison, que vis-à-vis des financiers de Wall Street et de la City dont l'appât pour le gain avait mis le monde sens dessus dessous et dont il était déjà tout aussi clair qu'aucun ne serait jamais inquiété par la justice.

« À quoi bon faire du trafic si on peut faire cent fois plus lucratif en toute légalité ! »

Brigitte Fratelli retourna dans son bureau et, tout en soufflant sur sa tasse de café chaud, se surprit à jeter un regard bienveillant sur les photos des différents suspects épinglées au mur. La veille, elle avait reçu le retour partiel de la commission rogatoire internationale lancée par la juge d'instruction auprès des autorités chinoises en application d'un accord bilatéral d'entraide judiciaire et, bien qu'il restât encore de nombreuses zones d'ombre, les autorités chinoises ne faisaient pas état d'un quelconque trafic de méthamphétamine. Le scandale « Lee/Dong » avait éclaté comme il se doit au moment où plusieurs investisseurs importants avaient voulu retirer leur argent du consortium. Dong avait été cueilli par les policiers à sa descente d'avion en provenance de Paris et n'était pas près d'être extradé vers la France puisqu'il était en détention provisoire à Pékin pour une affaire qui concernait la Chine au premier chef. Selon le procès-verbal de synthèse, Dong prétendait n'avoir été qu'un jouet aux mains du fils Lee. Sur le cabinet Michard en général, et sur Bertrand Relot en particulier, les investigations chinoises n'apportaient pas grand-chose : la plupart des investisseurs chinois confirmaient qu'un représentant français du cabinet Michard avait bien assisté aux réunions avec les représentants de Lee Holding mais personne ne se souvenait de l'avoir entendu parler. Les autorités suisses, quant à elles, avaient assez classiquement opposé le secret bancaire aux demandes de coopération internationale de la juge d'instruction.

De son côté, la commissaire Fratelli n'avait rien trouvé d'intéressant, si ce n'était que le cabinet Michard avait recours à des prestataires externes dès qu'il le pouvait, et communiquait avec eux exclusivement par e-mail. La maintenance informatique était assurée par une société spécialisée qui n'avait pas eu à se plaindre de ses relations commerciales avec le cabinet : elle percevait un forfait annuel en contrepartie de prestations quasi inexistantes. Trois fois par an, tout au plus, un certain Bertrand Relot appelait en vociférant que son ordinateur avait planté et il s'avérait généralement qu'il avait oublié de l'allumer ou de refermer le bac de l'imprimante.

Grâce aux indications de Laugier, elle avait pu identifier le centre d'affaires du rond-point des Champs-Élysées où il avait effectué ses deux jours de formation quatre ans plus tôt et remonter jusqu'aux deux intervenants ayant assuré son séminaire d'accueil au cabinet Michard. Ces derniers travaillaient toujours pour la même société spécialisée dans la gestion de la formation, et disaient animer des réunions pour des clients sans service RH désireux d'externaliser leur formation. Ils se souvenaient d'être intervenus à trois ou quatre reprises pour présenter le cabinet Michard à ses nouvelles recrues, toujours au sein du même centre d'affaires. Ils n'avaient jamais rencontré physiquement un représentant de chez Michard, mais ils avaient reçu des brochures de présentation qui ne différaient pas de celles des autres cabinets de ce type. Brigitte Fratelli leur avait soumis par e-mail les clichés d'Hubert Legoff et de Tugdual

Laugier. L'homme avait été incapable de les reconnaître mais avait précisé qu'il avait été marqué par l'insistance sur un point : la confidentialité devait être présentée comme la valeur fondamentale du cabinet. La femme, quant à elle, les avait identifiés formellement. Lorsque la commissaire lui avait demandé si elle se rappelait l'impression que ces deux-là lui avaient laissée, elle avait prétexté qu'il eût été peu professionnel de sa part d'émettre un quelconque jugement sur les personnes qu'elle formait, d'autant plus qu'elle n'était pas véritablement en position de les évaluer. La commissaire avait insisté poliment, et la femme, un brin gênée, avait confessé qu'elle ne les aurait pas forcément recrutés pour son propre cabinet. Brigitte Fratelli avait alors explosé d'un rire si communicatif que son interlocutrice, flattée qu'on la trouvât si drôle, avait consenti à lui en dire un peu plus pour la faire rire encore : le gros balourd avait passé les deux jours à la reluquer en se goinfrant de chouquettes, et le grand type à lunettes n'avait manifestement pas la lumière à tous les étages.

Les expertises informatiques réalisées sur les ordinateurs du cabinet Michard s'étaient révélées vaines. Hubert Legoff, déclaré irresponsable pénalement par deux experts psychiatres, avait employé ses six derniers mois chez Michard à rechercher un certain Grandibert, un ancien camarade de faculté de Relot qui n'avait rien à voir avec la choucroute ; Laugier avait passé quatre mois à recopier tout Internet ; Chuang-Mu achetait de temps en temps des fournitures de bureau et des capsules de café ; quant à Relot, dans ses rares moments de présence au cabinet, il voguait sur la Toile au gré de ses impulsions… Les investigations avaient par ailleurs confirmé les déclarations de Jean-Paul Michard, à savoir qu'il avait bien vendu toutes ses parts en 2001 à la Compagnie helvétique de conseil, et qu'il n'y travaillait plus. Enfin, un certain Raymond Vuellard détenait encore quelques parts du cabinet mais n'avait plus donné signe de vie depuis qu'il était mort.

La commissaire avait remonté la trace d'une dizaine de stagiaires et de deux consultants recrutés chez Michard. Les stagiaires gardaient tous un très bon souvenir de leur passage au cabinet, qu'ils avaient occupé à visionner des DVD sur leur écran d'ordinateur pour mille euros par mois, et les deux consultants avaient préféré démissionner au bout de six mois pour « préserver leur santé mentale ».

Brigitte Fratelli hésita à se remplir une nouvelle tasse de café. À 8 h 30, elle avait un rendez-vous téléphonique avec l'ancien chasseur de têtes de chez Michard.

« Je serais curieuse de savoir comment ce type-là a sélectionné deux charlots comme Legoff et Laugier pour un poste au salaire mirobolant. Sept mille euros par mois pour pondre le rapport chinois ! »

Rien qu'en l'évoquant, elle se sentit irrésistiblement attirée par le rapport dont elle avait conservé une copie dans l'un de ses placards en guise d'ironique trophée de la bêtise humaine. En s'en saisissant, elle l'examina avec une certaine anxiété, comme si le rapport chinois se révélait tout à coup doté d'une âme. Depuis plus de six mois qu'elle l'avait lu, si tant est qu'on pût lire le rapport chinois, force était de constater que sa puissance de vide s'était répandue autour d'elle à une vitesse déconcertante et dépassait largement l'affaire Chinagora : les *subprimes*, la titrisation, Madoff, le mécanisme de la dette... Le monde semblait découvrir qu'il ne reposait sur rien. Et le vide avait débordé jusqu'à sa propre existence : après s'être entêtée à chercher de la drogue là où il n'y en avait manifestement pas, elle savait que les regards sur sa personne avaient changé. On ne lui disait rien en face, mais elle sentait bien que ses collègues lui en voulaient de les avoir embarqués dans une telle affaire sur sa seule intuition. Dans tout le 36, elle devinait les sourires sarcastiques dans son dos, et elle avait plusieurs fois surpris les rumeurs de couloirs... « L'immensément vide ». C'est ainsi que le 36 avait rebaptisé le dossier Chinagora, comme si les centaines d'investigations qu'elle avait menées durant des mois n'avaient servi qu'à noircir du procès-verbal. Ses supérieurs ne le lui avaient encore pas dit clairement, mais elle savait que sa retraite était désormais encouragée dans les hautes sphères. « Te fatigue pas trop, Brigitte », « À ton âge, tu devrais te ménager un peu », « À ta place, ça ferait belle lurette que je cultiverais mes tomates »... On lui confiait de moins en moins d'enquêtes ; Manu, Jérémy et Nadia travaillaient souvent avec d'autres équipes ; ses ordres n'étaient exécutés qu'après plusieurs relances...

En soirée ou le week-end, quand on n'avait ni mari, ni enfant, ni véritable famille, on s'ennuyait vite. Et c'était sans doute le pire : seule chez elle, plutôt que d'en profiter pour lire les grands classiques, susciter des passions, se constituer enfin une vie sociale, Brigitte restait assise dans son canapé, une tasse de café à la main, les pupilles ventousées à la télévision ou à son ordinateur sans retenir quoi que ce soit. Elle scruta l'intérieur de sa tasse et se résolut à admettre que le dossier Chinagora ne resterait pas de la compétence de sa brigade.

Ponctuel, le chasseur de têtes téléphona à la commissaire à 8 h 30. Il se présenta brièvement (expérimenté, occupé, indépendant) et lui dit avoir remis la main sur les dossiers des candidats en lien avec le cabinet Michard. Lui non plus n'avait jamais eu d'entretien physique avec les gens de chez Michard mais il s'était entretenu avec une personne – dont il avait oublié le nom – en charge du recrutement. Rien de spécial à signaler, si ce n'était que son client avait insisté pour qu'il recrutât des candidats aux profils atypiques, et non des clones tout droit sortis des grandes écoles de commerce. À la demande de Brigitte Fratelli, il se souvenait précisément de Tugdual Laugier, «un type très dégourdi croisé sur le campus de son école dans le cadre d'une rencontre étudiants/professionnels qu'il avait lui-même organisée». Entre eux, le courant était tout de suite passé, et Tugdual correspondait au profil recherché par le cabinet Michard. Comme la commissaire insistait aussi à propos d'Hubert Legoff, il put seulement lui dire, en relisant ses notes, qu'il s'agissait à l'époque d'un candidat très rigoureux, sans doute un peu pointilleux et terne en apparence, mais répondant parfaitement aux exigences de son client, qui cherchait à s'adjoindre les services d'une personne capable de respecter à la lettre les *process* internes.

«Mais vous savez, je vois des dizaines de candidats par semaine...»

Brigitte Fratelli essaya bien de lui tendre quelques perches («Un drôle de bonhomme, ce Laugier!», «Pointilleux, Legoff? Carrément obtus, vous voulez dire!»), mais rien n'y fit. Le chasseur de têtes ne put lui apprendre quoi que ce fût («Laugier? Très professionnel», «Legoff? Pointilleux, une qualité rare de nos jours»). Écœurée, elle mit fin à la discussion en songeant à l'inanité des entretiens d'embauche et considéra avec amertume les nombreux tomes du dossier Chinagora qui, faute de drogue, rejoindraient bientôt un bureau de la brigade financière où ils seraient empilés comme les briques du mémorial de son déshonneur.

Le chasseur de têtes raccrocha et, exceptionnellement, s'alluma une cigarette dans son bureau. Il redoutait ce moment depuis tant d'années qu'il peinait à croire qu'il fût enfin derrière lui. Qu'avait-il fait de répréhensible, au fond ? Toutes ces années, il n'avait recruté que les meilleurs pour servir les grands de ce monde, et le monde était-il devenu meilleur pour autant ? Alors, si c'était pour en arriver à ce marasme économique, pourquoi ne pas recruter des simplets après tout ? L'une de ses missions les plus délicates. Mais bien qu'il n'eût aucun motif de se sentir coupable, il avait su dès le départ qu'un jour ou l'autre on viendrait lui demander des comptes sur ses recrutements pour le cabinet Michard. Tugdual Laugier. Hubert Legoff... « Grands dieux... », souffla-t-il en analysant de nouveau leurs photos d'identité conservées dans son dossier. En le feuilletant, il retomba sur les notes prises au cours d'une conversation téléphonique avec le représentant du cabinet Michard. « Cible : se noie dans un verre d'eau + saura s'occuper tout seul ». Oh que non, il ne les avait pas oubliés...

20

La paix des ménages tenait décidément à bien peu de choses. On vous montait la tête avec des histoires romantiques, des couples séparés par la guerre, des déchirements, des larmes et des cheveux au vent, mais quand c'était votre tour rien ne se passait comme vous vous y attendiez, et au bout du compte c'était votre collègue déjantée qui, entre le plat et le café, d'une formule péremptoire, avait visé plus juste que deux mille ans de littérature mondiale. Parce que c'était bien beau les premières rencontres et les amours contrariées, mais ça ne durait qu'un temps. Ensuite, il y avait le quotidien qui, lui, durait toujours et qui ne se souciait pas beaucoup des baisers volés sous les porches. Avec Tugdual, les étoiles dans les mirettes et les papillons dans le ventre avaient rapidement laissé place à une frise chronologique des années à venir exposée dans l'entrée, à un rapport chinois qui n'était pas seulement *très bien* mais *excellent*, et à un rituel d'approbations forcées (« Vrai ou faux ? », « J'ai tort ou j'ai raison ? », « Affirmatif ou négatif ? »). À la longue, c'était pénible, même s'il fallait bien reconnaître que Tugdual avait souvent raison, confiant et cultivé comme il l'était. Mais qu'avait-il toujours besoin de la rabrouer telle une enfant de six ans ? Et il avait fallu qu'elle quittât leur appartement – dont Tugdual n'arrêtait pas de dire qu'il le remboursait seul – pour que les choses évoluent.

Au début, il s'était contenté de faire l'orgueilleux. Il avait écrit plusieurs courriers directement à l'attention de sa mère, chez qui Mathilde avait trouvé refuge, pour évoquer le comportement de « Madame votre fille », à qui il avait apporté bienfaits et réconfort et qui, en guise de remerciement, avait filé à l'anglaise. Mathilde n'avait pas laissé sa mère répondre et avait adressé à Tugdual une longue lettre dans laquelle elle lui reprochait de la traiter comme une écervelée et lui indiquait que la dernière humiliation en date avait été celle de trop, tout en lui précisant qu'une simple prise de conscience de sa part eût suffi à arranger la situation et à faire en sorte qu'elle regagnât le domicile conjugal. En réponse, Tugdual avait rédigé un courrier qui se voulait très froid, la vouvoyant et l'appelant « Madame », mais dont la longueur et les appels du pied pour qu'elle revînt – aussi explicites qu'ils se voulaient discrets – disaient précisément l'inverse de son contenu.

Pendant plusieurs mois, les lettres de Tugdual s'étaient succédé au rythme de trois ou quatre par semaine, avec ce même ton neutre et distant et ces mêmes adieux définitifs que chaque missive renouvelait au prétexte de considérations pratiques et urgentes (« *Sachez, Madame, que j'ai retrouvé dans le placard de l'entrée de l'appartement – qui fut aussi le vôtre, faut-il le rappeler – un sac de marque Longchamp qui, je crois, vous appartient et dont je ne sais que faire. N'étant pas rancunier, mais n'étant pas non plus à la tête d'un entrepôt de stockage (et ayant par ailleurs rapidement besoin d'espace pour d'éventuels projets de couple), je consens à le conserver à titre gracieux mais provisoire, et tiens à vous indiquer que celui-ci pourra vous être remis par mon intermédiaire si vous m'indiquez par retour vos jour et horaire de passage. Au-delà d'un délai de trois semaines, je n'aurai d'autre choix que de prévenir le service des encombrants près la Mairie de Paris et de remettre le sort dudit sac entre leurs mains, sauf cas de force majeure – que je vous remercie le cas échéant de bien vouloir justifier par la remise de documents officiels – vous empêchant de le récupérer dans le délai susmentionné. Je profite de la présente – que je ne vous adresse qu'en vue de régler ce problème matériel et d'établir enfin notre solde de tout compte – pour réitérer que ma décision de considérer votre départ comme sans retour possible est irrévocable, et que l'unique espoir qu'il en soit autrement dépend du recul que vous aurez pu prendre par rapport à votre comportement qu'il m'est difficile de ne pas juger indigne, même si, rassurez-vous, je vais particulièrement bien, revoyant mes amis, songeant à céder aux multiples appels du pied de certaines (ravissantes) collègues trop heureuses d'apercevoir une brèche dans le roc de mon jardin secret.* »). Mathilde continua à lui écrire une fois par semaine, n'attendant qu'une chose : que Tugdual lui répondît simplement qu'il l'aimait. L'été passa, puis l'automne, sans que le ton de ses courriers ne changeât.

Et puis, à la fin de l'année 2008, quelques jours avant Noël, un événement inattendu précipita le cours des choses. Un soir, Mathilde fut appelée par l'Hôtel-Dieu : Tugdual avait été transporté aux urgences l'après-midi même, après qu'il eut tenté de mettre fin à ses jours. À l'hôpital, un médecin lui expliqua qu'une femme de ménage, alertée par des toussotements rauques et répétés (« rô-rô-rô »), l'avait découvert étendu sur la moquette de son bureau, pris de convulsions, après avoir manifestement essayé de s'étouffer avec sa cravate. Tugdual fut rapidement tiré d'affaire mais dut rester quelques jours en observation à l'hôpital. Mathilde à son chevet, il pleura comme un bébé. Ouin-ouin-ouin ! Il savait bien qu'il ne ressemblait pas à un acteur américain, qu'il n'était ni le plus futé, ni le plus dégourdi, mais enfin ça n'était pas non plus un chien galeux qu'on abandonnait sur l'autoroute des vacances, sans rien expliquer, sans même laisser un mot, à qui on claquait la porte sur le bout du museau, et tout ce temps qu'ils avaient passé ensemble, tous les projets qu'ils avaient construits, l'appartement, la feuille de route sur le mur de l'entrée, les draps en satin, les vacances aux châteaux de la Loire, ce n'était pas des grains de poussière que l'on pouvait balayer comme ça, du revers de la main, et il s'en fichait pas mal de gagner sept mille euros par mois ou dix mille ou douze mille si c'était pour ne pas en profiter avec Mathilde, et puis à quoi ça rimait la vie si c'était pour rentrer tous les soirs dans un grand appartement vide qu'il avait acheté pour y vivre avec elle et qu'elle n'y était pas, parce que, enfin quoi, même s'il ne le lui disait pas, bien sûr qu'il l'aimait, sa chère Mathilde... !

Elle le prit dans ses bras, se sentit terriblement coupable, sécha ses larmes. Elle allait revenir à la maison avec lui qui n'était peut-être pas le plus beau, ni le plus facile à vivre, ni le plus apprécié de tous, mais qui était son gentil Tugdual rien qu'à elle, celui qui l'avait incluse dans ses plans, qui lui écrivait trois fois par semaine des courriers où il camouflait son irrésistible envie de la revoir derrière des *Madame*, des vouvoiements, des adieux inébranlables qui s'effritaient depuis des mois sous des prétextes à la noix, et qui avait voulu mourir pour elle, la petite, la discrète, l'insignifiante Mathilde, et on aurait pu lui proposer tous les acteurs américains qu'elle n'en eût pas voulu parce qu'à ses yeux, avec ses cheveux drus et ses joues rondes, Tugdual était le plus beau de tous. Et même si la psychologue de l'Hôtel-Dieu disait que la tentative de suicide de son fiancé ressemblait plutôt à un appel au secours – parce que s'enfoncer une cravate dans la bouche, ce n'était pas non plus sauter du haut de la tour Eiffel –, Mathilde sut que sa vie serait irrévocablement liée à la sienne.

Tugdual et Mathilde, de nouveau réunis comme Modeste et Pompon, décidèrent de se parler davantage que par le passé parce que la psychologue avait dit que la communication dans un couple était primordiale, surtout quand l'un des deux avait un travail aussi chronophage et stressant que celui de Tugdual, et qu'on résolvait mieux les problèmes à deux que tout seul. Tugdual évoquait assez librement sa tentative de suicide (il disait sa «TS», tandis que Mathilde parlait de son «appel au secours»). Il s'ouvrit aussi à sa fiancée des graves soucis professionnels qu'il rencontrait depuis des mois à cause de policiers qui ne cessaient de répéter que son rapport chinois était fictif alors que – bon sang de bois! – mille quatre-vingt-quatre pages ça n'avait rien de fictif. Elle écouta son récit avec beaucoup d'attention et, si elle n'y comprit pas grand-chose, elle le remercia intérieurement de ne pas lui rappeler qu'elle n'y connaissait rien aux affaires. Avec toutes ces histoires de *subprimes*, de crises financières et de grandes banques en faillite ou renflouées par les États, rien ne l'étonnait plus dans ce milieu que Tugdual eût été inspiré de quitter au plus vite parce que ce n'était pas tout d'avoir un grand appartement avec parquet, moulures et cheminée, et ce n'était pas ça qui faisait de vous une belle personne. À cette époque, Tugdual pleurait régulièrement dans les bras de Mathilde – la psychologue avait parlé de *burn-out* – et Mathilde le trouvait très touchant parce qu'en fin de compte l'infaillible Tugdual Laugier n'était qu'un gros nounours empêtré dans ses faiblesses.

Au début de l'année 2009, Tugdual quitta définitivement le cabinet Michard, où il ne croisait plus personne depuis six mois, et découvrit le chômage une après-midi de semaine. Il battit le pavé de Paris, évitant les quartiers chinois qu'il avait trop fréquentés, et se mêla par hasard à un cortège de manifestants qui traversaient les grands boulevards, les jugeant fort sympathiques, scandant avec eux des slogans contre la crise, l'austérité et la précarité, appelant à la démission du président de la République, invectivant les profiteurs du système, puis rentra chez lui, fier d'avoir «claqué la porte du cabinet Michard», et se coucha la tête pleine d'ambitions politiques qui ne survécurent pas à la nuit. Les indemnités qu'il percevait, proches du plafond légal («J'ai cotisé, j'y ai droit»), lui permettaient de ne pas chercher d'emploi pendant au moins deux ans, emploi qui eût été de toute façon moins rémunérateur que ses allocations chômage. Tugdual en profita pour plancher sur une idée révolutionnaire : il acheta toute la littérature économique, explora des dizaines de pistes dans des secteurs aussi variés que la restauration, les nouvelles technologies, le tourisme, les transports ou le marché automobile, visita plusieurs locaux professionnels dans la perspective de donner vie à sa grande idée mais, jouant de malchance, chaque fois qu'il en décelait une prometteuse, un autre la lui avait déjà subtilisée sans même lui laisser le temps d'y réfléchir ! Tugdual ne créa rien du tout.

À la maison, et bien qu'il ressassât souvent ses mésaventures de rapport à mille quatre-vingt-quatre pages qui – bon sang de bois! – n'avait rien de fictif, ses relations avec Mathilde s'apaisèrent, et celle-ci fut obligée de reconnaître que cet apaisement devait beaucoup aux conseils de Virginie, sa collègue de bureau qui avait résumé la paix des ménages à une question de chair, et à la disposition de la femme à s'adonner aussi régulièrement que possible à un exercice bien précis, le tout en une expression grossière que Mathilde avait accueillie d'un petit rire nerveux, les joues comme des pivoines. Un soir que Tugdual avait longuement pleuré à cause du *burn-out*, Mathilde s'était sentie si en confiance qu'elle s'était décidée à mettre à exécution les recommandations de sa collègue, et son compagnon, bien que déboussolé, avait manifesté sa totale approbation dans un hululement ravi («hou-hou-hou»), un sourire ensorcelé au coin des lèvres, et Mathilde avait bientôt dû se rendre à l'évidence que Tugdual ne se montrait jamais plus doux et attentionné qu'après avoir profité du facétieux exercice, dans une béate prostration, ou encore mieux, juste avant, lorsque l'espoir de s'en délecter devenait si irrépressible qu'il transpirait par tous les pores. Alors Mathilde s'y adonnait parfois, sans honte superflue, puisque après tout Tugdual s'y était bien enfoncé la cravate.

Mathilde et Tugdual se marièrent à la mairie du 15ᵉ arrondissement de Paris. Virginie, à qui Mathilde devait plus qu'elle ne l'imaginait, témoigna pour sa collègue, et Gaspard, incrédule mais bien élevé, témoigna pour son beau-frère.

Après deux ans de chômage, les allocations cessèrent mais, compte tenu de la forte rémunération qu'il avait perçue jusque-là, Tugdual avait pu mettre de l'argent de côté et le couple ne fut pas immédiatement dans le besoin.

Bientôt, il décrocha des entretiens dans des cabinets de conseil de renom mais ses prétentions financières, la réputation sulfureuse du cabinet Michard et ses deux ans d'inactivité professionnelle découragèrent les recruteurs. L'essentiel du temps, pendant que Mathilde travaillait, Tugdual restait à la maison, lisant le journal, surfant sur Internet, sautant le déjeuner mais grignotant du matin jusqu'au soir devant une chaîne d'information en continu au point de voir sa silhouette, déjà bien arrondie, déborder de sa garde-robe. Le chômage se prolongeant, Tugdual songea même à vendre leur appartement pour en acheter un plus petit et se réjouit à l'idée de réaliser une belle plus-value immobilière. Il pouffa en se remémorant le vieil article de *The Economist* qui annonçait l'effondrement de l'immobilier, et se félicita de ne pas avoir suivi les conseils des spécialistes qui n'y connaissaient rien, et d'avoir investi dans la pierre.

« Chérie, plus trente pour cent ! Alors, ne t'avais-je pas dit que le parquet-moulures-cheminée serait une bonne affaire. Vrai ou faux ?

— Vrai, chéri ! Tu as vraiment eu le nez creux. »

Finalement, Tugdual n'avait pas eu besoin de vendre son appartement, ce qui le priva d'une belle culbute mais lui évita aussi une mauvaise affaire puisqu'en cédant son grand appartement, il eût été obligé d'en acheter un plus petit qui lui eût coûté le même prix que le précédent et ça, il n'en était pas question parce qu'il ne fallait pas non plus le prendre pour un jambon.

21

L'affaire Chinagora fut durablement confrontée à ce qu'il est convenu d'appeler *le temps de la procédure*, dont les rouages de l'institution judiciaire – magistrats, avocats, interprètes ou greffiers – vous parleront sur le ton fataliste du médecin évoquant la maladie du patient. En dehors de la comparution immédiate, *le temps de la procédure* est une période incompressible qui se compte au mieux en mois, en général en années, durant laquelle personne ne saurait dire ce qui s'y passe mais dont la longueur est acceptée par tous ceux qui l'éprouvent quotidiennement, comme on accepte chaque année que l'été fasse place à l'automne bien qu'on eût préféré qu'il se succédât à lui-même. Le temps devient alors une chose abstraite, déconnectée de la raison et qu'un jugement hâtif pourrait croire étrangère à toute loi humaine alors qu'elle en est en réalité l'exacte conséquence. Mis bout à bout, la paresse, l'oubli, l'indifférence et la procrastination, qui constituent les plus indéfectibles lois humaines, étirent le temps dans une proportion si absurde qu'on finit par oublier que, pour le raccourcir, il suffirait de le décider. Tel fut le sentier judiciaire que suivit, comme beaucoup d'autres, le dossier Chinagora.

Faute de stupéfiants, la juge d'instruction fut dessaisie au profit de l'un de ses collègues du pôle financier, qui accueillit le dossier comme une famille pauvre une énième bouche à nourrir. Un beau matin, les huit tomes du dossier Chinagora lui furent livrés sur un diable que sa greffière entreposa en soupirant dans un coin de son bureau, à même le sol. À son arrivée, le juge l'inspecta avec inquiétude, craignant de ne pas trouver un moyen de s'en dessaisir à son tour au profit d'un collègue plus jeune. Il lut le procès-verbal de synthèse, comprit que les enquêteurs avaient cherché des stupéfiants là où il ne devait y avoir que de la fraude fiscale et du blanchiment d'argent, ouvrit un tome au hasard, le numéro 6 qui ne comprenait qu'une seule et unique pièce à conviction, cotée D823 et intitulée « Rapport rédigé par le cabinet Michard à l'attention de son client Dong SAS », fut pris d'une bouffée de chaleur en parcourant une kyrielle de notes de bas de page, de développements en blocs compacts sans transition ni alinéa, se prit la tête dans les mains, prononça « Mon Dieu » à voix haute, et referma aussitôt l'objet avant de le replacer à la hâte dans sa chemise extensible numérotée 6, en tirant au maximum sur les rabats pour s'assurer qu'elle ne se rouvrirait pas de sitôt. Du haut de la pile des priorités, le dossier Chinagora chuta à sa base, et dut bientôt supporter le poids des nouveaux dossiers que charriait le flot quotidien de la justice, si bien qu'il fut enterré sous des monceaux d'autres chemises à rabats pleines de papiers, oublié par le magistrat, volontairement non déterré par les avocats.

Sentant sa mutation se profiler, et soucieux de ne pas se voir reprocher son inactivité par son successeur, le juge d'instruction – consciencieux un brin coupable – chargea, quelques mois avant son départ, une auditrice de justice de débroussailler le dossier. La pauvre fut ainsi assignée au traitement des huit tomes du dossier Chinagora, et lorsqu'elle en consulta le sixième, elle songea un moment à renoncer à la profession avant que de l'avoir embrassée. Elle feuilleta la pièce cotée D823, crut défaillir en s'essayant à une lecture transversale du document, en analysa la dernière page, lut « 1 084 » dans la marge du bas, pria « Jésus, Marie, Joseph » et, accablée d'une langueur morbide, referma aussi sec le document qu'elle replaça prestement dans sa chemise extensible. Elle se prit la tête entre les mains, refréna *in extremis* une douloureuse envie de pleurer, et décida de limiter sa lecture du dossier à celle du procès-verbal de synthèse d'une dizaine de pages. L'auditrice de justice passa plusieurs semaines sans savoir quoi écrire, ni quoi faire, et d'ailleurs n'écrivit ni ne fit rien. À quelques jours de la fin de son stage, elle rédigea une note à l'attention du juge d'instruction au terme de laquelle elle conclut que des investigations supplémentaires, qui eussent sans doute été utiles dans les semaines suivant l'ouverture du dossier, ne présentaient plus d'intérêt aujourd'hui. Elle remit son travail au juge, qui y jeta un œil dubitatif et craignit qu'une telle conclusion fût interprétée comme l'aveu de sa propre inactivité. Il remercia l'auditrice de justice et lui demanda de lui remémorer les grandes lignes du dossier. L'auditrice lui rappela ce qu'elle avait compris du procès-verbal de synthèse, à savoir que les enquêteurs avaient cru démanteler un trafic international de stupéfiants à cause d'un certain Bertrand Relot, associé gérant du cabinet Michard et accro à la méthamphétamine, avant de soupçonner ledit cabinet de blanchir de l'argent issu d'une immense pyramide de Ponzi organisée en Chine par un certain Dong, gérant de Dong sas, et d'un certain Lee, fils du fondateur de Lee Holding Capital, au moyen de rapports fictifs que le cabinet Michard facturait à prix d'or à Dong SAS. Trois commissions rogatoires internationales avaient déjà été réalisées, une auprès des autorités chinoises qui avaient écarté l'hypothèse du trafic de méthamphétamine et révélé la pyramide de Ponzi, une autre auprès des autorités suisses qui avaient opposé le secret bancaire, et la dernière auprès des autorités panaméennes qui l'avaient escamotée dans les couloirs du temps. Bref, tout ce qui restait de ce dossier était ce camé de Relot, qui avait préservé sa liberté contre un bracelet électronique et cinq cent mille euros de caution, et que l'on soupçonnait d'avoir facturé des rapports fictifs à la société Dong SAS. Le juge réfléchit alors à un acte d'investigation qu'il pût faire réaliser par son successeur afin qu'on ne lui reprochât pas de n'avoir rien fichu.

« Et ces rapports ? Est-on seulement certain qu'ils sont fictifs ? demanda-t-il à son auditrice.

— Les rapports ? Je ne sais pas. Un seul a été versé au dossier...

— Et ?

— Et je ne peux pas me prononcer là-dessus. »

Le juge d'instruction entrevit enfin un bon moyen de se sortir par le haut de cette épouvantable affaire et, suivant l'impétueuse envie de prouver à son auditrice de justice que lui aussi savait se retrousser les manches, il la somma de lui apporter le fameux rapport. Mais lorsqu'elle le posa sur son bureau, le juge reconnut aussitôt la chemise extensible numérotée 6 qui comprenait la pièce cotée D823, et fut victime de la même bouffée de chaleur que plusieurs mois auparavant.

« Ne l'ouvrez pas, je vous prie. Il ne nous appartient pas d'apprécier si ce rapport est fictif ou non, trancha-t-il, péremptoire, en cherchant une approbation dans les yeux de son auditrice.

— Parfaitement», le rassura-t-elle aussitôt.

Et les deux fonctionnaires du ministère de la Justice, partageant le constat que leur mission avait été accomplie avec sérieux mais que la plus élémentaire conscience professionnelle leur imposait de déléguer cet aspect des choses à un spécialiste, s'accordèrent sur l'impérieuse nécessité de recourir à la compétence du meilleur allié du *temps de la procédure* en la personne de l'expert judiciaire.

La magistrate qui succéda au juge d'instruction, troisième du nom, profita de sa première semaine en poste pour établir avec sa greffière un audit des dossiers en cours de manière à identifier ceux qu'elle pourrait clôturer rapidement. Selon la note laissée par son prédécesseur, le dossier Chinagora n'attendait que l'intervention d'un expert judiciaire pour trancher la question de savoir si le rapport rédigé par le cabinet Michard était bel et bien fictif ou s'il correspondait à une prestation réelle. Dans un cas, le blanchiment serait avéré, dans l'autre, le dossier s'effondrerait. La juge, estimant qu'elle n'avait pas besoin d'un expert lent et coûteux pour trancher une question aussi évidente, se mit en tête de clôturer le dossier l'après-midi même et demanda à sa greffière de lui apporter le fameux *rapport chinois*. Dès que celle-ci déposa sur son bureau, en soufflant bruyamment, le tome numéroté 6 et la pièce cotée D823 qu'il contenait, la nouvelle juge d'instruction sombra dans une foudroyante indolence qui lui rappela les dimanches de son enfance qu'elle passait à somnoler chez sa grand-mère dans une odeur de naphtaline.

«Seigneur Jésus», implora-t-elle tout haut en feuilletant les pages de la cote D823.

Son excès de zèle retombé, elle se rallia à l'avis de son prédécesseur : il fallait impérativement recourir à l'expert judiciaire.

Un *expert en opérations financières internationales* inscrit sur la liste de la cour d'appel de Paris fut ainsi désigné pour trancher la question du dossier Chinagora. L'expert, déjà bien occupé par ses fonctions d'associé d'un cabinet de conseil en stratégie, mais trop orgueilleux pour refuser l'honneur d'une mission confiée par la justice, accepta bien volontiers et s'engagea à respecter le délai imparti tout en sachant qu'il ne le pourrait pas. Lorsqu'il reçut le rapport chinois, le premier coup d'œil à cet épais bloc de papier d'un seul tenant lui fit aussitôt regretter d'avoir accepté la mission. Il feuilleta le rapport en quelques endroits, erra entre l'histoire de la Chine et la recette de la baguette, s'empressa d'en vérifier le nombre de pages, lut « 1 084 » sur la dernière, éprouva une angoisse passagère et referma le rapport sur le dessus duquel il croisa les bras en se prenant la tête. « Grands dieux... » Le soir, épuisé, il alla se coucher tôt sans réussir à trouver le sommeil, et traversa les jours suivants dans un nuage de coton, ni vraiment réveillé, ni vraiment endormi. Au bureau, il ne parvenait jamais à se défaire totalement de l'idée que chaque minute qui passait le rapprochait de la date fatidique, s'en voulant de ne pas travailler sur le rapport chinois lorsqu'il travaillait sur le reste, s'en voulant de ne pas travailler sur le reste lorsqu'il pensait au rapport chinois ; bref, s'en voulant de ne pas travailler du tout. En rentrant chez lui, il retrouvait le rapport chinois, autel satanique dressé sur la table basse du salon, et s'asseyait en face de lui, la main sur le front. Il se servait un verre de Martini pour se donner du courage et repousser l'échéance, enjoignait à sa femme de suivre son émission avec le casque audio, puis ouvrait le rapport à la première page. Mais jamais il ne parvenait à lire une phrase sans oublier la précédente, et encore moins à les relier entre elles. Chez lui, la tentation de l'oisiveté était trop grande et il gaspillait son temps à surfer sur Internet, le rapport à son côté. Il imagina qu'il l'analyserait mieux à son bureau. À son bureau, il n'avança pas davantage et, le vendredi soir, il fit faire au rapport le chemin inverse. De retour à son domicile, il se jura qu'il l'étudierait tout le week-end. En vain.

Bientôt le délai de deux mois arriva à échéance, et l'expert demanda à la juge d'instruction de lui consentir un délai supplémentaire, ce que la juge lui accorda volontiers compte tenu de l'ampleur de la tâche. Ce nouveau délai fut parfaitement inutile et, voyant la nouvelle échéance se profiler sans jamais parvenir à avancer dans sa lecture, l'expert se mit à nourrir pour le rapport chinois une haine viscérale et irrationnelle qui le conduisait à le frapper fréquemment, avec ses poings ou son front, et à cracher autant qu'il le pouvait sur le plastique protecteur de sa page de garde, crachats qu'il essuyait avec sa manche avant de recommencer. Une fois le nouveau délai échu, après quatre mois d'analyse du rapport chinois, l'expert judiciaire eût été bien en peine de dire de quoi il traitait, et il opta pour le silence radio. Il finit par recevoir un courrier de relance de la juge d'instruction et, honteux comme un petit garçon pris en faute, déploya les grands moyens : il envoya son épouse passer le week-end à Lyon chez leur fille, éteignit son téléphone, désactiva sa connexion Internet et se fit le serment de ne plus s'alimenter avant d'avoir rédigé son rapport d'expertise.

Ce qui se passa ce week-end-là au domicile de l'expert judiciaire défia les lois de la psychanalyse et fut à l'origine de sa décision de se désinscrire de la liste des experts près la cour d'appel de Paris. Dans un premier temps, il fit preuve d'une grande concentration, lisant entièrement le propos introductif de l'auteur, disséquant chacune des notes de bas de page et les passages fastidieux, surlignant ce qui lui semblait être les idées fortes. Mais lorsqu'il relut ses notes, sa bonne volonté vacilla de nouveau : c'était une procession disparate de mots et concepts sans rapport entre eux. « Puissance planétaire », « croissance », « baguettes », « impératrice douairière », « chausson aux pommes », « débridé », « mini-chouquette »... La tentation fut grande de se faciliter le travail en concluant de manière lapidaire qu'à défaut d'idée forte et de cohérence, le rapport chinois était une supercherie. En une petite heure, son expertise eût été rédigée, sa mission remplie et son calvaire achevé. Mais l'expert craignit qu'en concluant au caractère fictif du rapport, la défense ne demandât une contre-expertise. Si un autre expert était désigné et concluait que le rapport chinois n'avait rien de fictif, la paresse dont il avait fait preuve ces six derniers mois éclaterait au grand jour, ce qui risquait de mettre à mal sa réputation sur la place de Paris. Et puis, sa conscience professionnelle l'obligeait à reconnaître qu'il n'avait rien fichu, et il ne souhaitait pas condamner un rapport qu'il n'avait pas étudié. L'expert renonça donc à la solution de facilité et se replongea dans l'analyse du rapport. Rapidement, il eut faim, et puisqu'il avait fait le serment de ne rien avaler avant d'avoir achevé son expertise et qu'il craignait de céder à la tentation avec son réfrigérateur plein, il songea à jeter toutes les provisions à la poubelle. Des considérations d'ordre éthique lui firent renoncer à tout ce gâchis, et l'expert eut alors l'idée lumineuse de souder la porte de son réfrigérateur, ce qui préserverait tant son serment que les provisions. Mais souder un réfrigérateur n'est pas chose aisée, surtout pour qui n'est pas bricoleur, et l'expert passa la matinée du samedi à la recherche d'un transducteur électromagnétique et d'une sonotrode, à lire des modes d'emploi et à souder autant qu'il le put la porte de son réfrigérateur Smeg de couleur bleue à volume de 244 litres et congélateur de 26 litres, qu'il avait payé mille trois cent quatre-vingt-dix-neuf euros chez Darty en dix mensualités et offert à sa femme, ce qui avait à l'époque provoqué une dispute parce que Simone de Beauvoir ne s'était quand même pas battue pendant des années pour qu'au XXIe siècle un mari offrît un réfrigérateur à sa femme.

La tentation écartée, la faim lui tiraille l'estomac de plus belle. Cette idée de souder le réfrigérateur était décidément saugrenue : on ne pouvait pas travailler efficacement le ventre creux. Si l'opération de soudage s'était révélée complexe, celle du dessoudage le fut tout autant, si bien qu'après quelques nouvelles heures d'effort, l'expert judiciaire renonça à son projet et, affamé, finit par aller déjeuner dans une brasserie au service continu, vers 16 heures, le rapport chinois sous le bras. Il dégusta un menu entrée-plat-dessert, ainsi qu'un verre de vin puisque, quitte à déjeuner au restaurant, autant prendre un peu de bon temps. Il passa d'ailleurs un agréable moment, sans songer au rapport. De retour chez lui, il fit la sieste parce que plusieurs verres de vin avaient suivi le premier et qu'il ne sortait rien de bon d'un cerveau éreinté. À son réveil, il faisait nuit et son expertise n'avait pas avancé. Il s'en voulut tellement qu'il décida de faire pénitence, et il ressouda le frigo qu'il avait commencé la veille à dessouder. Ensuite, il pleura de désespoir, le front posé sur le rapport. Il se fit un nouveau serment : si, dans une heure, il n'avait toujours pas écrit une ligne, il se forcerait à avaler ses propres déjections. Une heure et demie plus tard, dépassant de ses lèvres de quelques millimètres, sa langue entra en contact avec l'ongle de son index sur lequel il avait apposé une poussière de matière fécale de son propre cru. Il vomit. Il se lava les mains, il se lava les dents. Et il pleura encore. Sa femme le trouva le dimanche soir dans cette position, le front posé contre le plastique de la page de garde du rapport, sanglotant et l'haleine chargée d'étranges effluves où derrière la fraîcheur mentholée du dentifrice la bile le disputait à la merde. Paniquée, elle voulut lui servir un verre d'eau fraîche mais la porte de son meuble frigorifique Smeg de couleur bleue était inexplicablement bloquée, comme fermée à clé de l'intérieur. Recourant aux grands moyens, elle lui proposa un peu de marijuana empruntée à leur fille afin de l'aider à se calmer, et dans la nuit de dimanche à lundi, planant à quelques mètres au-dessus du sol, d'une main leste et fantasque, se sentant inextricablement lié au rapport chinois par une complicité onirique, infiniment redevable de ses pérégrinations intérieures du week-end, l'expert décida de le sauver de l'infamie et, pareil au poète sous psychotrope, il noircit des pages et des pages de volutes manuscrites, et conclut dans un ultime tracé de pleins et de déliés, avec un soupir d'extase encore breneux, que non, le rapport chinois n'avait rien de fictif et qu'il était au contraire bel et bien réel, profondément vivant au point qu'il vous triturait l'âme plus que n'importe quelle œuvre littéraire, et que cinq millions étaient une bouchée de pain pour un joyau pareil, cette pierre philosophale, et que tout l'or du monde ne vaudrait pas qu'on en cédât une seule page...

Le lendemain matin, son épouse le découvrit endormi sur le canapé, des dizaines de pages manuscrites dispersées dans le salon, à ses pieds, sur la table basse, en lambeaux sur le canapé, et le peu qu'elle parvint à déchiffrer de ces arabesques lui parut l'œuvre d'un forcené. En s'approchant de l'ordinateur du salon, elle remarqua, jonchant le sol carrelé noir et blanc, d'autres pages froissées qu'un liquide desséché avait rendues cartonneuses. Quand elle cliqua sur le clavier, elle redoutait déjà ce qu'elle découvrirait derrière l'écran de veille : des centaines de fenêtres encore ouvertes sur des jambes écartées, accroupies, à genoux, en poirier, des fesses charnues, malingres, rebondies, des vagins, des cons, des pubis, des seins, petits et gros, juvéniles, naturels, siliconés, fermes, tombants, laiteux, des minois maquillés à la truelle qui vous faisaient de l'œil pour vous inciter à chasser le trésor qu'abritait le polyamide échancré de leur culotte, des couples dévêtus, hétéros et lesbiens, s'abandonnant sous les mornes néons des *dorms*, en toute violence, sans respect, sans amour, sans grâce, des orgies au caméscope où les uns s'emboîtaient dans les autres, enfonçant leur membre jusqu'à la garde, le recevant, sans égard pour les visages, s'accouplant dans de grands éclats de rire, des chocs de chairs suantes qui se télescopaient, des corps ivres et imparfaits d'adolescentes hystériques pataugeant dans des bassins de rhum et des rigoles de foutre, des jeunes filles communes devenues putains le temps d'une cuite, à jamais prisonnières d'Internet, faisant jaillir aux quatre coins du monde des geysers solitaires, exhibant leur anatomie fendue, bouches, vulves, et rectums, que s'empressaient de combler de leur virilité des hordes de petits mâles pour qui la chose était déjà devenue ordinaire, collective, dénuée de sacre, et devant cette folle farandole de corps ensorcelés, l'épouse se demanda pourquoi la nature humaine était ainsi attirée par le vide au point qu'elle n'avait plus grand idéal que d'obstruer ses propres cavités, encore, toujours, partout, autant qu'elle le pouvait, et que toute l'ingéniosité qu'elle déployait pour créer des satellites, des réseaux, des fibres optiques, des protocoles de communication, des routeurs, se détournait fatalement vers cet ultime absolu comme s'il en avait été l'unique motivation originelle, comme s'il était l'impulsion et la fin, toujours et en toutes choses. « Mon Dieu... »

Elle se couvrit les yeux de sa main, ne laissant entre ses doigts que l'espace nécessaire pour identifier les petits carrés rouges à croix blanche, en haut à droite, sur lesquels elle cliqua frénétiquement pendant de longues minutes pour fermer toutes les fenêtres que son mari avait ouvertes sur le nouveau monde. Au bout d'un moment, il n'en resta qu'une seule, la plus ancienne. C'était une page Word, blanche, sur laquelle il n'y avait qu'un titre : « Rapport d'expertise ». Épouse aimante et affolée, elle-même consultante en stratégie, elle s'attela à sauver la réputation de son mari avant de songer à sa santé mentale, et rédigea le rapport d'expertise, s'efforçant de préserver la substance de son amphigouri, tout en rendant l'ensemble lisible et conforme à ce que pouvait attendre un juge d'instruction. Elle conclut deux heures plus tard, au terme d'un rapport de dix pages aussi indigeste que l'objet de son expertise, que le rapport chinois du cabinet Michard, bien que dense et ardu, respectait ce qu'il était convenu d'appeler les « *market practices* », et que son tarif, s'il pouvait effectivement paraître élevé, ne faisait que répondre à la loi de l'offre et de la demande et devait s'apprécier en considération de la masse de travail qui avait été abattue. L'épouse courut aussitôt à la poste enfouir dans une gigantesque enveloppe son rapport d'expertise et surtout son annexe, le rapport chinois, qu'elle fit entrer dans l'enveloppe en forçant atrocement, en cornant les extrémités, avec l'espoir irrationnel qu'en renvoyant cet objet de malheur d'où il venait, elle récupérerait son mari.

L'expertise judiciaire conclut officiellement que le rapport chinois n'était pas fictif.

Dieu avait parlé.

La juge d'instruction, ravie de voir arriver un rapport d'expertise lui épargnant la lecture de la cote D823 et lui permettant de clôturer l'affaire, transmit aussitôt le dossier Chinagora au Parquet financier. À la fin de l'année 2011, le substitut du procureur Bruno Foule, voyant arriver plusieurs tomes de papiers qui lui rappelèrent sa collaboration avec la commissaire Fratelli, chargea un auditeur de justice fraîchement débarqué au Parquet financier de rédiger un projet de réquisitoire définitif. L'auditeur, comprenant rapidement qu'il pouvait rendre son projet sans souffrir l'analyse de la cote D823, remit son travail à Bruno Foule, qui s'étonna que celui-ci préconisât un non-lieu pour le trafic de stupéfiants et le blanchiment d'argent. Ainsi, l'*immense* dossier que la commissaire lui avait présenté quelques années plus tôt comme un vaste trafic international de stupéfiants s'apprêtait à être renvoyé devant le tribunal sous la seule qualification de détention et consommation de stupéfiants, ce qui n'aurait même pas mérité une comparution immédiate. Par acquit de conscience, il contacta le 36, quai des Orfèvres, et fut déconcerté d'apprendre que la commissaire avait été poussée vers la retraite quelques années auparavant à la suite de l'affaire Chinagora, et que depuis lors plus personne n'avait de ses nouvelles, si ce n'était qu'elle passait ses journées à se goinfrer devant sa télévision...

« Monsieur le procureur ! s'étonna-t-elle dans une exclamation ravie. Eh bah depuis le temps, ça fait plaisir. C'est pas souvent que l'on se rappelle à mon bon souvenir, vous pouvez me croire. Toujours au pôle financier ?

— Toujours, oui. Ça se passe pas trop mal.

— Eh bien tant mieux, même si vous n'avez pas mis grand monde en prison malgré la crise, si je ne m'abuse.

— Vous êtes bien placée pour savoir qu'il y a la colère du peuple d'un côté, et la loi de l'autre.

— Bien sûr, oui. La colère du peuple n'est pas la loi.

— Oh que non.

— Il faut traduire les responsables devant un tribunal, bien sûr.

— C'est la procédure.

— Pour qu'ils soient jugés.

— Exactement.

— Mais si personne ne comparait devant le tribunal, naturellement, peu seront jugés.

— Oui, enfin...

— J'imagine que vous ne m'appelez pas uniquement pour disserter sur la procédure pénale, n'est-ce pas?

— Pas seulement, non. »

Le substitut du procureur s'éclaircit la voix et se demanda s'il avait bien fait d'appeler Fratelli. Depuis le début de leur conversation, elle n'avait pas ri une seule fois, et son rire lui manquait. Il était autrefois si facile à déclencher qu'il s'inquiétait aujourd'hui de ne pas l'avoir encore entendu, se demandant si c'était elle qui avait renié sa gaieté ou lui qui avait gâté son humour.

« Voilà, je voulais vous parler d'une affaire... Mais peut-être n'est-ce pas le moment? Je ne vous dérange pas, au moins?

— Oh non, ne vous en faites pas. Je passe ma vie devant ma télé depuis qu'on m'a fichue à la retraite forcée. Télé, télé, télé. Mais maintenant, on peut mettre sur pause et continuer son programme là où on s'est arrêté. Je me suis mise à la TNT, alors je trouve toujours quelque chose pour m'occuper. À 18 heures, on arrive dans la bonne tranche. Du divertissement, des talk-shows... C'est con, hein, mais j'ai mes petites habitudes. Pas moyen de m'éloigner de mon poste quand il y a mes programmes. Vous suivez un peu ?

— Pas vraiment, non. Je travaille beaucoup.

— Oui, moi aussi, à l'époque, jamais de télé. Et maintenant, télé, télé, télé. Mais allez-y, pardon, vous vouliez me parler d'un dossier. Mon programme commence dans un instant et je préfère le voir en direct. Comme les petites vieilles.

— Ne vous en faites pas, commissaire, j'en ai pour quelques minutes. Je voulais évoquer avec vous le dossier Chinagora... »

Bruno Foule craignit qu'elle ne s'en souvînt pas et regretta de l'avoir appelée. Surtout, le monologue de Brigitte Fratelli sur les merveilles de la TNT l'avait déprimé au plus haut point. Était-ce donc ça, la retraite ? On trimait quarante ans pour enfin s'affaler devant sa télé ?

« Vous ne vous en souvenez sans doute pas, pardon. Tout cela doit vous paraître tellement loin.

— Le dossier Chinagora a réduit en miettes mes vingt-cinq ans de carrière aux stups, m'a poussée à la retraite comme une vieille tante encombrante qu'on enverrait à l'hospice en lui souhaitant la morgue et a fait de moi la mégère obèse et loqueteuse que vous écoutez par politesse vous raconter qu'elle passe ses journées et ses nuits les orbites rivées aux niaiseries de sa petite lucarne. Alors oui, croyez-moi, je me souviens très bien du dossier Chinagora. Que voulez-vous savoir, monsieur le procureur ?

— Euh... Rien de très particulier, en fait. Je m'apprêtais à rendre mon réquisitoire définitif au juge d'instruction, et, euh...

— Ne soyez pas gêné pour moi. J'ai compris depuis longtemps qu'il n'y avait pas de trafic de drogue dans cette affaire. Je me suis trompée et j'en assume l'entière responsabilité. Que voulez-vous savoir précisément ?

— Tout simplement, ce que cachait le cabinet Michard s'il n'y avait pas de drogue.

— De la fausse facturation, c'est tout. Michard faisait des rapports fictifs qu'il vendait à prix d'or à ses clients chinois.

— Mais quel était l'intérêt pour ses clients ?

— De blanchir de l'argent qui provenait d'une énorme magouille en Chine. Vous souvenez-vous de l'affaire Lee/Dong à Pékin ? Le Madoff chinois ? »

Le substitut du procureur ne répondit pas tout de suite.

« Monsieur le procureur, vous êtes au courant de ce qui se passait là-bas, non ?

— Hum... Pour la Chine, oui. Mais on n'a pas réussi à...

— À... ?

— À rattacher le scandale Lee/Dong au cabinet Michard...

— Rien depuis tout ce temps ?

— À vrai dire, non. Le dossier a traîné.

— Comme d'habitude.

— Pire que d'habitude. Ce n'est pas tellement la durée qui m'étonne. Mais il y a eu une sorte d'inertie. Les juges d'instruction successifs se sont renvoyé le dossier comme une patate chaude, les avocats ne se sont jamais manifestés ; bref, on ne s'est guère démené, à part très récemment.

— Une inertie vous dites ?

— C'est ça. Comme une lassitude, une sorte de paresse collective j'ai l'impression...

— C'est à cause du rapport.

— Le rapport ? Oui, vous vous en souvenez ? C'est même vous qui l'aviez récupéré sur le coin d'une table, à l'hôtel Chinagora, d'où le nom du dossier d'ailleurs.

— Pour se foutre de moi, mes collègues l'avaient rebaptisé *l'immensément vide*.

— Ah oui, c'est plutôt bien trouvé... Eh bien justement. Voilà. Nous y sommes. Un expert s'est penché sur ce fameux rapport, et il a conclu qu'il était... normal. Qu'il répondait aux « *market practices* », pour reprendre ses termes. Enfin, bref, que le rapport n'était pas fictif et que les millions facturés par Michard à Dong étaient justifiés.

— Monsieur le procureur, ne vous en approchez sous aucun prétexte.

— De quoi donc ?

— Du rapport.

— Le rapport chinois ?

— Méfiez-vous-en. N'essayez pas de lui livrer bataille. Sinon, il vous videra. Sans que vous vous en rendiez compte. Vous vous laisserez vider tranquillement, par petites lapées...

— Qu'est-ce que vous dites ?

— Vous croirez qu'il vous embrasse mais il mord, et sa morsure est douce comme un baiser.

— Vous allez bien, commissaire ? Enfin, ce rapport ne doit pas être si vide puisqu'un expert en opérations financières internationales a conclu qu'il n'avait rien de fictif...

— Ahahaha ! Il est foutu, votre expert, comme moi. Foutu, je vous dis ! Le rapport chinois n'a rien de fictif, elle est bien bonne celle-là ! Bien sûr qu'il n'a rien de fictif, il est le Vide, et le Vide se répand partout, monsieur le procureur. Il a vidé votre expert de ses capacités de raisonnement, de son libre arbitre, de son intelligence. Comme il m'a vidée, moi, de mon cerveau, de mon optimisme, de ma foi en l'homme, de tout ce qu'il y avait de bon en moi. Comme il est en train de vider le monde... Brûlez-le! Jurez-le-moi!

— Je... je vous le jure... », promit le substitut du procureur en sachant qu'il n'anéantirait jamais une pièce d'un dossier encore en cours.

Quand Fratelli lui raccrocha au nez après sa litanie sur le rapport chinois qui mènerait l'humanité à sa perte, Bruno Foule avait la chair de poule et les mains tremblantes.

« Enfin, qu'est-ce que c'est que cette histoire? s'excita-t-il en faisant les cent pas dans son bureau. Un rapport qui viderait le monde? Qui le viderait de quoi, d'abord? De son intelligence, de sa grandeur, de sa civilisation? Désolé, mais le monde n'a pas attendu le rapport chinois pour inventer la bêtise, la petitesse, la spéculation, les krachs boursiers ou les *subprimes*! »

Pour en avoir le cœur net, il demanda à son auditeur de justice de lui apporter la fameuse cote D823. Une fois seul dans son bureau, le rapport chinois sur la table, il sentit son corps frissonner d'effroi.

« Seigneur Dieu », pensa-t-il en se perdant dans les copier-coller de Wikipédia comme tant d'autres l'avaient fait avant lui.

Si un expert judiciaire, et pas des moindres, avait conclu que le rapport chinois n'avait rien de fictif, pourquoi lui, qui n'était que substitut du procureur et pas expert en opérations financières internationales, s'acharnerait-il à démontrer le contraire?

« À quoi bon? »

Bruno Foule referma le rapport chinois et relut le projet de réquisitoire définitif rédigé par son auditeur de justice qui concluait que, faute de stupéfiants et de rapports fictifs, il n'y avait ni trafic, ni fausse facturation, ni blanchiment d'argent. Foule corrigea une faute d'orthographe et signa le réquisitoire, qu'il adressa le jour même à la juge d'instruction. Dans quelques mois, la greffière ferait un copier-coller du réquisitoire définitif du Parquet, le renommerait *ordonnance de non-lieu partiel, de requalification et de renvoi devant le tribunal correctionnel*, et le juge d'instruction aviserait Bertrand Relot que les poursuites pour trafic de stupéfiants et blanchiment d'argent avaient été abandonnées, et qu'il ne serait convoqué devant le tribunal correctionnel que pour des faits de détention et d'usage de produits stupéfiants. Alors, Bruno Foule profiterait de sa cheminée pour allumer un feu et boire en l'honneur de la commissaire, en contemplant son *immensément vide* se consumer dans les flammes.

22

Un beau jour de printemps, Tugdual reçut un appel de Relot : après plus de trois ans de combat, la vérité était sur le point d'éclater et il n'y avait désormais plus aucun doute qu'il avait été victime d'une erreur judiciaire. D'abord, le ciel lui était tombé sur la tête. Et au sens propre, s'il vous plaît ! Il s'était fait interpeller un soir pour une historiette à trois sous et depuis lors : patatras ! Trafic international de stupéfiants, blanchiment d'argent sale — comme le linge à la machine ! —, garde à vue, mise en examen et placement sous surveillance électronique — comme un petit chien en laisse ! Il avait dû retourner vivre chez ses vieux parents dans son village natal — au piquet le Relot ! — avec l'interdiction de franchir les limites de la maison familiale en dehors des heures autorisées, sous peine de déclencher le signal du bracelet qu'on lui avait attaché à la cheville et d'avoir à ses trousses side-cars, hélicoptères et police montée, comme dans les films hollywoodiens ! Heureusement, ce grand délire avait fini par faire pschitt ! Non seulement les enquêteurs n'avaient jamais trouvé de drogue chez Michard ni où que ce soit, mais en plus — tenez-vous bien — un expert en grandes opérations économiques internationales et financières avait proclamé solennellement que le rapport chinois, loin d'être fictif, était « conforme aux *market practices* », ce qui signifiait, en bon français, que c'était un excellent rapport et qu'il valait bien les millions que l'avait payé Dong – ding, ding, dong! Du coup, le dossier s'était effondré comme un château de cartes. Il n'y avait que ce pauvre Dong qui croupissait encore dans une prison pékinoise parce que lui n'avait pas la chance d'appartenir à la patrie des droits de l'homme.

Bref, la situation était en train de s'arranger: il récupérerait sa caution, son appartement rue de la Pompe qu'il vendrait à cause des impôts, et son Audi avec le moteur d'avion et le cuir qui faisait frotti-frotta, et certains allaient se mordre les doigts de l'avoir enterré trop vite, à commencer par son vieux Renard qui l'avait trahi comme Judas Iscariote avait trahi Jésus-Christ. Pendant que Relot était coincé dans la vieille bicoque de ses parents à cause de l'erreur judiciaire, ce satané Renard était venu fanfaronner sous ses fenêtres et lui faire la morale comme quoi lui n'avait peut-être pas la belle Audi, le grand appartement, ni la pouliche de vingt berges dans son paddock, mais qu'au moins il pouvait se regarder dans une glace, droit dans les yeux, et se targuer d'avoir une vie construite sur un roc, et non du vent, ou je ne sais quoi encore! Vilain Renard! Et dire que le gentil Relot l'avait rincé toutes ces années! Et sa petite Pékinoise était de la même engeance: dès que les choses avaient tourné au vinaigre, elle avait filé chez les Bridés avec son pognon et son chapeau pointu turlututu! Mais peu lui importait désormais: un procès aurait bientôt lieu et son innocence éclaterait au grand jour. Et puis, toute cette histoire lui avait au moins permis de faire le tri dans son entourage. Pour l'heure, les affaires reprenaient et il avait besoin de Laugier, qu'il avait toujours considéré comme un excellent consultant, pour se lancer avec lui dans une nouvelle aventure. « Relot Consulting ». Relot serait l'associé fondateur et Tugdual aurait le titre de *directeur*. Oui, oui, il avait bien entendu.

Tugdual prit quelques jours pour réfléchir et en discuter avec sa femme, qui fut étonnée par ce revirement. Mais bien qu'elle eût préféré qu'il coupât définitivement les ponts avec sa période Michard, Mathilde fut soulagée par la perspective de le voir mettre fin à des années d'inactivité et finit par se ranger à l'avis de son mari, que les propos entendus sur son rapport chinois – qu'un expert en grandes théories économiques et stratégiques internationales avait qualifié de *conforme aux market practices* – et le titre de *directeur* avaient suffi à convaincre.

Relot et Laugier, bientôt inséparables, visitèrent des dizaines de locaux professionnels dans les 16e et 8e arrondissements de Paris, mais rien n'était assez bien pour accueillir les futurs locaux de Relot Consulting. Un jour de septembre, ils finirent par trouver : 120 mètres carrés rue de la Paix, comme au Monopoly ! Une salle de réunion avec parquet, moulures et cheminée, un grand bureau qui donnait sur la rue avec un balcon filant d'où l'on apercevait l'Opéra Garnier, un bureau plus petit sur la cour et deux *open spaces* qui feraient parfaitement l'affaire pour un consultant senior et toute une batterie de petites mains, assistantes et stagiaires. Le bail fut conclu sur-le-champ et, le rêve devenu réalité, Relot et Laugier célébrèrent l'événement au Park Hyatt de la rue de la Paix, à grand renfort de champagne, de projets et de résolutions. *Relot Consulting* fut imprimé en lettres d'or sur une plaque en plexiglas noire que l'on apposa à l'entrée de l'immeuble et devant laquelle

Bertrand Relot passait en voiture, rien que pour l'admirer, plus souvent qu'il ne venait au bureau.

Leur installation fut toutefois retardée par un cas de force majeure : Relot fut informé qu'il comparaîtrait le mois suivant devant la vingt-quatrième chambre du tribunal correctionnel de Paris. Tugdual rencontra Balthazar Zorreau, un drôle d'oiseau qui chantait toujours « Zorro, Zorro », qui ne recevait jamais dans son bureau mais dans des bars d'hôtel où Relot payait l'addition et qui récitait du Rimbaud chaque fois qu'on évoquait le dossier. Durant un mois, et avant même d'avoir commencé, Relot Consulting suspendit ses activités de conseil pour mieux préparer le procès. À plusieurs reprises, ils se rendirent au palais de justice et assistèrent à des audiences de cour d'assises : des meurtres, des viols, des braquages... Que de verve, que de panache, que de lyrisme ! Divinement inspirés, Bouvard et Pécuchet couraient s'installer dans leur nouvelle salle de réunion de la rue de la Paix, encore odorante de peinture fraîche, pour élaborer ensemble leur stratégie judiciaire.

« Tugdual, ce n'est pas au directeur de Relot Consulting que je m'adresse, mais à mon ami : accepteriez-vous de venir témoigner en ma faveur devant le tribunal ? » demanda un soir Relot.

Entre les deux hommes, et sans qu'une seule parole fût ajoutée, se passa alors quelque chose qui fut de l'ordre du spirituel et qui se scella dans une franche accolade.

Ils étaient amis.

24 octobre 2012, le palais de justice de Paris était en ébullition. Des hordes de journalistes patientaient sur les marches du grand escalier de l'entrée, testant leurs micros, installant leurs caméras.

«Mes amis, annonça Relot à Tugdual et Mathilde une fois qu'ils furent dans l'enceinte du palais, aujourd'hui est un grand jour : je n'attends pas seulement que l'on me rende justice, mais aussi que l'on me rende mon honneur.»

D'un pas preste et assuré, il se dirigea vers les marches du grand escalier, suivi de son directeur Laugier, lui-même suivi par son épouse, fendant la foule des journalistes, le sourire satisfait, cherchant leur attention, saluant bruyamment, s'excusant par avance de devoir refuser toute interview («Pas de déclaration à la presse pour le moment. J'ai confiance en la justice de mon pays»), s'étonnant de ne pas les voir insister. Enfin, l'important était qu'ils fussent là, et en nombre! Il y en avait tant que Relot n'eut qu'à suivre les micros et les caméras pour trouver la salle d'audience, dont il tira la porte dans un geste de triomphe : l'endroit était magnifique. Vaste, avec parquet sombre et boiseries aux murs, fauteuils à accoudoirs de palissandre et dossier de cuir vert, et même un étage pour le public! Dans son sillage, Tugdual Laugier, qui n'avait pas dormi de la nuit et suait à gouttes épaisses depuis le matin, eut le souffle coupé. C'était donc ici, entre les boiseries et les caméras, qu'il allait défendre la cause de son ami! La veille, devant son épouse, il avait ressenti de l'excitation à l'approche de son témoignage, et voilà que ce matin il n'en menait pas large. «A-E-I-O-U...» Tugdual faisait ses vocalises pour se chauffer la voix et apaiser son intestin. Dieu qu'il faisait chaud pour un mois d'octobre!

«Je ne me sens pas bien, avertit-il, je vais faire un tour aux waters.

— C'est bien normal, le rassura Relot, votre première plaidoirie. Et pas des moindres!»

Pendant que Tugdual cherchait les toilettes en poursuivant ses vocalises («A-E-I-O-U...»), Relot prit ses marques à la barre du tribunal, s'éclaircissant la voix.

«Monsieur Relot, le héla Mathilde Laugier une fois qu'elle l'eut rejoint. Je crois qu'on s'est trompés de salle.

— Trompés de salle? Et comment donc?»

Tout ce tintouin n'était pas pour lui mais pour Jérôme Kerviel. La cour d'appel de Paris allait rendre son délibéré cette après-midi et déjà le palais de justice bruissait de rumeurs, de pronostics et de commentaires. Tout pour Kerviel; rien pour Relot! Furibard, ce dernier quitta la belle salle de la première chambre de la cour d'appel en jetant des regards noirs aux journaleux qui réservaient leurs flashs et leurs micros aux voyous. La vingt-quatrième chambre du tribunal correctionnel était plus petite et surtout il n'y avait ni micro, ni caméra, ni journaliste, ni juré : à peine un tribunal! La présidente était une bonne femme permanentée au-dessus d'un pupitre, entourée d'une créature ovale et disgracieuse et d'un avorton au teint crépusculaire.

«Il y a deux dossiers avant vous, lui précisa l'huissier, mais ça devrait aller vite, ici il n'y a que des petites affaires.»

Zorreau n'était pas encore là lorsque l'audience commença. Relot s'assit à côté de Mathilde au fond de la salle, contraint d'assister à deux insignifiantes querelles de voisinage en attendant que la justice française daignât s'excuser des accusations qu'elle avait proférées à tort contre lui.

«Dreyfus rétrogradé à la rubrique des chiens écrasés!» pestait-il.

N'y tenant plus, il quitta la salle pour aller s'acheter un café à la machine.

« Une parodie de justice ! s'énervait-il tout seul dans le hall. Il n'y en a que pour Kerviel ici. Relot, rien du tout ! »

Balthazar Zorreau débarqua enfin, avec sa canne et son chapeau, suivi de Tugdual.

« Heureusement que je suis tombé sur votre avocat, sinon impossible de vous retrouver. Vous avez vu, c'était pour Kerviel en fait...

— Encore en retard, même le jour de mon procès !

— *Zorro est arrivé-hé-hé, sans s'presser-hé-hé...* ! »

Zorreau s'amusa de l'ébullition qui se lisait sur les traits de son client et entra dans la salle d'audience, un sifflotement d'habitué aux lèvres. Les deux affaires qui précédaient la sienne durèrent une bonne heure en cumulé, ce qui laissa à Relot le temps de s'impatienter, et à Laugier le temps de relire une énième fois son allocution judiciaire dans le hall, avant d'être victime d'une nouvelle crise de spasmes et de sudation.

« Je vais me rafraîchir. Je suis de retour dans cinq minutes ! »

Cinq minutes plus tard, la présidente du tribunal appela le dossier de Relot, qui s'avança benoîtement vers la barre du tribunal à côté de laquelle était assis son avocat, en pleine lecture d'un recueil de poèmes.

« Prénom et nom, s'il vous plaît ?

— Albert Dreyfus, répondit un Relot bravache, autant pour la présidente que pour l'assistance.

— Vous n'êtes pas Bertrand Relot ?

— Affirmatif. Mais je me sens aujourd'hui dans la peau d'Albert Dreyfus. »

La présidente le considéra longuement, dépitée.

« Mais qui est Albert Dreyfus ?

— La victime d'une erreur judiciaire historique. Comme moi. »

De nouveau, Relot, monté sur rotule, fit demi-tour sur lui-même pour chercher l'approbation de l'assistance qui n'était composée, hélas, que de Mathilde et de quelques anonymes attendant d'être jugés.

« Mais pourquoi "Albert" ? »

Tiens, n'était-ce pas « Alfred », plutôt ?

« Zozozo, bafouilla-t-il en se rongeant les cuticules.

— Dites donc, vous allez bien, monsieur Relot ?

— Bah oui, pourquoi ? Je suis innocent.

— Bon, on ne va pas y passer la journée. J'ai d'autres dossiers après le vôtre. »

En quelques minutes, la présidente synthétisa quatre ans de procédure, sans jamais souligner que Relot avait été victime d'une erreur judiciaire. « Vous vous expliquerez plus tard », s'énervait-elle chaque fois qu'il tentait d'intervenir.

Enfin, elle lui donna la parole.

« Je suis innocent, répéta-t-il, sans parvenir à trouver les mots qu'il avait préparés pendant des semaines.

— Oui, d'accord, mais à part ça ? Vous avez bien été interpellé dans votre voiture avec de la méthamphétamine sur vous.

— C'est comme au Mexique.

— Pardon ?

— Au Mexique, les policiers mettent de la drogue dans les bagages des touristes.

— Et la méthamphétamine qu'on a repérée dans votre sang, ce sont aussi les policiers qui vous l'ont injectée dans les veines ?

— Zozozo... »

Zorreau éclata de rire, sans se détourner de son recueil, et Relot fixa la présidente tel un enfant pris la main dans le pot de confiture. Sa stratégie de défense s'effondrait.

« Concernant votre personnalité, vous êtes célibataire, sans enfants, c'est ça?

— Oui...

— Quelle est votre profession actuelle?

— Consultant.

— Dans un cabinet de conseil ou à votre compte?

— À mon compte! Relot Consulting, rue de la Paix, comme au Monopoly.

— Combien gagnez-vous, monsieur Relot?

— Disons que depuis l'erreur judiciaire, je ne gagne plus rien. C'est pour ça que je voudrais bien qu'on dise une fois pour toutes que je suis innocent, et récupérer ma caution.

— Le tribunal appréciera. Bon, si c'est tout ce que vous avez à dire, et s'il n'y a pas de questions des parties, je passe la parole à monsieur le procureur pour ses réquisitions...

— J'ai un témoin à faire venir.

— Vous l'avez fait citer dans les formes?

— Bah, il est dans la salle.

— Certes, mais ça ne marche pas comme ça ici. Il y a des règles, un Code de procédure pénale; votre avocat a dû vous l'expliquer. »

Et puisque Zorreau, le nez plongé dans ses poèmes, semblait trop habité par Rimbaud pour prêter attention à l'audience, Relot se tourna vers l'assistance.

« Le voilà! cria-t-il, réjoui, en apercevant Laugier réapparaître dans la salle, livide et une main sur le ventre. Laugier, par ici! »

Pétrifié, les membres crispés, et sans remarquer les encouragements de sa femme lorsqu'il passa devant elle, Laugier rejoignit Relot à la barre, égrenant ses dernières vocalises dans un chuchotement inquiet (« A-E-I-O-U »), ses feuilles en main.

« Qui êtes-vous ?

— Tugdual Laugier, répondit-il, les joues plus rouges que celles d'un nourrisson au bord de l'étouffement. Directeur chez Relot Consulting.

— C'est lui qui va témoigner en ma faveur, précisa Relot à la présidente en apposant sa main sur le poignet de Laugier, comme pour l'encourager et lui témoigner toute son estime. C'est une sorte de plaidoyer.

— Qu'est-ce que c'est que cette histoire de plaidoyer ?

— Monsieur le président, mesdames et messieurs de la Cour, mesdames et messieurs les jurés, commença à lire Laugier, dans une posture hiératique et d'une voix faiblarde. L'heure est grave...

— Bon, maître, l'interrompit la présidente en se tournant vers Balthazar Zorreau, vous ne voudriez pas vous intéresser un peu à l'audience et essayer de recadrer vos clients ? »

Zorreau délaissa un instant son recueil et leva vers la présidente des yeux courtois mais surpris.

« Je suis les débats des deux oreilles, madame le président, tandis que j'use mes prunelles à relire le dossier. En tout cas, mon client est très calme. Et ce monsieur, je crois, est l'un de ses collègues qui le soutient...

— Et qui n'a rien à faire là.

— C'est pour le plaidoyer, se justifia Laugier en brandissant ses feuilles d'une main tremblante, comme il eût agité un drapeau blanc sous le feu de l'ennemi.

— Non mais qu'est-ce que c'est que ce foutoir ? Allez, j'en ai assez entendu. Vous, retournez dans le public ou quittez la salle, ordonna-t-elle à Laugier, et vous, asseyez-vous ici, poursuivit-elle en désignant à Relot un banc étroit devant le pupitre de son avocat. Et finissons-en. Monsieur le procureur, quelles sont vos réquisitions ? »

C'est seulement à ce moment-là que le substitut du procureur, qui s'apprêtait à faire les gros yeux au prévenu et à requérir une peine insignifiante sur la seule foi de ce qu'il avait écouté d'une oreille vagabonde, comprit que le dossier sur lequel était en train de statuer le tribunal était tout ce qui restait de l'affaire Chinagora. Bien qu'il comptât encore huit tomes, vestiges de la grandissime attente qu'il avait fait naître à ses débuts, l'*immense* dossier de la commissaire Fratelli ne tenait donc plus qu'à ce malheureux lambeau de procès. L'ancien baron de la drogue de synthèse était un homoncule à cheveux blancs qui ânonnait de drôles de zozozo, affublé d'un gros balourd dont personne ne savait ce qu'il fichait là, et du bien nommé Balthazar Zorreau, la risée des prétoires, qui allait encore plaider des heures, la rage au corps, invoquer Platon et Démosthène, réciter Baudelaire et Lamartine, sans jamais évoquer le dossier ni citer le Code pénal, et qui finirait par hurler au complot une fois son client condamné. Ce dossier relevait décidément de la malédiction. La probabilité qu'il eût été réquisitionné le matin même pour remplacer au pied levé un collègue souffrant et qu'il se trouvât comme par magie à cette audience, qui concernait une section du Parquet sans aucun lien avec la sienne, n'était pas faible, elle était nulle. Et pourtant c'était à lui, Bruno Foule, que la présidente venait de donner la parole pour ses réquisitions.

Sur le bureau du tribunal, dont les membres attendaient qu'il se levât, Foule reconnut sous une épaisse chemise cartonnée le tome 6 du dossier qui contenait la cote D823. Il se souvint de ce que lui avait dit un jour la commissaire au téléphone dans une imprécation qui ressemblait à l'élucubration d'une vieille illuminée : le rapport chinois viderait le monde. N'avait-elle pas vu juste, l'obèse Fratelli, dans la dernière lueur de libre arbitre que lui avait consentie sa télévision ? N'avait-il pas fait le vide autour de lui, Bruno Foule, ce rapport chinois ? Ni compagne, ni collègues, ni amis, ni travail, ni volonté, ni principes. Juste une carrière qu'il menait comme on mène une aventure solitaire, sournoisement, sans partage, sans amour.

Plutôt que de requérir, le substitut du procureur se dirigea vers le bureau du tribunal, qui s'en étonna, et se saisit du tome 6 auquel avait été ajouté le rapport d'expertise de quelques pages concluant que le rapport chinois était *conforme aux market practices*. En revenant à sa place, et bien qu'il dût attendre des années encore avant de découvrir le nom de Jean-Paul Michard parmi les trente-sept mille que révélerait le Consortium international des journalistes d'investigation dans le cadre des *Panama Papers*, il sut qu'il était passé à côté du dossier, comme il était passé à côté de sa mission. Si le rapport chinois était *conforme aux market practices*, si ses mille quatre-vingt-quatre pages ne relevaient pas de la charlatanerie mais justifiaient au contraire qu'on en rémunérât grassement son auteur, si désormais la vacuité valait *objectivement* cinq millions d'euros, alors le monde moderne ne reposait plus que sur du vent. Et Bruno Foule se souvint de sa nomination au pôle financier, quatre ans plus tôt, en pleine crise, de sa volonté farouche de rendre justice, de punir les coupables, d'assainir le système.

La veille, pour travailler à sa prochaine promotion, il avait déjeuné avec l'un de ses collègues en poste à la section antiterroriste du Parquet de Paris qui lui avait prédit que l'intégrisme serait le mal de la prochaine décennie tant il se propageait facilement dans des cerveaux vides. Ainsi, quatre ans après que le monde eut découvert qu'il reposait sur du vide, le vide avait continué à se propager, à farandoler gaiement de la finance à l'intégrisme, des *subprimes* à YouTube, et abreuvait désormais une armée d'âmes errantes d'irréversibles croyances sur le pourquoi du monde. Il avait échoué, et on ne tarderait pas à le récompenser en le nommant à la section la plus en vue du Parquet de Paris. En quatre ans, il avait déjeuné avec les bonnes personnes, serré les mains des bras les plus longs, flatté les décisionnaires, s'était fait apprécier par ses supérieurs et mépriser par ses pairs. En quatre ans, il n'avait rien foutu, déléguant tout travail à ses auditeurs de justice, évitant les dossiers fastidieux, n'apparaissant que sur les dossiers médiatiques, qu'il abandonnait à d'autres lorsque la lumière s'estompait.

« Monsieur le procureur, le tribunal attend vos réquisitions. »

Bruno Foule fut incapable de retrouver le fil de sa pensée. Il ne savait plus ce qu'il faisait là, plus de quoi parlait le dossier, ni ce que le tribunal attendait de lui. Il se souvint simplement qu'un soir, en repensant à sa conversation avec la commissaire, il n'avait pas pu faire ce qu'il lui avait promis, faute d'essence, faute d'allumette, faute de volonté, alors que le rapport chinois gisait entre deux bûches dans sa cheminée. Du pouce, le substitut fit défiler les pages à toute vitesse en soufflant dessus, comme s'il cherchait à en répandre le contenu dans la salle d'audience, puis il prit la parole.

« Madame la présidente, madame, monsieur du tribunal : le dossier est vide. »

Et le substitut du procureur Bruno Foule se rassit.

À son tour, la présidente du tribunal resta sans voix. Certes, le substitut du procureur avait été dépêché à la dernière minute pour remplacer son homologue et n'avait pas eu le temps de consulter les dossiers du jour. Enfin, il pouvait bien requérir deux minutes, au moins pour justifier sa paye et donner à cette audience un semblant de sérieux !

D'autant plus que le dossier n'avait rien de compliqué : le prévenu s'était fait interpeller avec de la méthamphétamine plein les poches et plein les veines. Point final ! Et ce clampin de procureur avait eu besoin de plusieurs minutes d'un débilitant silence pour requérir en quatre mots que *le dossier est vide*. Merci pour les réquisitions !

« Mon rapport ! » s'exclama le sombre idiot boursouflé dans sa veste.

Mais que voulait-il encore, celui-là, qui s'accrochait à son audience comme une moule à son rocher ? Ne venait-elle pas de lui ordonner de regagner sa place ? Au lieu de quoi, il se mit à trottiner vers le bureau du substitut du procureur en gloussant d'aise et récupéra la pièce que le substitut venait lui-même d'emprunter au tribunal, en totale violation des règles de procédure. L'importun se mit alors à caresser le volumineux rapport avec une délicatesse pieuse. Puis, il le souleva comme un trophée en criant « Chérie, mon rapport chinois ! » et au fond de la salle, une gentille fifille rougit sans que la présidente pût déceler si la cause en était la honte de se faire héler en plein tribunal ou l'admiration pour le rapport chinois.

Mais qu'avaient-ils tous avec ce foutu rapport ? La présidente avait découvert le dossier Chinagora la veille et, si elle s'était d'abord étonnée de voir qu'un dossier de huit tomes eût été dévolu au rôle de sa chambre, qui ne traitait généralement que de petites affaires, elle avait vite compris du procès-verbal de synthèse que les enquêteurs s'étaient plantés dans les grandes largeurs. Loin de révéler un trafic international de stupéfiants, l'*immense* dossier Chinagora n'avait abouti qu'à quelques grammes de méthamphétamine saisis dans les poches percées de Relot. Elle avait néanmoins essayé de s'y plonger pour comprendre comment les enquêteurs avaient pu s'égarer à ce point, mais chaque fois son attention avait robinsonné de cote en cote, de PV en PV, de perquisition en audition, sans jamais parvenir à en extraire une information utile à la manifestation de la vérité. Il y était question de la province du Guangdong, du Triangle d'or, de la production de drogue de synthèse, d'un réseau international de blanchiment, d'une pyramide de Ponzi, et elle ne voyait pas bien comment tant d'investigations, tant de moyens intellectuels et humains, tant d'encre et de papier avaient ainsi pu être réquisitionnés pour accoucher dans la douleur de l'infinitésimal procès pour consommation de stupéfiant qu'elle avait à juger aujourd'hui... Inexplicablement, son attention avait été aimantée par cette cote D823 qui contenait le rapport chinois. Bien qu'il n'eût strictement rien à voir avec la consommation de méthamphétamine que l'on reprochait au prévenu, et qu'un expert ès je-ne-sais-plus-trop-quoi eût tranché que ce palimpseste post-humain valait bien cinq millions d'euros, elle n'avait pu s'empêcher d'en lire les premières pages ; elle en avait été pénétrée d'une hébétude désespérée.

De nouveau, la présidente se sentit d'humeur saumâtre, anesthésiée par l'étonnant spectacle qui se jouait sous ses yeux, et fut incapable de circonscrire son audience à la sphère de la rationalité. Le gros type joufflu qui n'était ni prévenu, ni victime, ni avocat se mit à yoyoter au sujet de son rapport chinois qui avait été jugé *excellent*, ce qui était mieux que *très bien*, par un certain Dong, grand expert de la Chine – et le prévenu imita alors un bruit de sonnette –, puis jugé *conforme aux market practices* par un expert judiciaire dont la spécialité s'allongeait au fur et à mesure qu'il la citait. À son côté, Relot sifflait d'admiration, répétait « Quel boulot ! » à tout bout de champ, et accompagnait le galimatias de son compère de moues grotesques mimant l'incrédulité, l'approbation ou la fierté. À son tour, il prit le rapport en main, le soupesa, et tous deux débattirent longuement de son poids supposé.

«Trois kilos!

— Oh, bien plus! Six ou sept, cher directeur.

— Autant que cela, cher patron?

— Au bas mot!

— En tout cas, *excellent...*

— Six kilos au moins, je ne descendrai pas en dessous.

— ... c'est le mot exact qu'il a employé.

— Et en A4, s'il vous plaît! Imaginez si vous l'aviez rédigé en A5...

— Pas *bien*, ni *très bien. Excellent.*

— ... il ferait au moins douze kilos!»

Et pour en convaincre le tribunal, Relot pria ses membres de soupeser à leur tour la pièce D823. L'assesseur de gauche, un magistrat honoraire imbu de sa personne que l'on sortait de temps à autre de sa retraite pour combler les absences, plutôt que de l'envoyer paître, le remercia, s'en empara avec un soin religieux, comme si elle constituait un élément essentiel du dossier, la posa sur la grande table du tribunal, et la feuilleta consciencieusement en se léchant l'index avant d'en tourner les pages.

Durant cette brève accalmie, et sans qu'elle l'en priât, la présidente vit s'avancer à la barre le crétin sérénissime du barreau de Paris, maître Balthazar Zorreau, qui semblait ne rien trouver d'étrange à cette audience qui pourtant dépassait l'entendement. Avant même de prononcer une parole, l'avocat de Relot marqua une pause, la main gauche agrippée à la barre, le haut du nez pincé entre le pouce et l'index de sa main droite, les paupières closes en direction du sol comme s'il y cherchait l'inspiration, et le silence qui s'ensuivit, bien qu'entrecoupé par les pitreries de Relot et les solécismes de son compère, provoqua un tel malaise dans l'assistance qu'elle craignit qu'il fût mort, tout en l'espérant.

« *Comme je descendais des fleuves impassibles*, commença-t-il enfin en agitant follement sa main droite qui cherchait à fuir ce corps possédé, *je ne me sentis plus guidé par les haleurs : des Peaux-Rouges criards les avaient pris pour cibles, les ayant cloués nus aux poteaux de couleurs...* »

La présidente n'eût pas reconnu les premiers vers du *Bateau ivre* si Zorreau ne lui avait pas déjà récité intégralement ce poème lors d'une précédente plaidoirie. Et si l'on ne pouvait qu'éprouver une sorte d'admiration déboussolée pour sa culture générale, qui semblait renfermer tous les poèmes de la littérature française, la présidente savait surtout que *Le Bateau ivre* était incompréhensible, épouvantablement long, et qu'il lui restait encore trois dossiers pour clore sa matinée d'audience. Elle espéra d'abord qu'il n'en citerait que le début et qu'ensuite, d'une formule adroite et concise, il reviendrait à l'affaire qui intéressait le tribunal. Mais la scène dura. Et lorsqu'il fut question des *bleuités, délires et rythmes lents sous les rutilements du jour*, son assesseur de gauche, le magistrat honoraire qui avait une tendance embarrassante à piquer du nez au moment des plaidoiries de la défense, s'effondra littéralement dans un « boum » prodigieux, le front planté dans le rapport qu'il consultait, ce qui n'empêcha pas maître Zorreau de poursuivre sa récitation – *plus fortes que l'alcool, plus vastes que nos lyres...* La présidente s'inquiéta de voir son collègue demeurer dans son inconfortable prostration, le dos courbé, la tête enfouie dans le rapport. À sa droite, la seconde assesseure, la bouche ouverte et l'œil atone, ressemblait à un drone en veille. Puis, elle entendit un sifflement, d'abord discret, mais qui croissait dans les aigus, en même temps qu'un souffle lui chatouillait les doigts. Elle crut à un ronflement malvenu, qu'elle essaya d'interrompre d'une discrète tape sur l'épaule du petit homme malingre qui ne lui présentait plus que sa nuque inerte. Mais comme le souffle et le sifflement s'intensifiaient sans qu'il manifestât la moindre réaction, elle tourna son visage vers le sien pour s'assurer de son état de conscience. Alors, elle vit quelque chose d'effroyable : son collègue se creusait, il se rétractait sur lui-même. Les lobes s'enfouissaient dans les tympans ; les sourcils et les globes s'affaissaient dans les orbites ; les lèvres, les dents, la langue s'abîmaient dans les profondeurs du larynx. Le poignet du magistrat honoraire qu'elle avait saisi par effroi rétrécissait sous sa paume et finit par se confondre avec les plis de sa robe. Par les oreilles, par la bouche, par le cul, par les pores, l'air se retirait de son corps dans un sifflement maléfique ; son assesseur se dégonflait comme une baudruche. Littéralement, *il se vidait*. Sa figure ressembla d'abord à une toile décharnée tendue sur une boîte crânienne, puis la peau elle-même se déchira sur ses os saillants, nasal, zygomatiques, maxillaire ; son visage ne fut plus alors qu'un modèle anatomique pour faluchards qui se désarticula encore, os après os, frontal, malaire, mandibule, avant de se désagréger complètement. Et quand il n'y eut plus ni peau, ni chair, ni os, le cortex béant du magistrat honoraire se désintégra à son tour à une vitesse prodigieuse, suivant le même processus implacable et minutieux : lobe, gyrus, cervelet s'émiettèrent comme le reste, aspirés par l'effroyable vortex que l'on devinait tournoyer quelque part, au plus profond des entrailles qui subissaient le même sort. Les tissus se décomposaient en cellules, les cellules en molécules, les molécules en atomes, les atomes en électrons, neutrons, protons... Et sous l'œil pétrifié de la présidente, le magistrat honoraire à la carrière ronflante, le juge obtus et péremptoire, le collègue bouffi de certitudes, le mari aux pieds solidement vissés sous la table, l'homme dégoulinant de fatuité s'évaporait si irrémédiablement qu'il n'en resterait plus rien à remettre à sa famille, ni corps à enterrer, ni cendres à disperser ; à peine un souvenir. Et la présidente se remémora qu'elle avait lu un jour que la science soupçonnait les atomes, qui composaient toute matière, de n'être eux-mêmes quasiment composés que de vide, et cela lui avait fait froid dans le dos de se savoir *scientifiquement* si transparente, aux confins de l'inexistence. En voyant s'anéantir le corps de son collègue, la matière lui parut en effet une incongruité dérisoire, et le vide l'essence de toutes choses. Mais le vide n'était pas véritablement *vide* ; il était un tourbillon d'énergie, de champs électromagnétiques et de perpétuels mystères. Et elle eut la conviction que le rapport chinois était pour quelque chose dans ce phénomène obscur. Il y avait dans ce rapport toute l'absurde complexité du monde, toute l'inanité de la condition humaine. Le rapport chinois était sa bedaine d'orgueil, son inénarrable boursouflure en même temps qu'un miroir où le nombril se reflétait tel qu'il était, minuscule, et non plus gros comme un astre. Il était le *vide absolu*, et le vide ne conquérait rien du tout ; au contraire, il se retirait. Et alors que son collègue n'était déjà plus qu'un amas de particules se tire-bouchonnant sur son siège, la présidente comprit qu'il décroîtrait encore et que, dans son infinie petitesse, il défendrait bec et ongles la misérable certitude d'être encore essentiel à l'univers. Mais s'il y avait quelque chose de jouissif à imaginer son collègue continuer à faire le faraud dans l'exiguïté d'une bactérie, elle doutait que son châtiment fût justice plutôt que cruauté. Elle songea que c'était peut-être grâce à la vanité du magistrat honoraire que l'homme s'était un jour extirpé de sa cellule originelle, de son statut d'amphibien comme de reptile, et dressé sur ses deux pattes arrière, pour devenir bien plus tard ce qu'il était aujourd'hui. Et cette constante qu'avait l'homme à se persuader de son importance et à dépasser sa condition lui sembla soudainement indispensable à sa survie. Si le rapport chinois révélait à l'homme qu'il n'était qu'un amas de vide, sa lecture en serait assassine tant il était évident qu'aucun être normalement constitué ne survivrait à une telle connaissance de lui-même. Le sifflement devint alors si strident qu'il était désormais impossible d'en faire abstraction, mais maître Balthazar Zorreau continuait à descendre ses fleuves impassibles et interminables tandis que les deux zouaves ne se lassaient pas de soumettre leur rapport de malheur à leur vacuomètre. Enfin, une fois qu'il fut totalement vidé du superflu, le corps du magistrat honoraire disparut définitivement sous sa robe dans un résidu de matière absolue invisible au microscope.

« Faites évacuer la salle, ordonna la présidente, en état de sidération, aux gendarmes postés à l'entrée. Le dossier est renvoyé ! »

Une fois dans le hall, et bien que Mathilde les eût informés que l'un des magistrats semblait avoir fait un léger malaise, Relot et Laugier, complètement désarçonnés par ce rocambolesque déni de justice, s'emportèrent tous deux contre Zorreau, qui n'avait quand même pas été payé quatre-vingt-dix mille euros pour réciter Rimbaud le jour du procès, et qui par son insondable ineptie, qui confinait à la démence, avait poussé la présidente à faire brusquement évacuer la salle au moment où l'audience basculait du bon côté! Déshonoré en plein tribunal, Zorreau vociféra à son tour qu'ils ne connaissaient rien au droit et qu'ils faisaient fausse route en s'en prenant à lui alors que le responsable de leurs maux était la justice française qui muselait les avocats et faisait évacuer les salles d'audience pour court-circuiter leurs plaidoiries. On ne sabordait pas *Le Bateau ivre* en pleine tempête! Ensuite il y aurait eu les *lichens de soleil* et les *morves d'azur* et les *lunules électriques* et les *hippocampes noirs* et le *bateau frêle comme un papillon de mai*. Il y avait une logique derrière tout cela et il ne fallait quand même pas croire que Zorreau récitât des poèmes pour le seul plaisir de se péter les bretelles. C'était une métaphore filée, bien sûr, et si cette rombière de présidente, acariâtre et misandre, ne l'avait pas interrompu, elle aurait fini par comprendre, cette cruche, que c'était lui, Relot, ce bateau ivre qui partait à l'aventure, à la recherche de l'absolu, mais que tout bien considéré, il regrettait *l'Europe aux anciens parapets*. Enfin quoi, on ne coupait pas le sifflet à Monsieur Arthur Rimbaud!

Finalement, tout ce beau monde se réunit autour d'une bière matinale, aux Deux Palais, la brasserie d'en face. Relot s'en voulait de s'être emporté contre Zorreau, dont la stratégie de défense lui avait d'abord paru baroque mais qui, maintenant qu'il la lui avait expliquée, s'avérait imparable. Si seulement la présidente l'avait laissé poursuivre plutôt que de l'interrompre en pleine démonstration, elle aurait fini par comprendre que *Le Bateau ivre* n'était autre que Relot lui-même et qu'il n'était donc pas coupable.

«Alors comme ça, Zorreau, vous me prenez pour Rimbaud!

— Mais parfaitement, mon ami. Vous n'êtes pas simplement Rimbaud, vous êtes son *Bateau ivre*!

— Eh bah ça alors, je n'aurais pas cru. Vous entendez ça, Laugier ? »

La bière matinale en appela d'autres et les compagnons du palais de justice finirent par déjeuner ensemble, sous un soleil d'octobre encore généreux. Et c'est à la fin de leur repas que la rumeur arriva jusqu'à leurs oreilles.

« Confirmé ! annonça un avocat en s'attablant à côté d'eux.

— Quoi donc ? lui demanda son voisin de table.

— Kerviel. La cour d'appel a confirmé le jugement. Cinq ans, dont deux de sursis et quatre milliards neuf cents millions de dommages et intérêts.

— Quatre milliards neuf cents millions ! s'exclama Relot, qui n'en revenait pas. Mais c'est énorme ! »

Et aussitôt, il tourna vers Zorreau ses yeux ronds d'étonnement où se mêlaient effroi et gratitude.

« Vous avez entendu ça ? Quatre milliards neuf cents millions ! Mais comment va-t-il faire pour rembourser, le pauvre ?

— Il ne le pourra pas. On va le mettre aux fers jusqu'à la fin de ses jours.

— Quatre milliards neuf cents millions, et moi qui me plaignais avec mon dossier renvoyé ! Oulàlà ! Zorreau, évitez-moi la banqueroute !

— Qui doit payer quatre milliards neuf cents millions ? demanda Mathilde, qui n'avait pas suivi le début.

— Kerviel ! éructa Relot. Quatre milliards neuf cents millions, c'est énorme. On l'a échappé belle avec ce renvoi. Méfions-nous de la cour d'appel ! poursuivit Relot en expert. Parce que si c'est pour me faire condamner à payer quatre milliards neuf cents millions, il vaut mieux y réfléchir à deux fois.

— Mais vous n'avez pas de raison de payer quatre milliards neuf cents millions, monsieur Relot, lui fit remarquer Mathilde.

— Maintenant, je me méfie. J'ai vu comment ça se passait, alors prudence. Parce que même si ce n'était qu'un ou deux milliards, je serais dans de beaux draps. Même un tout petit million, ce serait beaucoup trop !

— Vous découvrez la justice française, cher ami. Aujourd'hui tout est possible, comme aux États-Unis. Vous renversez par inadvertance deux gouttes de café sur le bout des doigts d'un manant et vous vous retrouvez à devoir lui payer des milliards.

— Oh là là ! Ne rien renverser, surtout ! Finalement, Zorreau, j'ai bien fait de vous payer quatre-vingt-dix mille euros, dis donc, si ça peut m'éviter d'avoir à payer des milliards !

— Naturellement. Le pauvre Kerviel doit s'en mordre les doigts. Voilà à quoi mènent les économies de bouts de chandelles.

— J'aurais été bien, moi, avec quatre milliards neuf cents millions à payer ! Plus un sou en poche, le Relot. Mais rassurez-vous, Laugier, ça va repartir !

— Assurément, Bertrand. Assurément. Vous allez réactiver vos contacts.

— Et comment ! Dans le temps, on disait que la Chine pouvait plus pisser sans l'aval de Relot !

— C'est ce qu'on disait chez Michard, oui.

— Quatre ans de Chine, à bouffer du clébard avec des baguettes.

— Ce n'est pas rien, quatre ans.

— C'est beaucoup, croyez-moi. Très froid l'hiver, très chaud l'été.

— Et maintenant, vous êtes le spécialiste de la Chine.
— À l'époque, secrétaire chinoise, clients chinois, femme chinoise. Partout la Chine...
— C'est encore le cas, Bertrand.
— ... mais dès qu'il y a eu les problèmes, ma petite Bridée a repris son chapeau pointu turlututu!
— Et vos sous! compléta Zorreau.
— Elle m'a plumé, l'impératrice douairière! Sur la paille, le Relot. Mais je vais me refaire. Relot Consulting. Bureaux rue de la Paix. Comme au Monopoly.
— Les investisseurs chinois vous attendent!
— Demain, je serai au boulot à 8 heures.
— Moi aussi, patron : 8 heures pétantes.
— Je travaille mieux le matin.
— Moi aussi.
— On est plus tranquille.
— Plus au calme.
— Parce qu'après, on ne peut plus bosser avec ce téléphone qui couine en permanence.
— Impossible de se concentrer.
— Chez Relot Consulting, on se plie en quatre pour le client.
— Ça bosse, chez Relot Consulting!
— Vous allez en gratter des rapports, cher directeur...
— D'*excellents* rapports, cher patron, et *conformes aux market practices*!
— Ils vont se presser au portillon, les Bridés! La rue de la Paix va devenir Pékin!
— Vivement demain qu'on bosse! »

Remerciements

Je tiens à remercier Constance Debré et Thomas Klotz, qui y ont cru sans m'avoir lu – c'est peut-être pour ça – alors que je n'y croyais pas ;
Élisabeth Samama, éternellement, qui m'ayant lu y a toujours cru alors que je n'y croyais plus ;
et Stephen Carrière, qui m'ayant relu a fini par y croire infiniment.